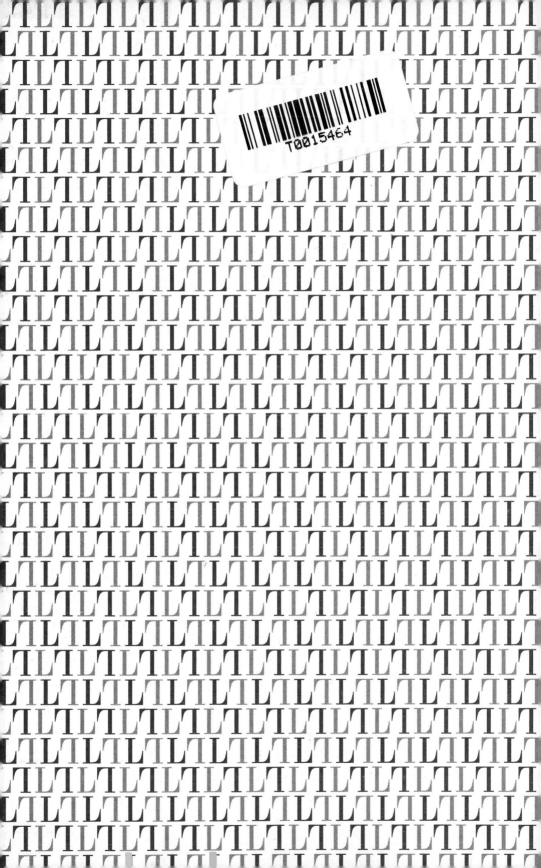

T0015464

Sevillana

Sevillana

Charo Lagares

Lumen

narrativa

Papel certificado por el Forest Stewardship Council®

Primera edición: junio de 2023

Printed in Spain – Impreso en España

ISBN: 978-84-264-2432-7
Depósito legal: B-7.829-2023

Compuesto en M. I. Maquetación, S. L.
Impreso en Unigraf, Móstoles (Madrid)

H 4 2 4 3 2 7

*A mis padres, que siempre me han
dejado hacer lo que he querido.*

A Juanma, que me alienta a serlo.

Lo que se sabe que va a ocurrir en cierta manera es como si ya hubiese ocurrido, las expectativas hacen algo más que anular las sorpresas, embotan las emociones, las banalizan, todo lo que se deseaba o temía ya había sido vivido mientras se deseó o temió.

JOSÉ SARAMAGO, *La caverna*

No hay cuestión ni pesadumbre
que sepa, amigo, nadar;
todas se ahogan en vino,
todas se atascan en pan.

FRANCISCO DE QUEVEDO,
«Respuesta de la Méndez
a Escarramán»

Uno

La primera vez que vi a mi madre llorar, mi hermano le acababa de tirar una cafetera caliente sobre las piernas. La había cogido de la placa vitrocerámica y se la había vaciado encima del pijama. Mi madre gritó y lo apartó de un bofetón. La cafetera rebotó contra el suelo y llegó, derrapando, hasta la puerta de la cocina. Mamá se bajó los pantalones frente a nosotros y salió de la cocina gritando. Mi padre no estaba en casa. Todos los domingos por la mañana jugaba, desde las ocho y media, al golf. Mi hermano se acercó a la mesa del desayuno y comenzó a arrancar las hojas del periódico. Lo dejé descuajeringando las grapas del *ABC*.

Mamá estaba llorando. La oía al otro lado de la puerta del cuarto de baño. Las lágrimas le llenaban la garganta, parecía ahogarse. Empecé a mordisquear la manga de mi bata. Se me escapó un «mamá». El grifo de la ducha sonaba de fondo. Lloraba a sorbitos, aspirando el aire como si estuviera a punto de acabarse. La oía murmurar. Decía: «Por qué por qué por qué, pero qué he hecho yo, soy idiota, de verdad que soy idiota, Felipe, joder, dónde estás, me quiero ir a casa, puto niño, lo odio, es malo, me quiero ir a casa, mamá, por favor». Noté que una lágrima me saltaba al camisón desde la barbilla.

Pipe continuaba destrozando la cocina. Había vaciado las cajoneras y Sol y Luna miraban los cubiertos desde la puerta. Lo agarré del pelo y lo tiré al suelo.

—¿Por qué has hecho eso?

—Porque es mala. Mamá es mala. No me ha dejado ir a Isla Mágica con Diego.

—Y qué esperas, niñato. Diego es un cani.

—Pues su padre tiene un Porsche.

—Porque es un cani. Eres malo. Papá te va a castigar. Eres muy malo. Todos te odiamos. Malo.

Le hice un arañazo en la frente y me llevé a los perros a mi habitación. Lo oía berrear desde la cocina. En el cuarto de baño, mi madre había dejado de lamentarse. Ella, por costumbre, tenía solo dos estados de ánimo. O estaba ocupada o estaba enfadada. Reía solo por teléfono. Por las mañanas nos llevaba al colegio y jugaba al pádel. Por las tardes, junto a la ventana de su habitación, en el taller que había montado en nuestro antiguo cuarto de juegos, después de recogernos de las clases de equitación hacía punto, pintaba en porcelana y leía novelas de detectives italianos antes de quedar con alguna amiga para merendar. Abandonaba el salón en cuanto terminábamos de comer. No soportaba las siestas de sofá.

Ahora mi madre no parecía enfadada ni ocupada. Ya no. Simplemente dejaba que la abrazaran frente a la puerta de la sala número tres. Miraba al suelo durante un par de segundos, agarraba el codo extraño y apartaba, entonces, el cuerpo ajeno. Llevaba una blusa blanca con una lazada sobre las clavículas y una chaqueta negra de terciopelo. Hermanos, tíos y sobrinos lunareaban de oscuro la habitación. Quedaban tres horas para que mi abuelo regresara con nosotros. Bárbara Dosinfantes serpenteó entre brazos cruzados y manos tras la espalda. Apretaba una chaqueta negra contra el pecho. Con la otra mano, casi con timidez, me frotó el brazo.

—¿Cómo estás tú? Que al final has llegado a tiempo. Tu madre no sabía si ibas a poder venir, con todo el trabajo que tienes siempre.

—Cómo no voy a venir, por Dios. Si yo vengo siempre que puedo. Pero vamos, bien. Gracias. A los ochenta y seis nadie se muere por sorpresa.

—Un fallecimiento siempre es duro.

—Si alguien lleva seis años muriéndose, acabas acostumbrándote.

—Tú cuida mucho a tu madre, que te echa de menos.

—No sé yo si hace falta. Ella ya se cuida muy bien sola.

—Hija, no seas así. De verdad, qué bruta eres cuando quieres.

—Bárbara, es que me lo dices como si mi madre tuviera algún problema. Yo creo que a estas alturas no necesita que yo la cuide.

—Ay, Madrid. Cómo os cambia Madrid a todos siempre.

—Hasta las piedras cambian con el tiempo, Bárbara.

—Sí, ya, pero vosotros vais allí, se os pone todo patas arriba, porque es lo que os pasa, que no sabéis ni dónde estáis, y volvéis que no hay quien os reconozca. Vamos, Beltrán aguantó un año de prácticas y en cuanto pudo volvió.

—Porque no se las renovaron, ¿no?

Gonzalo, que acababa de incorporarse a la conversación, me pellizcó el hombro. Impugné el reproche de un tirón.

—Porque él no quiso renovarlas, porque lo que hay allí no es vivir, todo el rato de un lado para otro, corriendo a todas partes, que es que no podéis ni comer en casa, y luego cuando es fin de semana y parece que ya sí, os vais por ahí, que yo no sé para qué vivís en Madrid si luego ni lo conocéis, como quien vive en Huesca, que lo único que conocéis son los bares.

—Y todos los supermercados veinticuatro horas de la ciudad.

Bárbara continuaba hablando con los brazos cruzados. Solo oía su propia voz.

—Y volvéis que estáis mareados de tantas prisas, y de repente a una le da por dejar de trabajar e irse a recorrer Kuala Lumpur en furgoneta, otra que si se casa con uno de cuarenta años del que se ha quedado embarazada, que vaya tela, otra que rompe con su novio de toda la vida porque ha vuelto a Sevilla y, uh, ahora se cree la más guay del Paraguay. Es como si, yo qué sé, como si os cambiaran por otros. Vais allí, os vacían, os rellenan y de vuelta a casa, de vuelta a Sevilla y que sea lo que Dios quiera.

—Oye, Alejandra, ¿tú sabes dónde está el cuarto de baño, que llevo veinte minutos buscándolo?

Rorro había aparecido a mi lado sin hacer ruido. Me sonreía con delicadeza, sin dirigir siquiera la mirada a Bárbara.

—Te acompaño. —Le puse la mano entre los omóplatos y devolví la vista a la amiga de mi madre—. Luego nos vemos, Bárbara. Muchas gracias por venir. Dales un beso de mi parte a tus hijas, que no me ha dado tiempo antes a saludarlas.

Gonzalo me agarró de la mano y me acercó la frente a sus labios. Le apreté los dedos y caminé tras la levita verde de Rorro. Al final del pasillo, el resto de mis amigas se arremolinaban frente a la puerta de la cafetería.

—Esa señora es siempre superimpertinente. He visto que te paraba y he dicho: ya está esta dándole la tabarra a Ale.

—Bueno, yo creo que es solo conmigo, ¿eh? Como seas así con todo el mundo, a esa edad acabas llegando sola. Conmigo y con sus hijas. Porque lo peor es que se cree que es mi tía y que me puede decir lo primero que se le pasa por la cabeza.

—Antes era amiga de mi tía Eugenia, pero creo que ya no. Yo no sé cómo tu madre la aguanta. Que, por cierto, está superelegante, que la he visto antes y me ha impresionado. Que ella lo es, pero es que lo de hoy es otro nivel.

—La muerte os sienta tan bien.

—No, en serio, llama la atención. Está muy guapa. Tú también, ¿eh? Tú lo eres. Incluso con pelos de perro en la chaqueta.

Rorro me barrió la manga del abrigo con la mano.

—Sí, pocos trucos de belleza hay tan efectivos como un buen luto en ayunas, Rocío.

—Joder, no lo digas así, que parezco imbécil.

—Hombre, el lápiz más afilado del estuche no estás siendo ahora mismo.

—Pero antes sí.

La apreté contra mí. Mis amigas, que advirtieron que nos acercábamos, abrieron el círculo para acogernos. Preguntaron en cascada por cada miembro de mi familia y después cambiaron de tema para comenzar a sumar y restar los meses de embarazo de una conocida que, recién casada, mostraba ya una barriga del tamaño de una sandía. Luego enlazaron con un posible viaje a Milán en grupo y dejé de prestar atención. La cháchara me almohadillaba el pensamiento.

Cuatro horas más tarde nos entregaron a mi abuelo en una bolsa térmica rectangular como las que llevaban al colegio las niñas que comían de casa. Tenía una cinta regulable y unas líneas azules en los laterales. Mi madre miró a mi abuela, sentada a mi lado en una de las bancadas junto a la pared, y le ofreció el paquete. Mi abuela negó con la cabeza.

—Dáselo a la niña.

En la habitación solo quedaban personas vestidas de negro. Mis tíos guardaban silencio. Me puse en pie, como si fuera a recibir una condecoración, y mi abuela me tiró del brazo. Volví a mi sitio y me palmeó las rodillas. Mi madre dejó la bolsa sobre mis piernas.

—Ea, pues ya está, Alejandrita. Ya eres la primera nieta de España que coge a su abuelo en brazos.

Las carcajadas precedieron la salida de mi madre. La encontramos, un rato más tarde, en el asiento del conductor del coche. Hablaba por teléfono y fumaba con la puerta entreabierta. Cuando nos vio acercarnos, lanzó el cigarro por la ventanilla y guardó el móvil en la guantera. Mi padre ajustó la calefacción mientras en el asiento trasero nos repartíamos los cinturones. Mi abuela comprobó la fijación del suyo con un tirón y miró por la ventana. Apoyaba la barbilla en la ele que formaba su brazo agarrado al sujetamanos del techo.

—Niños, ahora hay que tener cuidadito con los guardias civiles. Cuando yo avise, Pipe y Alejandra, agacháis la cabeza y no hacéis ni medio ruido. Que vamos seis en un coche.

Mi madre soltó el volante y se llevó el dorso de la mano a la mejilla. Fue la segunda vez en mi vida que la vi llorar.

Dos

En Sevilla, el balcón de la estación de Santa Justa apareció cuajado de señores mayores inclinados sobre la baranda de metal como cipreses cansados que esperaban, bajo el cartel de Cruzcampo, a los que volvían a casa. Mi madre también estaba allí, como siempre, detrás de la pantalla de información, con los brazos cruzados tras la espalda y la cabeza alzada.

Guardó el teléfono en el bolso cuando me vio aparecer entre la nube de abrazos ajenos. No sonrió. Alargó el cuello para ofrecerme su mejilla y la piel se desplegó como un acordeón. Bajé la mirada al suelo. Los frunces de la carne se habían hinchado, se habían redondeado y doblado uno sobre otro, blanditos y tiernos. El bolso, cruzado sobre el pecho, le escondía la cadera. Los muslos habían ensanchado. Rellenaban el pantalón. Se rozaban el uno contra el otro, tensos como un embutido bajo la tela. Me acordé de la cintura del mío. El botón de pronto me apretó sobre el ombligo. Separé las piernas un poco, como si entre ellas fuera a aparecer de golpe una montura de caballo minúscula. De pequeña, en la playa, siempre me picaban. Salía del agua y el montecito interno del muslo derecho, antes de que la pierna se convirtiera en ingle, frotaba contra el izquierdo y creaba una ventosa con cada paso. Me escocía como si me hubieran aliñado con sal y vinagre una herida. Miraba a las niñas a mi alrededor. No sabía si a ellas también les ardían las piernas. Sus muslos no tenían montecitos.

—¿Mucha gente en el tren?

—Bueno, lo normal para un viernes. Hasta arriba. El señor de al lado se ha pasado todo el viaje comiéndose un bocadillo de filete empanado a mordisquitos, o sea, tres horas oliendo todo a ajo frito con limón. Tenía ya hasta fatiga.

—¿Te llevo algo?

—No, gracias. Puedo yo.

Mamá no insistió. Se dio la vuelta y comenzó a andar.

El coche aún olía a tabaco, a un polvo denso y fino que me llenaba la nariz y me presionaba las mejillas. Mi madre había dejado de fumar. Me lo había comunicado por teléfono hacía unos días, apenas un par de semanas después del entierro de mi abuelo Joaquín. Los cigarrillos ahora le apestaban, lograban que el aliento le oliera a calcetín usado, a algo húmedo que comenzaba a pudrirse. No volvería a tener uno cerca de la boca. Solo había dejado una cajetilla guardada en la última balda del botiquín por si un día le apetecía de nuevo. La imaginaba fumando y unas náuseas dulzonas, como las que me atravesaban cuando pasaba cerca de un puesto de buñuelos, me raspaban la garganta. De pequeña, mi pelo siempre olía a colillas. Las cortinas de mi cuarto, de lino marfil, olían a tabaco. De las virutillas caobas que se escapaban de los pitillos nacía el olor de la piel de mi madre. Mamá fumaba con la mano descansada sobre la muñeca, como si los dedos fueran una silla para los cigarros. Se los pasaba entre las puntas de las uñas, pintadas de rojo tostado. Los apagaba contra el cenicero antes de llegar a la mitad. Ahora encendía la radio.

—¿Qué has hecho hoy?

Chasqueó los labios antes de cerrar de un golpe la visera del conductor.

—Por la mañana he jugado al golf.

—¿Al golf? ¿Y al pádel no? ¿No estabas con clases?

—Martes y jueves, pádel. Miércoles y viernes, golf. Y el lunes depende. Natación o yoga, según me apetezca.

—¿Qué estás, yendo todos los días al Club?

—Y los sábados si hay campeonato, también.

—Oye, ¿y este coche? ¿No estaba Papá en Badajoz?

—El mío lo están arreglando. Estaba, pero ya ha acabado. Entregan el martes y en nada empiezan en Cádiz.

Mamá continuó hablando, pero las palabras no se soldaban en mis oídos. Tenía las manos ocupadas. No encontraba en mi bolso el paquete de caramelos de canela picante que había comprado en Atocha. Oí el murmullo interrumpirse.

—¿Y qué más? ¿No has hecho nada más?

—Sí, he comido con Patricia Villalar, con África Lora y con Bárbara allí y he ido a casa de Abuela un rato. Luego me he pasado por el súper.

—¿Qué has comprado?

—Pues lubina, calabaza, secreto, pimientos, las palmeritas esas que te gustan, las últimas que quedaban, por cierto. Y frutos secos. Y no sé qué más. Ah, un té verde en polvo que había llegado nuevo y que olía estupendamente. Té macho.

—Matcha.

—Macho, macha, lo que sea, qué más da. Ahí está, no tengo ni idea, míralo. Y ahí detrás hay granadas y manzanas que ha traído tía Pili del campo, que ha estado Gabri con amigas este fin de semana.

—Anda, ¿y eso?

—Pues porque era su cumple. ¿No la has felicitado?

—No, no lo sabía.

—Pero si te lo dije yo. Menuda dejada estás hecha.

—Pues se me olvidó, qué le vamos a hacer.

—Seguro que le habría hecho ilusión. Pregunta siempre por ti.

—Bueno, si quieres le doy a ella lo que he traído para casa.

—¿Qué has traído?

—Pandoro.

—Como el año pasado, ¿no? ¿Ahora vas a traer todos los años pandoro?

—Ea, pues ahora me lo como yo. Ahora tú no comes. Solo para mí. Y lo que sobre me lo llevo de vuelta a Madrid.

—¿Te ayudo con algo?

—Que no.

Bloqueó el coche de camino a la verja del garaje. Mi madre me había vuelto a adelantar. Caminaba en silencio, con la cabeza agachada sobre el móvil y el abrigo doblado en el brazo como el capote de un torero. El acordeón se le había vuelto a plegar. Las pecas, que le estampaban las mejillas y le pisaban los labios, se escondían en las nuevas dunas del cuello. El mosaico de lunares se había reordenado. En mi madre había habido obras. Su cara había sido remodelada.

—Oye, y cómo es que Gonzalo no ha bajado contigo, que todavía no he entendido yo eso.

—Pues porque como sus padres organizan la montería en el campo el fin de semana que viene, estaba ya histérico y se vino el miércoles en coche con Bosquito Conde, el sobrino ese pelirrojo de África Lora, no sé si te acuerdas, que era campeón de tenis de pequeño. Ese. Y menos mal, porque estaba ya pesadísimo. Vamos, no lo he tirado con un lacito al Manzanares porque no sé cómo se llega al Manzanares, que si no ahora iba a estar cazando nutrias.

—Pobre. Que le hace ilusión.

—Pobre yo, que llevo un mes y medio tragándome todas las historias de los belgas y los holandeses y los alemanes y la madre que los parió.

—No seas ordinaria.

—Muy pesado, de verdad. ¿Papá al final va? ¿No le estaban ajustando no sé qué del rifle?

—Lo último que sé es que sí.

—Fenomenal. Un pesado en casa y otro fuera.

—Anda, dame eso. Pasa.

El perro esperaba en el hall, a dos patas y gimoteando, dando golpecitos con la cabeza en busca de atención. Me olisqueó el bajo de la gabardina mientras le rascaba detrás de la oreja y regresó a su esquina moviendo el rabo.

Cuando volví de mi cuarto, la alarma del microondas se había apagado. Mi madre rebuscaba en un cajón de la cómoda mascullando algo, un «dónde lo habrá puesto esta ahora». Sacó un mantel de hilo blanco y lo extendió sobre la mesa. Había anclado un racimo de infusiones en la tetera. Un olorcillo dulce me trepó por la nariz y abrí el horno. El bizcocho de limón y chocolate blanco con el que nos recibía al regresar del colegio apareció envuelto sobre la bandeja. Lo corté en rebanadas y las ordené una detrás de otra, como si se arroparan, en la fuente. A Pipe le gustaba la cobertura. De niño recolectaba lascas de azúcar y envolvía con ellas la masa hasta hacer pelotitas que colocaba en fila sobre su plato y atrapaba con la lengua cuando Mamá no miraba. Decía que eran huevos de conejo. Yo siempre tomaba dos rebanadas, cada una con un vaso de leche. Masticaba y tragaba bizcocho hasta que la garganta se quedaba seca y solo la leche era capaz de despejar la sobrecarga de azúcar. La empujaba como si una tubería se acabara de romper en mi boca, la imaginaba siempre descendiendo por la faringe con la fuerza de la ola de un tsunami.

Todo lo arrasaba la leche. Luego me iba a mi habitación a hacer los deberes, y cada vez que hacía un descanso para ir al cuarto de baño cortaba una porción más de bizcocho y me la comía rápido, de pie en la cocina. Si la comida no se apoyaba en un plato, las calorías no contaban.

La reacción frente al bizcocho de mi madre erigía las fronteras de mi familia. Revelaba el corazón de quien lo probaba, mostraba ante el resto su valía. Un día de colegio, Martita Soto tuvo que quedarse en casa. Apareció en la puerta después de que el autobús nos dejara en la avenida de la Borbolla. Ella vivía en los edificios de enfrente, en la urbanización roja junto a la parroquia de San Sebastián. Decía que no había nadie en casa. Llamaba al telefonillo y nadie respondía. Le llegaban los mocos a la barbilla. Se habían olvidado de ella. Como era la niña pequeña, todos se habían olvidado de ella. Nuestra tata Margarita le limpió la cara y la sentó con Pipe y conmigo mientras Mamá colocaba flores en el salón. En la cocina, Marta Soto pronunció la más espinosa de las blasfemias. Margarita le preguntó si quería más bizcocho y ella respondió que no. Ya había tomado suficiente, estaba muy dulce. Su tata siempre le preparaba un bocadillo de jamón serrano, o cocido, según el día, y media manzana para merendar. No quería más. A la hora de la cena, cuando Papá llegó a casa, sonó el teléfono fijo. Era la directora del colegio. Quería hablar conmigo. Martita Soto había desaparecido. La última vez que la vieron acababa de bajarse del autobús. Dije que era imposible, que yo la tenía enfrente, estaba haciéndole los deberes a mi hermano Pipe. La llevamos a su casa. Cuando nos subimos al ascensor, Martita Soto empezó a llorar. Había vuelto a llamar al tercero. Su casa era un quinto.

Mamá nunca comía con las manos. Decía que no sabía. Pelaba los langostinos y los plátanos con cubiertos y pellizcaba los sándwiches. Salvo las tostadas del desayuno, en su casa nunca se había comido a bocados. Su madre había prohibido a las cocineras que emparedaran la chacina. Ahora despedazaba el bizcocho con un tenedor de postre. Le partía las esquinas y se lo llevaba a la lengua. Yo lo veía adherirse a sus mejillas. Notaba cómo la cara le aumentaba de tamaño, cómo las arrugas se rellenaban, las pecas se distanciaban y la piel se alisaba. Se le comenzaba a redondear de nuevo la cara. Su cuello se ensanchaba, los dedos imitaban el contorno de salchichas alemanas. Oía la saliva en su boca. Masticaba ahora sin hablar, esperando a que volviera a contarle la historia de la clienta que me llevó a un pueblo del sur de Francia para comprar las piedras de su chimenea. Sentía su comida cambiar de un moflete a otro, revolviéndose, densa, en el líquido. El bizcocho le iba a rasgar las costuras de los bañadores en verano. Ya no podríamos compartir pantalones.

—Mamá, ¿tú sabes cómo se llama en realidad el azúcar que lleva por encima el bizcocho?

—Yo sé que se llama glaseado.

—Se llama alcorza. O sea, la pasta de azúcar glas con la que se cubren las galletas o, por ejemplo, las rosquillas esas duritas, no las blandas fritas, las duras, se llama alcorza.

—Pues yo siempre lo he llamado glaseado, de toda la vida. O cobertura, vamos.

—Pues en español se llama alcorza. Bueno, yo creo que es lo mismo. Es que glaseado viene de *glacé*, del francés, que en realidad significa «helado». Y en inglés también se dice *frosting*, que es tres cuartos de lo mismo. Pero es que en el fondo el azúcar no se hiela, o sea, no sé por qué lo llaman así. En español se llama alcorza porque el origen es árabe, *carese*, que significa «amasar», de ahí «acariciar» y «caricia», que sí tiene sentido y que encima en inglés o en francés sí se dice igual: *caresse*, *caress*, con doble ese. Es guay, ¿eh?

Mamá me miraba con la vista desenfocada. Hizo un ruidito de aprobación con la garganta, invadida por un tenedor de bizcocho, y pulsó el botón central de su móvil. No había escuchado nada de lo que había dicho. El aire se me escapó del fondo de los pulmones como si acabaran de descorcharme la garganta. Acabé mi vaso de leche y me puse en pie.

—Luego he quedado, en teoría.

—¿En teoría? ¿Con quién?

—Con las niñas. Para ir al centro, creo. No sé. O a lo mejor nos quedamos por aquí, que Rocío tiene que estudiar.

—¿Qué tal le va? El otro día jugué con su tía, por cierto, con la Fernández-Pacheco.

—Bien. El mes que viene tiene el primer examen otra vez.

—¿Y sale hoy?

—Si al final todo el mundo sabe que va a acabar en lo de su padre, pero es que dice que me quiere ver. Qué pereza, Dios mío.

—No seas vaga, que encima de que te dice que te quiere ver. Con lo buena que es esa niña.

Rorro era, por supuesto, estupenda. Era la hija que todas las madres querrían haber tenido, la amiga de la que todas musitaban «qué niña más mona» en cuanto se daba la vuelta. Sonreía tanto cuando saludaba a alguien, con los ojos abiertos y las arruguitas de las comisuras de los labios muy apretadas, que parecía que le acabaran de anunciar que había ganado la lotería. Tan complaciente resultaba frente a los demás que a veces desaparecía. Ella era la primera en levantarse para ayudar a retirar los platos y la mayor coleccionista de matrículas de honor que había pasado por las aulas de la facultad de Derecho en las últimas dos décadas. Tenía, además, la piel más bonita que había visto jamás, suave y lisísima, como la de un albaricoque, y una melena que mostraba la deferencia de rizarse solo desde la altura de la mandíbula hasta los omóplatos. Nuestras madres, cuando éramos pequeñas, se la rifaban. Todas querían que el viernes por la noche Rorro de la Cruz durmiera en su casa. Querían oír su voz de fondo mientras organizábamos una sala de urgencias para peluches con forma de gusano y ensartábamos abalorios en una tanza de pesca. Lo que no se registraba de un vistazo era su tacañería. Rorro era una rata. Cuando salíamos a cenar, siempre intentaba convencernos para que compartiéramos los platos mientras le especificaba al camarero que ella bebería un vaso de agua del grifo y anunciaba que no serían necesarios ni los picos ni el pan. Así, yo volvía a casa con un bocado de ensaladilla en el estómago y un ataque de mal humor zumbando entre los ojos. El padre de Rorro acababa de comprar una finca de caza a las afueras de París. Que se comportara como si en su casa se desayunara con achicoria me sacaba por completo de mis casillas. Cuando me quejaba, Mamá la solía excusar hasta el halago. Razonaba que aquella racanería era el motivo por el que cada dos semanas toda la familia de Rorro acompañaba el café con petisús y macarons.

Pero tú pide lo que te apetezca, Alejandra, que parece que tienes nueve años.

—No, porque entonces parezco una desagradable que está en contra de todo.

—Es que estás en contra de todo.

—No, ¡estoy en contra del aburrimiento y la cutrez!

Mi madre puso los ojos en blanco y acercó otra porción de bizcocho a su plato. La alianza parecía incrustada en su anular. No sería capaz de quitársela jamás. Tendría que bañarse en aceite de oliva para poder desenquistar el anillo. Alcanzó una revista y comenzó a hojearla con una mano. Con la otra continuaba desmenuzando la rebanada de bizcocho. Se llevaba las migajas a la boca y regresaba de nuevo al plato sin levantar la vista. Mi boca estaba a punto de estallar. Las palabras daban saltos en la punta de mi lengua, habían montado una manifestación entre las papilas. Exigían salir. Reclamaban libertad. Querían despegarse de las cuerdas vocales, golpear la campanilla, rebotar contra las paletas y llegar a otros oídos. Mi madre había engordado. Tenía que advertir a Gonzalo. Me daba vergüenza que la viera así.

—Saco un rato antes a Sol, que no ha salido todavía, ¿no? ¿Nos vamos a la calle, Sol? Vámonos a la calle. A la calle, a la calle, a la calle.

El labrador se puso en pie con torpeza y me siguió hasta la cocina en busca de su correa. Le lancé una loncha de pavo al suelo y entorné la puerta. Aún quedaba, cubierto por papel de horno, medio bizcocho sobre la encimera. Lo envolví por completo y lo escondí bajo mi jersey. Subí la voz lo suficiente como para que Mamá la pudiera oír desde el salón.

—Ahí quieto un momento, Solecito, que se me ha olvidado el móvil en mi cuarto. Ahí. Quieto. Espérame.

Mi madre continuaba abanicando, con la cabeza alcayatada, las páginas de la revista. Aceleré el paso y corrí hasta las escaleras. El olor a limón me escaló por el cuello, encendido de nuevo por el calor del trote. Abrí la maleta y dejé que el bizcocho cayera junto al neceser. Introduje la clave en el candado y encajé el trolley bajo la cama. No podía heredar de golpe tantos pantalones.

Tres

Eso yo no sé a santo de qué ha venido hoy, pero es que es imposible. No lo vio, porque si lo hubiera visto habría dicho algo en el momento, en el vestuario, donde fuera. Bárbara no puede callarse. No sabe. Y de repente salta hoy con lo del masajista privado, y qué iba a hacer yo si es que la bruta de Patricia Villalar casi me deja sin mano, si es que me llega a dar con un poco más de fuerza y me tienen que amputar el meñique, si es que tenía todo hormigueándome. A ver si no se me cae la uña todavía. Pero es que yo no sé a qué ha venido lo del masajista privado entonces. Si lo único que hizo fue palparme la mano y ponerme la crema. No sé a qué ha venido porque es imposible que lo viera. Qué va a ver. Que no. Cómo me iba a poner la crema si no, con la pala, me iba a extender la crema con la pala, así, desde la red, a dos metros de distancia. Es que no lo ¿esto ya está? Esto yo creo que ya está. A ver. Se mueve, ¿no? Yo creo que sí. Esto ya está. Ea. Otra cosa. A ver. Me va a apestar el pelo a aceite. Tendría que habérselo dejado a Yolanda. No le habrían quedao igual. Le habrían quedado secas. Como alambres, con lo burra que es. Si es que le gustan porque las hago yo, no es que le gusten las torrijas en general. O eso dice. Más le vale. Quita, perro, por Dios, que me vas a matar, quítate de en medio. Este no llega al verano que viene. Verás tú como se muere en el cumpleaños de Alejandra. Tenemos llanto para parar un tren.

Llena ella solita la piscina del campo. Yo a esta niña no sé últimamente qué le pasa. Es que el otro día en el campo, un beso. En los labios. Yo creo que Gonzalo se quedó también un poco despistado, porque, claro, eso en su casa tampoco. Vamos, en casa de nadie, pero no veo yo a Tilda Maldonado dándole besos a su marido en público, a ese Gonzalo García del Osario, con lo gigantesco que es, que tendría que subirse a una escalera para escalar esa barriga de trillizos en la semana treinta y nueve que tiene, que le ves antes el ombligo que la cara. Yo me quedé fría. Si es que ya es por tus padres. Delante de mamá a mí es que no se me habría ocurrido en la vida. Es por respeto. Vamos, en diez años que llevan, no, diez años no llevan. Yo no sé cuánto llevan ya. Diez años es imposible. Desde los diecinueve y cumple ahora veintiséis, siete más o menos. En siete años que llevan yo no los había visto rozarse ni por equivocación, y ahora como si fueran lapas. A mí me dio hasta repelús. Y mira que él es mono, pero es que a tu hija no quieres verla así. Ahora lo hacen todo al revés. Yo creo que es tema de esta generación, que está todo rarísimo porque no saben cómo se hacen las cosas, lo ven todo en interné y están todo el día tocándose que yo no lo quiero ni. Porque vamos, lo de este. Yo entiendo que me ponía la crema, pero fue un poco, no sé. Me hizo cosquillitas. Muy suaves, como si nada, se me puso de gallina la piel del otro brazo. No sé a qué ha venido lo de Bárbara, porque es imposible que viera nada. Se acercó y me dijo estás bien, te duele mucho, y me puso la crema. Lo que pasa es que lo hizo con cuidado y me acarició la mano y el brazo porque tenía que. Bueno. Con cuidado. Esas cosas solo se pueden hacer con cuidao. Vamos, yo creo que. Me acarició como si fuera su hija. Eso fue una caricia. Si pasas la mano de arriba abajo con suavidá, porque es que lo hizo con cariño, como si ¿qué edá tendrá? Veinticinco no ha cumplido. Veintidós o veintitrés. Se acercó con cariño. No me hablaba así alguien desde no sé. Desde que papá estaba vivo a lo mejor. Es que el palazo de la bruta de Patricia era para acabar en urgencias. Un poco más y me explota el dedo. La gente no mide, se creen que todo es una competición. Y como él está estudiando, cardióloga creo que era su madre. Sí, me parece a mí que sí, en el Sagrado Corazón creo que estaba. Esta se ha quemao un poquito por los bordes. Bueno. Para mí. Le van a chiflar a Gonzalo. Yo no sé, con el servicio que tiene esa gente en casa cómo no le dice a la cocinera que le haga unas torrijas si tanto le gustan. A ver: dos, cuatro, seis, catorce. Que se lleve unas cuantas a casa, a ver si aprenden y no tengo yo que ponerme a atufarme el pelo a estas alturas del año. Ha sido muy cariñoso. La verdá es que el niño es ideal. Medicina está estudiando. Se le nota. Se le nota que va a ser buen médico. Su madre también era muy agradable siempre, un encanto, siempre sonriendo y guapísima, con esos ojazos entre verdes y naranjas que tenía. Me ha parecido ideal. Una cosa es que te lance bolas desde el otro lado y otra ya hablar con él de tú a tú, tan cerca. Encantador me ha parecido. Sol, quítate ya de en medio, perro asqueroso. Pero vamos, que no. Que eso no lo vio y aunque lo hubiera visto qué iba a ver. Que un médico me puso una crema, eso vio, y la piel de gallina, pues del dolor, el cuerpo hace cosas muy raras cuando se estresa. Estudiante de Medicina. Bueno, un médico. No le iba a decir tampoco no te preocupes que me la pongo yo si encima me está atendiendo. Es como si me estoy ahogando en el mar y le digo al socorrista que esté tranquilo, que ya me hago yo el boca a boca. Pues sí, pues no, eso no es nada, no es un beso, es que si no me muero y este niño pues qué iba a y diez. Vale. Llegarán a, entre que aparcan y suben con las maletas, y veinticinco. Qué vasos pongo. A lo mejor quieren café. No sé yo, a estas horas. A estas horas ya no se toma café. Que se tomen una tónica o vasos vasos vasos. Estos. Es que además es guapo. Los ojos son los de su madre. Me gustan sus cejas. Me gusta que sean rectas y que se desvíen de pronto hacia los pómulos. Parecen un tobogán. Son de gato, pero suave. No es demasiado despampanante. Eso podría ser hortera, de Míster Universo. Tiene una cara muy bonita, y el de hilo con flores dónde está ahora. Apesto a aceite frito. A aceite dulce, encima. Olor de pobres. Qué asco. ¿Huelo a aceite? ¿Huelo a aceite, Sol? Quítate de en medio, haz el favor. Champú en seco y ya está. Las velas. Yo había comprado unas velas de canela. Dónde están, esta mujer me lo cambia todo de sitio todo el rato, mira que le digo que no ordene, que solo desordena. Cartita me tiene. Esa es la risa de Gonzalo. Ya están aquí, ya están aquí. Mechero mechero mechero. Dónde está el mechero. Yastá. Está más delgada. Con las mechas se ha pasado esta vez, vamos, una cosa es que seas rubita y otra rubia platino y eso está ya rubio Mérilin Monrou. Pero está más delgada. Parece que le hubieran laminado las mejillas, como dos pechuguitas de pollo menos. Se le ha puesto cara de mujer. Tiene cara de mujer. Ahora sí. A ver si suelta el bolso, pero ahora yo creo que sí. Ahora sí se podría poner mi falda naranja. Está más guapa así. Antes nosotras estábamos más delgadas. La treinta y ocho de ahora era la cuarenta y cuatro de antes. Lo de ahora no es normal. Se creen delgadas y tienen tallas de fondonas. Esta se descuida un poco y acaba como su tía Catalina. Cuando volvió del campamento de verano en Boston yo creía que ya sabía perdido. Yo ya la veía con la cuarenta y dos con catorce años. Menos mal que la conseguimos apuntar a güinsurf o lo que fuera eso. Yo no sé la crema de cacahuete cómo le podía gustar como le gustaba. Le faltaba lavarse los dientes con crema de cacahuete. Una adolescente así de gorda se echa a perder ya para siempre. Se cree que ella es gorda porque ha nacido gorda, porque ya de otra cosa no se acuerda y ya de esa no sale. Dice así soy yo y así siempre he sido, no conozco otra cosa. Ya eso se le junta con la selectividá, todo el día sentada, y se acabó. Gorda. Se presenta a todos gorda y ya es Alejandra la gorda. Gorda y soltera. Una adolescente gorda es una gorda soltera para toda la vida, porque si estás gorda ya estás soltera. Y sin trabajo. Nadie quiere a una gorda en su empresa o que una gorda le esté rehaciendo la casa a su antojo, que una gorda le esté diciendo pues aquí el sofá, porque pensará que como se tumbe en ese sofá se volverá ella gorda también. Da mala imagen. Es señal de dejadez. Si no tienes cuidado con tu cuerpo, cómo lo vas a tener con tu trabajo. Claro que las he hecho para ti, por qué me iba a poner yo a hacer torrijas en otoño si no. Eso. Si él engorda, mejor. Así ya no se lo quitan, que tiene demasiado peligro. Treinta y tres años, guapete y con fachón, con pelo, con trabajo y con fincas de aquí a Galicia. Una más, Gonzalito. Y un trocito del bizcocho de dulce de leche. Este no te lo hacen a ti en casa. Qué pesado es este perro. Un día le abro la puerta y no lo volvemos a ver. Qué. Qué me enseña esta niña ahora. Manicura burdeos. Muy bien, muy mona. Bueno, muy clásica. Qué quiere. Qué es esa cara. Por qué sonríe así. Parece tonta. Se han dado la mano. Ahora se han dado la qué es eso. Ay. Anillo. De dónde. Abraza. Sonríe. Abraza. Abraza.

Cuatro

Sandra Narváez de la Concha desenrosca la cafetera sobre el fregadero de mármol. El polvo húmedo de esta mañana se cuela entre sus anillos y deja la mano bajo el agua. Llegará en quince minutos y el café, descafeinado, que son las siete y después no duerme, estará listo. A menos veinte el párroco aún sostendrá los brazos levantados hacia el cielo, dirá «podéis ir en paz» con los ojos cerrados. Cuando desaparezca en el camino hacia la sacristía, Joaquín desanclará las manos tras la espalda, girará sobre sí mismo y saldrá a la calle. Ella pondrá a hervir agua con una estrella de anís y colgará después su bolsita de manzanilla en una taza rosa de La Cartuja. Es la única vajilla limpia. Hace ya dos semanas que Yolanda no viene a casa. Su hija mayor, Sandrita, le ha dicho que está enferma con gastroenteritis. No se lo cree. Son demasiados días con diarrea. Está convencida de que la han despedido al fin. Puede abrir y descargar ella sola el friegaplatos, pero se cansa, el cuello se le tensa y las lumbares le escaldan la piel. Las tres últimas vértebras le molestan desde hace ya dos meses. Una hernia las está aplastando, está difuminando las almohadillas entre los huesos. La edad los une a la fuerza. El médico le ha advertido que antes o después tendrán que operarla. Le soldarán las vértebras y le introducirán una placa de metal. La fecha la pone ella. Pueden esperar todo el tiempo que esté dispuesta a aguantar el dolor. Las niñas le preguntan por su espalda a diario. Responde siempre lo mismo: cuando Dios quiera será.

Joaquín debe de estar ya cruzando la calle Asunción. Enciende la vitrocerámica y desencaja una bandeja de metal blanco del armario. Sabe que Sandrita quiere que contrate a una interna. Se lo ha dicho ya en tres ocasiones. Las ha señalado en un calendario, luego que no le venga con que solo lo ha dicho una vez. Sospecha que un día, al volver de pasear, encontrará a la muchacha en la cocina con el uniforme de flores rosas ya puesto. Cogerá su maleta y se la colocará en la puerta. No va a adoptar a nadie a los setenta y nueve años. Si hubiera querido, se habría quedado con un negrito de Marruecos. Aún no se lo ha dicho a Joaquín. En cuanto llegue se lo cuenta. Se va a poner hecho una fiera. Las niñas los tratan como si los padres fueran ellas.

Sandrita no está bien, ella lo sabe. Eso una madre lo ve. Se queda callada si no le pregunta ella nada. Está en otra parte. Mira el móvil, lo suelta, lo vuelve a mirar. Algo le pasa. Se lo ha preguntado y no contesta. ¿Estás bien? Claro. ¿Qué pasa? El Guadalquivir por la puerta de tu casa. Nunca ha hablado demasiado. A Pilarita no hay quien la calle. Podría ponerse a charlar con un arbusto si el semáforo tardara en cambiar de color más de lo previsto. Sandrita siempre se ha mantenido serena en público. Si quien tiene delante no es de su confianza, aprieta los labios como una almeja. Cuando la mandó al colegio, Sandra temió que su hija no fuera capaz de hacer amigas. Acabó con una pandilla más grande que la de Pilar. Entre nueve y doce niñas, según la temporada, aparecían cada sábado en casa para merendar. Buscaban a Sandrita. Encarna les había dejado preparado, antes de su día libre, un bizcocho de canela y manzana.

El agua burbujea ya en el cazo. Sandra lo aparta y abre la tapa de la cafetera, que comienza a gruñir. Dobla con cuidado las servilletas de hilo sobre la bandeja. Los dedos le duelen. Parecen más cortos que antes. Se han dilatado en las falanges, se han redondeado. Ha tenido que ensanchar todos sus anillos. La piel se le ha despegado de los huesos. Se estira, elástica, si la pellizca. Parece que el cuerpo se le hubiera quedado grande. No recuerda sus manos sin manchas. Se le han llenado de círculos blancos y marrones, del color del caramelo. No tiene manera de volver a verse como fue. En las fotos en las que aparece de joven, su piel es solo gris.

Sandra rasca con un cuchillo el envoltorio de plástico. La tira roja no cede. Las galletas están atrapadas. Clava la sierra del cubierto y el azúcar salta sobre la encimera. Una de las mantequilleras debe de estar limpia. Cubre una galleta con otra sobre el plato. Su hija Sandrita ha cumplido los cincuenta y, aunque fue más esbelta, un poco más estilizada, ahora muestra el aspecto que tenía ella a los treinta. Le gusta verla tan segura de sí misma, más resuelta que su madre, otra vez en silencio, al móvil.

Su nieta ha heredado su ojo, pero no su memoria. Se ha encargado ella de educárselo. El tercer fin de semana de cada mes se montaba con Alejandra en un AVE hacia Madrid. Se hospedaban sin falta en un hotel de la calle Zurbano, frente a la casa en la que Sandra había vivido durante los inviernos de su infancia, un edificio color yema de balconadas blancas. El sábado por la mañana desayunaban en el hotel y a continuación visitaban un museo. Lo recorrían. A veces casi trotaban. No quería que la niña se saturara. Pasada la hora y media, el cerebro, empachado, deja de procesar las obras de arte. Se hastía ante los detalles, los marcos y los rostros, y no le importa si lo que tiene delante es un Velázquez o un Hockney. Lo único que busca es el cartel de salida. Ella quería que Alejandra conservara las ganas. Le protegía la curiosidad. Para aquellos sábados, Sandra seleccionaba cinco obras, las investigaba y estudiaba. Las memorizaba como si se presentara de nuevo a un examen. Le hablaba a su nieta del tejido de los sayos, del origen de las perlas y de los cuellos de lechuguilla, que siempre llevaban a la niña al ataque de risa, convencida de que una lechuguilla solo podía ser una lechuga pequeña con barba, esmoquin y bastón. Le contaba la historia de Aracne, y la de Venus y Adonis. Repasaban las especias de los Reyes Magos y a los hermanos de José frente al faraón, o contaban los cuadros que poseía el archiduque Leopoldo Guillermo y les ponían nombres a sus perros. Si al acabar de comentar la última escena y darle un pellizco en el hombro Alejandra devolvía con molestia un «¿ya?», a Sandra se le hinchaban los pulmones. Su estrategia había funcionado. Después iban a comer. En verano y en otoño exploraban los nuevos restaurantes de la ciudad; en invierno reservaba en Lhardy, Lucio o El Landó; en primavera, cuando el paseo hasta la Castellana no condecoraba la espalda de sus blusas con gotitas de sudor, llevaba a Alejandra a Embassy. La niña pedía siempre lo mismo. Quería un sándwich, un Nestea, una porción de tarta de limón. Ella bebía un cóctel de champán y repasaba la carta de arriba abajo. En cada ocasión, un plato distinto. Acostumbrar el paladar a los mismos sabores, le explicaba a su nieta, redomaba el alma. Era de aburridos. La niña respondía que ella solo quería ser un gato jazz y eso nunca podía ser de aburridos, arriquitiquitiqui.

Joaquín llega tarde. Se ha debido de cruzar con alguien. Estará frente a alguna mesa de José Luis mirando de reojo al camarero para que le sirva una cervecita sin que él la tenga que pedir mientras habla con Eduardo e Isabel o con Tomás y Remedios. A veces lo mataría. Cree que todo el mundo lo necesita, que a todos les urge charlar con él veinte minutos cada vez que se encuentran por la calle. Se lo tiene dicho. Joaquín, saluda y nos vamos para casa, que todos tenemos una vida, la buena educación también consiste en saber marcharse, remolonear no siempre da buena suerte. Sabe lo que va a responder antes siquiera de que la primera letra le espolee la lengua. «Un buenos días —contestaría— es como el primer café de la mañana: le puede cambiar a cualquiera la vida».

Llevan juntos desde los veintidós. Los presentó un primo de Sandra en una comida en el campo. Habían conseguido una máquina lanzaplatos y los hombres, junto a la explanada de trigo, terminaban de ajustar los cartuchos. Joaquín había sido el único voluntario en la cocina. Había llegado tarde y cuando hubo alcanzado al resto de los chicos, explicó en voz alta mientras ordenaba los cubiertos junto a las niñas, todas las escopetas habían sido ya asignadas. No podía quedarse de brazos cruzados mientras aquí y allá todos trabajaban. Es lo único que Sandra aún no sabe sobre Joaquín: renunció a su turno del lanzaplatos cuando, de lejos, la vio llegar.

Hoy, le recordó antes de salir de casa, ha pasado toda la mañana en la Caridad, sacando a pasear y dando de comer a los ancianos, un grupo de hombres mayores abandonados, sin dinero ni familiares, o sin dinero y con familiares, pero apartados como un reproductor de VHS. Hace ya un par de años, en uno de los salones, arrebujado en la mesa camilla, se encontró con un compañero del colegio. Y el último verano, con un presentador de Canal Sur. Se había quedado sin dientes y el pelo, antes oscuro, del color de las avellanas, le naranjeaba. Joaquín es desde entonces el encargado del tinte. Se lo aplica cada mes sin falta. Eso quieren sus hijas para ella. Una cuidadora. Quieren inutilizarla. Sandra se niega. Como intenten colar a una extraña en su casa les retira la palabra y las borra del testamento, lo deja todo al Museo de Bellas Artes. Ni un céntimo van a ver. Ella ya está suficientemente liada con la fundación en la que colabora como para tener que estar pendiente de una desconocida. Si Pilarita le dejara de nuevo ayudar con las flores del catering, tendría los días completos. Estaría siempre ocupada. Sería como cuando eran pequeñas. Joaquín y ella fuera de casa hasta la hora de la cena.

La nevera ha empezado a zumbar. Dio hace unos meses un golpe de estado. Les ha robado al horno y al microondas la función de la cronometría. Se fue la luz y Yolanda ajustó los relojes rojos. Se fueron las horas del verano y Sandrita ajustó los relojes rojos. Se fue la luz otra vez y nadie se molestó en ajustar los relojes rojos. Ahora, en la cocina, solo la nevera mide el tiempo, lo recorta en zumbidos. Transforma los minutos en piedrecitas de acuario y los hace rodar como por una zaranda, arañando círculos metálicos. Sandra encaja las tazas sobre la bandeja y se encamina hacia el salón. En la tele comentan la desaparición de dos niños alemanes en un pueblo de la costa de Granada. Un hombre con chaqueta oscura y camiseta roja interrumpe a una mujer de melena acolchada. Sandra parte una esquina de la galleta, enarena de azúcar y canela, y se la lleva a la lengua. Un granito le rasga la campanilla y un ataque de tos le atenaza la garganta. La manzanilla, ahora tibia, se la despeja. Se le han saltado las lágrimas. Una le alcanza la barbilla. El café también se ha enfriado.

Cinco

—¿Te has traído camisas al final? Si me las pasas ahora, te las cuelgo.

—Una camisa y dos camisetas.

—Bueno, bueno. Qué será lo siguiente: un piercing, una rasta, raparte una esquina de la ceja.

—Es que si al final hay campeonato no voy a jugar en camisa, ¿no?

—No, si me parece fenomenal que dejes de fingir que me sacas veintisiete años.

Un cojín voló desde la otra punta de la habitación y rebotó contra mi nuca.

Al otro lado de la ventana, en la colinita junto al olivar, cuatro bodegueros corrían tras un todoterreno verde. El guardés, con el maletero cargado de sacos de alfalfa, los dirigía hacia las cuadras.

—¿Quién falta por llegar?

—Ana, Gabri, Álvaro, Íñigo y Juan seguro, que son los que traen el marisco.

—Lo podríamos haber traído nosotros si eras tú el que lo iba a preparar.

—Ya da igual. Si no son ni las siete. Hay tiempo de sobra.

Fede Sánchez-Ferrer había asignado un dormitorio doble a cada una de las siete parejas invitadas. El resto se repartía entre habitaciones descomunales, grandes como pistas de baile, que durante las monterías que su familia organizaba acogían a los hombres solteros. Sus compañeros de la universidad y los del colegio mayor se habían fusionado en una sola pandilla que en cada salida saturaba las cocinas de los restaurantes y secaba sus barriles de cerveza. El grupo de amigos de Gonzalo en Madrid había decidido pasar, así, el puente de la Almudena en la casa de campo de Fede. La finca se desplegaba desde el sur de Ciudad Real hasta el norte de Córdoba cuajada de encinas, alcornoques y animales en lista de espera para decorar con sus cuernas y colmillos las paredes de algún salón de techos altos. Un lago abrazaba la casa, que desde los montes cercanos parecía flotar aislada sobre el agua. Desde el porche, la masa verde y plateada engullía el sol al atardecer. Para aquel que se sentara en uno de sus sofás color crema con un cuenco de frutos secos y una copa, o con un montadito y una taza de caldo caliente, dos cortinas de jazmín enmarcaban cada noche la escena.

Nos movíamos por el campo a caballo, apiñados en una pickup o estrujados en media docena de quads. Los animales abrían el paso y las ruedas lo cerraban, lo acotaban con las marcas que arañaban en el suelo. En una explanada al otro lado del lago, bajo la sombra de los árboles, los guardeses habían dispuesto sillas, mesas y pufs. Un asador portátil esperaba a la carne que transportaban las neveras del vehículo, cobijada bajo los postres que habíamos preparado nosotras mientras los niños acondicionaban a los caballos y recogían los restos de la noche anterior. La sobremesa licuó el día hasta que alguien, por encima de las risas y las guitarras, avisó de que había pasado la medianoche y debían descansar si de verdad el plan de hacer arroz con algún conejo recién cazado se mantenía en pie. Gonzalo se había ofrecido de nuevo a prepararlo. Él despellejó al día siguiente al animal mientras los demás inauguraban un torneo de pádel entre parejas formadas al azar. Yo me dediqué a pasear junto al embalse con un par de chicas que aún conservaban demasiado alcohol en la sangre como para desear eliminarlo.

Ahora sentía entre los ojos un mareo suave y firme, como si dos dedos me presionaran el nacimiento de las cejas. El alcohol del tercer gin-tonic del día me había amargado la garganta y el picoteo constante, un goteo de patatas, frutos secos, jamón y queso, había logrado que mi estómago pareciera querer anclarse en el intestino. La cinturilla del pantalón me apresaba la barriga. En dos días había ingerido calorías para subsistir perdida en el desierto durante una semana y media.

En el porche, tras la cena, Julia de la Mora, una niña de pelo ondulado y oscuro, se había apoderado de la guitarra. La tocaba con lentitud, como si la cosquilleara, y cantaba con los ojos cerrados rumbas que salteaba con canciones pop aflamencadas. Algunos la acompañaban con las palmas y se arrancaban a cantar cuando alcanzaba el estribillo, otros cuchicheaban, desaparecían y regresaban acunando botellines de cerveza helada. Veía su cara iluminada y tenía que apretar la mandíbula para refrenar la risa. Cantaba con el rictus de una parturienta. Apreté el hombro de Gonzalo y me puse en pie. Necesitaba airearme.

La cocina se conservaba extraordinariamente pulcra teniendo en cuenta que era asaltada cada hora y media por más de una veintena de personas. El suelo, de azulejos verdes zigzagueantes, brillaba despejado, y sobre el mármol blanco de las encimeras solo los albarelos ejercían de pivotes. El microondas zumbaba mientras yo buscaba la balda del desayuno. La despensa principal estaba ocupada por bolsas de arroz, pasta, refrescos calientes y conservas. El café y las infusiones debían de estar en otra parte, en los armaritos cercanos al fuego. En cuanto localicé la menta poleo, la cajetilla voló por los aires. Alguien acababa de pronunciar mi nombre a mi espalda.

—La vida, ¿eh? Un día estás viendo *Amor y otras drogas* y al otro eres la protagonista.

—Joder, no. Pero si vienes por detrás en silencio lo raro es que no me clave sin querer un cuchillo en la yugular.

—¿Qué te estás preparando?

—Un poleo.

—Qué exótico.

—¿Quieres uno?

—No, gracias. Me estoy reservando.

—¿Para?

—Para cuando tenga ochenta y cuatro años.

Íñigo Amuniagairrea se había recostado contra la mesa central mientras pelaba una mandarina que acababa de pescar del bol de fruta. Llevaba una camisa vaquera y una chaqueta de punto verde que le iluminaba los ojos, de un azul plateado sereno, manchado en el centro de cobre. El pelo pajizo, más largo y despeinado que de costumbre, le caía sobre las cejas.

El nombre de Íñigo Amuniagairrea me solía prender fuego en el estómago. Cada vez que le proponía un plan, Gonzalo regresaba aureolado por un leve tufillo a cuero rancio. Llegaba apestando a cerveza. Ninguna de las novias que le había conocido superaba los veintidós años. Él acababa de cumplir treinta y uno y trabajaba en una empresa similar a la de Gonzalo, llena de jóvenes enchaquetados hasta las once de la noche, y desde hacía unos meses publicaba reseñas de libros en un blog con su nombre. Ojeé un par y leí todas de un tirón. Enlazaba las críticas con recuerdos de monterías en el centro de Europa, cine, exnovias y viajes en barco por el Mediterráneo. Una mezcla de curiosidad y pudor ante el desnudo ajeno me remolcó de texto a texto. Cerré las pestañas de golpe cuando Gonzalo entró en la habitación. Para entonces había logrado identificar a tres de las protagonistas de sus historias.

Ahora se dirigía a mí mientras deshilachaba los gajos de la mandarina.

—Te van a oler las manos hasta mañana.

—Perfecto para el siguiente gin-tonic.

—Por supuesto. Un maridaje sublime, extraordinario, exquisito, digno de la costa amalfitana.

—¿Qué haces aquí tú sola? ¿Ya ha caído Gonzalo?

—No, que yo sepa sigue fuera. Pero la otra también. Y a mí me parece muy bien que ni cante ni baile, pero yo a esta sí que me la voy a perder.

Soltó una carcajada.

—Vaya, rajando de nuestra artista más ilustre.

—¿Tú sabes si la madera de la guitarra se pudre cuando pasa la noche fuera?

—Y encima psicópata.

—Unas copas, un despiste, una desgracia, una victoria.

—Pero qué te ha hecho Julia a ti.

—A mí nada. Pero a la música, mucho daño.

Íñigo se había enderezado y de pronto caminaba hacia mí.

—¿Estás esperando a que el agua recorra su ciclo completo?

—¿Cómo?

—El microondas terminó hace un rato.

Pulsó el botón y la puerta rebotó sobre sí misma. Íñigo colocó un plato bajo la taza y me los ofreció con su mirada clavada en la mía. El agua se tiñó de verde en cuanto la bolsa de papel rompió la superficie. El vapor del poleo me alcanzó la cara mezclado con un olorcillo afrutado y fresco que me resultó de pronto familiar. Mi abuela Sandra, con el vestido de vichy rojo que acostumbraba a llevar durante los meses de verano en el campo, me correteó tras los párpados. La cocina olía a coco y hierbabuena o a dátil y lima o a caqui y pimienta o a melaza y savia nueva. No lograba identificar la combinación.

Íñigo me sonrió desde el otro lado de la isla.

—¿Qué tal la vida de prometida? ¿Cómo es eso de saber que has encontrado al hombre de tus sueños?

El cartoncito de la infusión había caído en el agua y metí los dedos para rescatarlo. Aún hervía.

—Mierda. Pues muy bien. No hay gran diferencia con lo de antes por ahora. Es que queda más de medio año. Todavía no puedo hacer mucho. Y entre mi madre y la de Gonzalo ya lo están organizando ellas casi todo.

—Pero ¿os casáis vosotros o se casan ellas?

—Yo tampoco lo tengo claro. Creo que los cuatro.

—¿Va a ser en tu campo al final?

—Sí.

—¿La ceremonia también?

—No. Eso en la Caridad.

—Ahí he estado yo ya en una boda.

—Sí, normal. No se accede por una gruta secreta.

—Esa iglesia era la que tenía un Murillo, ¿no?

Unas voces quebraron el silencio del pasillo. Gabri y la novia de Fede entraron riendo en la cocina, chocándose contra las sillas y buscando hielo para rellenar las cubiteras. Íñigo les abrió el congelador y las observó salir de nuevo a trompicones.

—Qué, ¿te vienes o te vas ya a la camita?

—No lo sé. Estoy un poco cansada. Mucha paliza ya.

—Con este ruido no sé si vas a poder dormir. La cantante ha enloquecido a su público.

—Nada que un aspersor casualmente mal programado no pueda sofocar.

Íñigo sonrió y desapareció tras la puerta.

El sueño se había desvanecido. La presión entre las cejas se había esfumado y la tensión en el cuello de pronto se había aliviado. Apuré la taza y apagué las luces de la cocina.

Gonzalo continuaba sentado en el sofá. Charloteaba en voz alta con sus amigos y cada cierto tiempo pellizcaba distraídamente un cuenco de pistachos. El corro que rodeaba a Julia de la Mora se había diluido. Cantaba ahora cercada por otro aspirante a guitarrista y algunas chicas que hablaban entre sí, pendientes solo de su conversación. Me dejé caer junto a Gonzalo, que me agarró la rodilla sin desenganchar su atención de la charla. Debatían sobre la nueva generación de toreros y sus novias. Alguien aseguraba que ya no eran ni artistas ni atletas, sino celebridades, solo futbolistas bien vestidos. Bebí un sorbo de la copa de Gonzalo y la solté antes de que el líquido me rozara la campanilla. Había vuelto a mezclar Coca-Cola con ginebra.

Un ruido sordo palmeó el hueco del sofá que quedaba aún libre a mi derecha.

—A qué santo le has puesto velas, que has convertido a nuestra Lola Flores en un hilo musical.

La mano de Íñigo me recorrió la espalda desde el cuello a la cintura y desde la cintura al cuello. Después repitió el gesto. La mano volvió a descender con lentitud y frenó sobre el cierre del sujetador. Enganchó los dedos en la tira de corchetes durante unos segundos y luego dejó caer la mano en el sofá. La mantuvo quieta un momento junto al bolsillo de mi pantalón y se irguió en su sitio. Sentí la mano, ahora abierta, recorrerme el muslo. Los brazos se me habían paralizado. Del hombro a la yema de los dedos toda la piel me hormigueaba, me pesaba de pronto como si me la hubieran rellenado de cemento líquido. Miré a mi alrededor. Nadie nos había visto. Gonzalo continuaba hablando con sus amigos.

Comencé a contar hasta cien con la mirada extraviada, como si me hubiera despistado, pero el pulso en los oídos me hacía perder el hilo. Me acerqué a Gonzalo y le di un beso en la mejilla.

—Me voy a dormir, que estoy rota. No hagas mucho ruido luego.

Atravesé la cordillera de piernas cruzadas y me despedí del resto con la mano. Íñigo, ahora en la otra curva del grupo, girado sobre sí mismo, charlaba con alguien que no llegué a identificar. El corazón se me había mudado. Se había trasladado a mis oídos y había aprendido a tocar el timbal. Quizá me lo había imaginado. No concebía que los demás hubieran podido ignorarlo. Sobrepasábamos la veintena. Alguien habría rodeado el sofá en busca de hielo para su copa y en aquel momento, de refilón, habría visto la mano paralizada en el cierre del sujetador. Alguien tenía que haber sido testigo.

Cuando llegué a nuestra habitación, la adrenalina ya había empezado a disolver la escena. Reproducía el recuerdo y con cada repetición las imágenes se desvanecían. Escupí la pasta de dientes y me miré en el espejo. El borde de las ojeras se había enrojecido. Tenía cara de llanto.

Me despertó un puñetazo en el estómago. Vi la espalda de Gonzalo recortada por la luz del pasillo y me senté en el borde de la cama. Sentí otro golpe a la altura del ombligo y la presión se convirtió en tos. Un escalofrío me serpenteó hasta la coronilla y noté el frío en la frente. Alcancé la tapa del retrete antes de vomitar.

La casa estaba en silencio, tan vacía de golpe que parecía desollada. Salí del cuarto y me envolví en un abrigo de plumas que encontré arremolinado en un sillón. El reloj del salón marcaba las siete menos cuarto. Tras la cristalera que enmarcaba el lago, el cielo comenzaba a mancharse de rojo, amarillo y violeta. Una neblina suave, como una hebra de algodón, flotaba inmóvil sobre el agua. Oí unos pies enchancletados acercarse y abrí la puerta de cristal del porche. Las mesas estaban tapizadas de ceniceros, vasos con alcohol aguado y cuencos con gominolas reblandecidas. Me tumbé en el sofá, pero enseguida me enderecé de un respingo. La tela del cojín olía a algo dulce y fresco, como a coco y hierbabuena, a melaza y a savia nueva.

Seis

Una bicicleta casi la tira al suelo. Salen de todas partes en la boca del puente de las Delicias, se cruzan bajo el termómetro digital como moscas mareadas. Le ha hecho daño en el codo. Ahora le vibra el dedo meñique.

En la puerta del McDonald's hay niñas vestidas de uniforme. No deberían estar ahí. Una come patatas y otra, recostada en la pared con la mochila colgada del hombro, lame un helado blanco. Llevan acampanada la falda de cuadros azules. Las tablas se han abierto y han convertido sus caderas en trapecios. Entre quince y dieciséis, calcula. Ella descubría algunas tardes, por la ventana del salón, a Pilar y a Sandrita con la falda gris y verde atrompetada al regresar del colegio. El uniforme escolar siempre ha llevado incorporado un sistema de autocastigo.

A Sandra Narváez de la Concha la falda le gira sobre la cintura. Ha perdido peso desde que murió Joaquín. Ya nadie quiere patatas aliñadas después del ángelus, ni mostachones para merendar, ni roscos de vino de postre en el desayuno. No hace falta que Yolanda los lleve a la mesa. En el comedor solo aparecen ya dos tostadas con mantequilla y mermelada de frambuesa, un café con leche y un kiwi amarillo cortado en rodajas. El último paquete de tejas de almendras que Joaquín les compró a las clarisas sigue entrecerrado en el armarito de los dulces. Cuando vuelva a casa lo tirará.

Esas niñas deberían estar en el colegio. El reloj ni siquiera marca la una. Se han debido de escapar de clase. Sandra gira la cabeza. Una de ellas ha desaparecido. Se arrepentirán. No saben lo que están haciendo.

La primera vez que pisó un colegio tenía veintisiete años. Su hija mayor acababa de cumplir tres y comenzaba el primer curso de Educación Infantil. La responsable de la clase le dio la mano a Sandrita y se la llevó a una silla diminuta con su nombre en el respaldo. Sandra miraba a través del ojo de buey. Mercedes, la profesora, le había dado permiso para permanecer tras la puerta unos minutos. Los primeros berrinches de abandono aún podían sofocarse con una intervención rápida de la madre. Además, así, usted misma se quedará más tranquila. La niña ni siquiera miró hacia atrás. Sandra se puso las gafas de sol antes de salir a la calle. Un nudo le taponaba la garganta.

Le había gustado comprar el uniforme. La falda de menos de dos palmos y las camisas blancas eran todo lo que tenía que sacar del armario de lunes a viernes al despertar a su hija. Ella se había creado uno para ir a trabajar. Al museo iba cada mañana con pantalones oscuros de talle alto y una camisa de seda color crema. El pañuelo alrededor del cuello era lo único que marcaba los días. La costumbre era de su tía Adela, que a diario, cuando era niña, le dejaba un lazo de un color distinto sobre la silla de su dormitorio. Hacían juego con el vestido blanco con ribetes del mismo tono que colgaba ese día de la puerta del vestidor. Con ella desayunaba mientras Juana y Emilia cambiaban las sábanas y comenzaban a planchar. Empapuchaba su medio mollete en aceite y lo nevaba de azúcar hasta que el pan crujía entre las muelas. A veces sustituía el azúcar por una cucharada de miel con canela y ralladura de naranja que sus tatas habían dejado preparada en una salsera de cristal pequeña. Bebía de un solo trago, sin respirar, su vaso de leche, y cuando su tía abandonaba sobre el platillo la taza del café, pedía permiso para levantarse y recoger sus libros y cuadernos. Entonces se encerraban las dos en la habitación junto al despacho de su padre y hasta la hora de la comida solo salían para ir al cuarto de baño. Con tía Adela aprendió desde qué montaña bajaba el Nervión y el nombre de la esposa del rey Recaredo. Con ella aprendió a ordenar los elementos de la tabla periódica, a multiplicar sin usar el lápiz y a deletrear el nombre de Cide Hamete Benengeli. En las lecciones de la tarde, tía Adela traía de su habitación un álbum de fotos de cuero verde de un palmo de ancho, terso y abombado. Las imágenes incluían recortes de periódico y fotografías coloreadas. Custodiaba, por orden cronológico, tras un plastiquillo transparente, toda la historia del arte. Su tía recordaba y Sandra anotaba en su cuaderno.

Cada dos semanas, Fermín las acercaba a Sevilla por la mañana temprano. Se bajaban del coche antes de que las campanas picaran las nueve y paseaban entre iglesias refrescando en voz alta los apuntes sobre pórticos, pinturas y retablos. En los meses de invierno que pasaban en Madrid, Sandra y su tía Adela caminaban todos los jueves desde la calle Zurbano hasta el Museo del Prado. Frente a *Las hilanderas* siempre le contaba la misma historia: unos años antes de que ella naciera, una copia del cuadro de Velázquez había viajado por toda España, de pueblo en pueblo, entre ayuntamientos y casinos, para atajar la distancia entre el arte y el público. Sandra se acordaba del cuadro ambulante cuando en abril y octubre, ante el relevo semestral de sus funciones profesionales, su padre anunciaba la próxima fecha de partida y de nuevo regresaban a Andalucía, una vez más ponían rumbo a Madrid.

Las servilletas se revuelven sobre los adoquines. Se escapan de las mesas metálicas del otro lado de la calle y revolotean, en círculos, huracanadas, junto a la verja de la antigua fábrica de tabaco. Las hojas secas y los recibos de cervezas y montaditos se unen a la sesión de vuelo. En la acera opuesta, veinteañeros y turistas ríen y ojean la carta. Cada diez minutos, la campanita del tranvía disipa de ciclistas y viandantes la calle San Fernando. Sandra nota humedad sobre el labio. Al mediodía, el sol de diciembre viste la calle de verano. Saca su pañuelo blanco del bolsillo y lo presiona contra la piel. Imagina el burdeos del pintalabios rellenando las arrugas de la boca, ensanchando los labios como los de un payaso o los de Bette Davis en *Qué fue de Baby Jane*, blandos y pegajosos, y se le esconde el estómago tras los pulmones. Ella no es Baby Jane. Ella es una señora mayor. Vieja solo es la descuidada.

En la capilla, los ventiladores le columpian los mechones color miel. Cuatro hombres hablan junto al altar. Visten camisas de rayas y llevan al cuello un cordón púrpura con la medalla de la hermandad. Sandrita, su hija, había fantaseado durante años con celebrar su casamiento allí. Cada Martes Santo, desde que era una niña, anunciaba que se casaría en la iglesia de los Estudiantes. Deseaba ser como su padre. A los siete años había querido recorrer la ciudad con capirote y cirio, como hacía Joaquín cuando la lluvia se ausentaba de las calles de Sevilla. Ansiaba dar caramelos a los niños pequeños y gotear la cera líquida en la bolita de papel de aluminio que los mayores estiraban hacia los nazarenos. Pero por entonces la hermandad no aceptaba mujeres. Sandrita lloró y anunció que a partir de ese momento se llamaría Alejandro, que se cortaría el pelo y se convertiría en niño. Al día siguiente había olvidado el berrinche y planificaba su boda en la capilla de la calle San Fernando. Hasta un mes antes del festejo, ya adulta, no cambió de opinión. Ni prensados al vacío habrían entrado en aquel rectángulo sus trescientos invitados. Ceremonia y banquete se celebraron en el campo.

Se levanta del reclinatorio y un calambre le aprieta la muñeca izquierda. Le molesta desde hace unos días. Yolanda ha vuelto a faltar y ha tenido que cargar ella con la compra. Se santigua y deja que el airecillo del ventilador le sacuda la blusa. Alejandro quería que la llamaran. Se ríe y se acuerda de su nieta Alejandra. En su último cumpleaños prometió no dar a su futura hija los nombres de Sandra o Alejandra, aunque el primero no fuera más que un destilado del segundo, puesto que, decía, los había oído suficiente a lo largo de su vida y los nombres, había concluido, no podían funcionar como las cejas, los bolsos o los anillos: no debían heredarse.

Las campanas repican y rebusca en su bolso. Pasa de la una. Aún le sobra tiempo. Sale siempre de casa con cuarenta y cinco minutos de margen, como si el reloj ajustara sus manecillas en otro meridiano. Se niega a montarse en el tranvía. Es un invento para viejos, vagos y pueblerinos desubicados. Aún puede caminar sin sufrir una lipotimia.

—Buenos días, doña Sandra.

¿Cómo que buenos días? ¿No ha dado ya la una? Si debe de ser ya cerca de y cuarto.

—Pero bueno, doña Sandra, usté sabe que si uno aún no ha comío sigue siendo la mañana.

—A las doce y media comienza la tarde, Paco. A partir de las doce se dan las buenas tardes.

—Pero bueno, doña Sandra, que me va a dejá usté sin día, no mangustie, que de las horas de la noche no se da cuenta uno. ¿Qué va a queré hoy usté? ¿Qué se lantoja? ¿Le pongo lo de siempre?

—Sí, por favor.

—Marchando. ¿El periódico lo va a queré?

—Sí, por favor.

—Ahora mismito.

—Te lo agradezco.

Un hombre con ojeras oscuras y hondas, profundas como acequias, sonríe en la portada. «El papa de los pobres», explica el titular. Llega a la página de Antonio Burgos y se lleva la copa a los labios. Las burbujas le picotean la lengua. Siente la cabeza ligera, como si alguien le sujetara ahora el cerebro en brazos. Las niñas estarán, calcula mirando el reloj, a punto de llegar. Todos los miércoles, a la una y media, comen juntas en la Bodeguita Romero de la calle Harinas. Piden alcachofas, berenjenas con miel de caña y un montadito de pringá. A Sandra le han servido champán. Hojea el *ABC* y el líquido chorrea, un par de veces antes de que lleguen sus hijas, desde la boca de la botella a la mesa. La suya es la única copa alargada del bar. Le han dicho que la guardan en la cámara frigorífica para que nadie la pueda confundir o romper. No le han dicho que cada dos semanas una de sus hijas lleva doce latas de ginger ale a la Bodeguita Romero para rellenar, antes de las doce y media, la botella de champán.

Siete

La niña encapaba el pan como si enfoscara una pared. En cuanto alisaba la crema, de nuevo laminaba con la punta de la pala el medallón. Se había sentado en el suelo, frente a la mesa, con un vaso de Fanta de limón entre las piernas y una servilleta de hilo sobre la rodilla. Como mi tía Pilar la viera aplanar el foie, el pellizco le tatuaría sus dedos en el brazo hasta el próximo verano. Le arrebaté el cubierto antes de que completara la última estocada.

—Gabri, hija, para un poquito, que te va a salir el foie por las orejas.

—Es que me gusta.

—Y a mí también, pero luego no vas a comer y a ver qué hacemos con la pularda. Te la vas a tener que llevar a casa para cenar.

—¿Hay pularda? Pero ¿la pularda no es de Navidad?

—Hombre, es de cuando quieras que sea. Y además, Navidad es casi ya. No, te lo sirvo yo. Dos más y se acabó, ¿eh?, que tenemos que comer. Gon, ¿quieres foie?

Gonzalo despegó la vista del periódico y sonrió. Por el rabillo del ojo cacé a mi prima intentando arrastrar hacia sí la cesta del pan tostado.

—Toma, llévale esto. Y una servilleta. No te vayas.

—¿Y qué más hay?

—Ahora vienen más aperitivos de tu madre, que los está preparando Yolanda, y luego una crema de primero, no me preguntes de qué porque no lo sé, y ensalada de escarola, ajito y granada para acompañar la pularda.

—Qué asco. A mí esa no me gusta. El ajo sabe a basura.

—¡Pero alguien está oyendo lo que está diciendo la niña esta! Mira, Gabriela, a mí me da igual que tu padre sea de Alemania o del Congo Belga: tú eres española y te tiene que gustar el ajo. Los Reyes Católicos, el Museo del Prado y el ajo.

—Pues a mí no me gusta. *Du nervst.*

—No sé qué has dicho.

—Que te fastidias.

—Te fastidias tú, que te vas a tener que comer la ensalada.

—Yo no me la voy a comer.

Mi padre y tío Roth comentaban un torneo de golf que la tele retransmitía en voz baja. Mi tía Pilar y mi madre cacharreaban en la cocina junto a Yolanda. Abuela aún se arreglaba en su cuarto. Siempre era la última en llegar cuando nos reuníamos en su casa. Se atropellaba recolocando los cojines que Yolanda ya había ordenado, enderezando los cubiertos sobre la mesa y revisando los filos de las copas. Cuando pulsábamos el timbre de la puerta salía disparada hacia su habitación, como si nos hubiéramos presentado todos, coordinados, por sorpresa. Tragué saliva para subir el tono.

—Tía Pili, dice Gabri que si ella puede empezar ya con la ensalada, que tiene mucha hambre y solo quiere cosas saludables porque ya viene la Feria.

—¡Mentira! Eres una mentirosa y te vas a ir al infierno.

—¿Y tú te vas a venir conmigo?

—Tú sola.

—Pues vaya aburrimiento, ¿no? Si estoy sola no quiero. Sola paso.

—Yo me voy a ir al cielo, como el abuelo Joaquín.

—Eso es verdad. ¿Y tus hermanos?

—Mis hermanos al infierno. Mira, el otro día Joaco me dio un bocado en el dedo. ¿Lo ves? Se notan los dientes.

—Qué burro es. ¿Y dónde están? ¿Los han reclamado ya en el infierno o dónde se han metido?

—Están con primo Pipe en la biblioteca.

—¿Haciendo qué?

—Jugando con el móvil.

—Qué peligro. Toma otro. El último.

—Yo quiero más.

—El último y te vas a la cocina a ayudar.

—¿Y tú qué?

—Yo ya soy mayor.

—¡Y tu madre es mayor que tú y está ayudando!

—A correr.

—Mala.

La niña salió corriendo hacia la cocina, con los rizos de color miel botando sobre los tirantes del pichi. Gonzalo palmeó un cojín del sofá vacío y serví dos blinis con salmón y salsa de eneldo en mi plato. Me dejé caer junto a él.

—Te va a odiar tu prima.

—Mientras le sirva foie y la lleve al cine, todos en paz.

Me acerqué para darle un beso en la mejilla, pero giró el cuello antes de que le pudiera rozar la piel. Sentí a Gonzalo tensarse bajo mi codo. Mi madre acababa de entrar en el salón. Llevaba una copa de vino en una mano y con la otra se atusaba el pelo. Le caía, hoy ondulado, hasta los omóplatos. Se desvió hacia el comedor. Entonces completé con los labios el trayecto hasta la cara de Gonzalo.

—Casi nos cuelga de los pulgares en la puerta de Jerez, ¿eh?

—Y merecidamente.

Puse los ojos en blanco.

—¿Quieres algo más?

De pronto sentí náuseas. La mejilla de Gonzalo me había humedecido los labios y una hebra de sabor amargo me coleaba en la lengua. Me puse en pie y busqué mi copa en el suelo. La lavanda de su colonia me estaba retorciendo la campanilla.

—Voy a por vino. ¿Te traigo algo?

—Un poquito de tortilla si puedes.

—Voy.

Las contraventanas blancas del balcón chirriaban al aire. Abrí los cristales y atrapé la madera en la pared exterior. El vientecillo me limpió la garganta. La colonia de Gonzalo me había comenzado a revolver el estómago. Desde hacía algunos días, en cuanto el perfume me tocaba la nariz sentía las mejillas rellenarse de un polvo finísimo que lograba envolverme toda la cabeza, hasta la nuca, como si una gasa me hubiera atrapado al salir del agua y se me hubiera pegado a la piel como en una escultura de Strazza. Había fantaseado con desenroscar el frasco y dejar caer un chorrito en el retrete. Si cada fin de semana repetía la operación, habría acabado con el bote en menos de dos meses. Aquel era el mismo olor que anunciaba la presencia del padre de Gonzalo. La idea ahora me resultaba repugnante.

Una voz advirtió a mi espalda que el aire que se colaba por la ventana nos iba a condenar a una gripe familiar y cerré los cristales. Siempre me habían gustado las cortinas que los enmarcaban desde el salón. Eran blancas con flores rojas, parecidas a las de un vestido de verano que había tenido de niña. El salón entero era de color burdeos. Los estampados se superponían y enfrentaban junto a retratos enmarcados en volutas de pan de oro, lámparas de pantallas mallorquinas y jarrones chinos, azules y blancos, y andaluces, turquesas, verdes, amarillos. En cada habitación gobernaba un color. En la cocina, el suelo de mármol saltaba entre rombos blancos y negros. Las puertas de los armarios les daban el puntapié. Eran de color azul añil. Las paredes del comedor eran salmón pastel y estaban presididas por las acuarelas que Abuela, Mamá y tía Pili habían pintado cuando vivían en el campo. Las del cuarto de baño de la entrada estaban forradas de flores rosas, celestes y verdes diminutas. Había comprado yo la tela hacía un par de años en Harrods. El recibidor también tenía las paredes cubiertas de algodón con un diseño de cuadros escoceses verdes y azules sobre el que habíamos colgado grabados de caza ingleses y los retratos de dos antepasados de mi bisabuelo Luis. En los cinco dormitorios, el lila, el amarillo, el celeste y el color crema reinaban por turnos. El de matrimonio era el único cuarto cubierto de blanco. Los estampados de rayas, rombos y flores se repartían en los cojines, los sillones y la alfombra. Abuela me había regalado un máster de interiorismo en Londres a cambio de que a la vuelta redecorara la casa de Los Remedios.

—¿Qué haces aquí? ¿Ya te has hartado?

—Yo ya no tengo ni hambre.

—Mamá, que has metido un pollo en el horno, tampoco es para tanto.

—La próxima vez lo haces tú.

Mi madre se había sentado de lado en la silla presidencial del comedor, con los ojos en la pantalla del móvil y su copa de vino en la mano. El pelo le laminaba la cara.

—Cuando sea tu octogésimo cumpleaños lo haré yo.

—A mí no me pongáis pularda por mi cumpleaños, ¿eh?, que os mato.

—A ti lentejitas con arroz.

—Qué guarrería.

—Una niña de mi clase las tomaba así. Qué ascazo me daban. Las volcaba del termo y estaban como pegajosas. Claudia Montes. Pues dicen que es la proteína más completa.

—¿La proteína o el alimento?

—Ah, pues ya no lo sé. El alimento. La natación de las comidas.

—Si a mí me quieres poner proteína, a mí me sirves centollo.

—¿Qué estás haciendo con el vino?

—¿Qué estoy haciendo con el vino?

—¿Por qué le das vueltas? ¿Lo estás colando? ¿Estás haciendo gazpacho?

Mamá levantó la vista y se miró con sorpresa la mano. Parecía que la extremidad que no acababa en pantalla le hubiera brotado de golpe del hombro. Frenó los círculos que había estado dibujando con la base de la copa sobre el mantel y alzó la mano recién descubierta.

—Anda, sírveme más.

—A eso venía yo.

Devolví la botella a la consola y regresé al salón. Abuela se había sentado con Gonzalo en el sofá. Tenía la mano en el pecho y la cabeza reclinada hacia atrás. Estaba muerta de risa. A veces la pillaba murmurándole al oído con los ojos entrecerrados. Le chismorreaba a Gonzalo algún cotilleo, alguna historieta mía, como que cuando tenía cinco años tiré por la ventana media tarta de manzana porque no quería que a Papá le siguiera creciendo la barriga, o que pasé un verano entero empeñada en merendar sándwiches de kétchup porque se lo había leído a la protagonista de un libro, o que cuando tenía once años me perdí en el centro y me senté junto a la puerta de una iglesia a cantar villancicos mientras le contaba a la gente que solo era una pobre huerfanita, y se reía en voz baja.

Quise alejar de golpe a mi abuela de Gonzalo. Si el chaleco de él frotaba de nuevo la chaqueta de ella, en la próxima carcajada su colonia se transferiría. La lana de su jersey contaminaría de cuero, lavanda y madera el tweed que mi abuela rociaba cada día de jazmín y nardos, de primavera. Con solo medio chiste más, la infectaría de vejez.

Por encima de los tresillos y la mesa del aperitivo pregunté si alguien recordaba dónde se guardaban los cubiertos de postre, puesto que Yolanda, inquieta siempre frente a los ritmos de las comidas familiares, se disponía a dejar todos los servicios ya enfilados, y Abuela, como si le acabaran de engrasar la caja de cambios, salió disparada del abrazo de Gonzalo. La cara de Íñigo Amuniagairrea me acababa de centellear sobre la de él. Íñigo le habría pasado el brazo por el hombro y le habría susurrado que una nieta tan guapa solo se explicaba contemplándola a ella. Luego habría jugado con Gabriela. Mi abuela era demasiado mayor para él.

Enrosqué la vista en Gonzalo, que ahora se acercaba a mi tío Roth con la mano en alto, a punto de palmearle la espalda con tres golpes huecos. A mi padre solo le alzó la barbilla. Era, me había dado cuenta ya, el único hombre al que no saludaba como a un gorila. Aunque la confianza entre ellos era firme, las cuernas que rellenaban las paredes del campo, la mayoría selladas con sus iniciales, obligaban a Gonzalo a mantener la distancia propia de la admiración. La relación entre nuestros padres, amigos además de clientes, colocaba a Gonzalo en ocasiones al borde de la reverencia. Antes me divertía, pero ahora mismo la escena solo lograba removerme el estómago.

Abuela había sido la primera de la familia en conocer a Gonzalo. Lo había visto en brazos de su madre a los pocos meses de nacer. Los abuelos de él y los míos coincidían con frecuencia en las noches de El Puerto de Santa María. La noticia de la boda casi le saltó las lágrimas. Durante el año que pasé en Londres, la pobre temió que regresara a Sevilla con un novio exótico, indio, vietnamita o japonés, con un niño que quebrara su lema y consejo inagotable: es mejor venir de buena familia que de familia con dinero.

Los retoques del campo para la celebración tenían a Abuela extasiada. Había mandado plantar flores en todas las esquinas del jardín y restaurar la casa del árbol que Mamá y tía Pili habían construido con su padre de niñas. Siempre había dicho que Gonzalo era su nieto de mentirijillas, y ahora, si el curso de los acontecimientos se mantenía inmaculado, si a pesar de todo las cosas sucedían como parecía que iban a suceder, lo sería de verdad.

Ocho

Esa misma tarde, los niños se encargaron de ayudar a Yolanda. Martín y Joaquinito traían las salsas y retiraban los platos. Tía Pilar los estaba entrenando para la mayoría de edad. Entonces comenzarían a trabajar los fines de semana en el catering. Pasarían los aperitivos en las bodas, les gastarían alguna broma a las amigas despistadas de la madre de la novia y ofrecerían una bandeja de solomillo al horno frente a mesas de ocho desconocidos. Tenían, decía tía Pili, que aprender el negocio aunque luego estudiaran ingeniería aeroespacial u opositaran a notaría.

Los niños corrieron a buscar los postres y volvieron riendo sin ellos. Se quedaron callados junto al carrito camarera con las manos en los bolsillos. Joaquín sacó las suyas y me lanzó algo blanco y redondo al pecho. Era un huevo. Rodó por mi vestido y estalló al alcanzar el suelo. Mi tía ordenó a Yolanda que descargara el lavavajillas. Ese día no se utilizaría. Fregarían los niños a mano.

—No le he clavado el tenedor en el ojo porque había testigos, que si no ahora mismo estaba el hijo de tu hermana, Mamá, eligiendo el color del parche.

Cerré la puerta de casa de un tirón y la che final se acopló al golpe. Papá dejó las llaves en el buró de la entrada y se despojó de la gabardina. Refunfuñaba con voz entrecortada mientras enderezaba una percha del ropero. Colgó su abrigo y, entonces, subió el volumen.

—Menudo par de terroristas. Pero la culpa es de los padres, que les ríen las gracias.

Mi madre, que se adentraba ya en el comedor, frenó en seco.

—¿Qué dices, Felipe? Si mi hermana los había castigado antes de que mi madre se pusiera como una energúmena. Pero vamos, que son niños, es normal.

—Ni Alejandra ni Pipe le han tirado jamás un huevo a nadie. Jamás. Y si lo hubieran hecho, ya me habría encargado yo de que se les quitaran las ganas de volver a acercarse a un huevo en su vida. Se iban a hacer vegetarianos. Y tú encima te pones de parte de ellos. Esto es grandioso.

—No, pero yo soy madre y sé cómo hay que tratar a los niños.

—Y yo soy padre y a los niños hay que tratarlos como adultos para que de adultos no sean niños.

—A los niños hay que tratarlos como lo que son. Y los niños, sobre todo cuando empiezan con el pavo, no saben lo que está bien y lo que está mal porque lo van aprendiendo cuando crecen.

—No, querida. A los niños no hace falta leerles el código civil antes de irse a dormir para que sepan que no se va por ahí lanzando huevos a la gente.

Mi padre cerró de un portazo el armarito y Pipe protestó a su espalda. El abrigo aún le colgaba del brazo.

—Bueno, ya está. —Até un nudo invisible con las manos, como había visto hacer a una directora de coro para silenciar a las cantantes—. El huevo ni me ha manchado y Joaquinito tiene ahora agujetas en los brazos de tanto fregar. Ya está.

Miré a Gonzalo, que acariciaba a Sol acuclillado, con la vista clavada en el perro, agitándole las orejas como si se las sacudiera. El labrador se tumbó panza arriba y Gonzalo sonrió. Me senté frente a él en el suelo, con las piernas flexionadas y la espalda contra la pared. Arrastré al perro a mi lado. Mamá había desaparecido ya en la cocina, había abierto el grifo y llenaba, si la polifonía de puertecillas y porcelana no me engañaba, una jarrita de agua.

—Qué empacho tengo encima. Me voy a hacer una infusión. ¿Alguien quiere algo? Uy.

Mi madre me estudiaba desde la puerta de la alacena. Había salido con los sobrecitos de té en la mano y había frenado a medio camino. No me miraba a la cara. Miraba el centro de mi vestido.

—¿Y esa barriga?

—¿Qué barriga?

Bajé la vista a mi vientre. Una colina de carne había quedado atrapada bajo la tela, entre el borde de las braguitas y la franja de pespunte que se ceñía al pecho y conducía al ombligo. Me había salido un michelín. Un líquido caliente se me derramó desde las clavículas hasta el estómago. El aire de repente me pesaba sobre los hombros y las piernas, como si la jarra que había calentado mi madre hubiera caído al suelo y la humedad de la habitación se hubiera disparado. La cara de golpe me hervía. Sentí una neblina sofocante, tropical, alrededor de los ojos, y las palabras comenzaron a chocar contra el interior del cráneo como si hubieran descarrilado.

—Hombre, lo normal si te sientas. Es porque estoy agachada.

Gonzalo también dirigía su atención hacia mi barriga, y mi padre, atascado en el recibidor con el móvil en la mano, se giró para oír mejor. A Pipe, que había estado rebuscando en el armario del hall, se le escapó una carcajada entre los abrigos. Mi madre seguía paralizada en el umbral de la cocina.

—A mí eso con tu edad no me salía.

—Ven, siéntate tú aquí. Ven, ven. No, no, no te vayas. Ven.

Gonzalo me miraba ahora a la cara, con los ojos abiertos, como si los párpados se le hubieran pegado a la cuenca. Mi madre había desaparecido del marco de la puerta. El microondas pitó tres veces y me levanté de un salto. Me extendí el vestido sobre la piel.

—Mira. Mi barriga está plana. ¿A ver la tuya? ¿Te quieres poner mi vestido y lo vemos?

Mi madre me daba la espalda. Sacaba tazas y platos del armario. El resto permanecía en silencio.

—Pero de qué vas. Te crees que me puedes hablar así, ¿eh?

—¿Qué te he dicho?

Se dio la vuelta con un brazo sobre el pecho y una taza en la mano. Subía y bajaba la bolsa de la infusión como si le estuviera haciendo ahogadillas.

—Que tengo barriga.

—Eso no te he dicho yo.

—Anda que no. Pero si literalmente lo acabas de decir. Lo acabas de decir. ¿Tú me quieres volver loca? Me acabas de decir «uy, ¿y esa barriga?» delante de todo el mundo, de Papá, de Pipe y de Gonzalo. Pero ¿tú de qué vas? ¿Quién te crees que eres?

—¡Todo el mundo! ¡Tu familia y tu novio! Y soy tu madre. Me creo que soy tu madre.

—¿Y eso te da derecho a hablarme así? Espera, es que no es eso, es que es peor: ¿tú quién te crees que soy yo? A mí me respetas como respetas a tus amigas o a tu hermana. A ella no te atreves a decirle algo así, ¿eh? Que se ha puesto tía Pilar como un sollo de estar todo el día uy, que si probando esto, uy, que si probando lo otro, que se le ha puesto un culo en el que se puede planchar un vestido de gitana, y a ella nadie le dice nada.

—Se lo tendrá que decir su madre, no yo.

—Que nadie le tiene que decir nada, que no te enteras. Que ella ya se ha dado cuenta de que ha engordado. Si comes más y de repente el cinturón te aprieta, sabes que has engordado. Si se te notaban los pómulos y ahora todos los días parece que te han picado diez avispas en la cara, sabes que estás gorda y no necesitas que nadie te lo diga. Ya lo sabes.

—No es para ponerse así.

Remató la frase dando un sorbo de su taza. Me miraba por encima del filo. Parecía que me estuvieran atendiendo en una ventanilla de la DGT. La última vez que fui a esas oficinas una adolescente en chándal me preguntó gritando si me pasaba algo, por qué giraba a cada rato la cabeza y no paraba de mirarla. Señalé el reloj sobre su bancada. Me sentía ahora tan desquiciada como ella.

—Pero cómo que no es para ponerse así. ¿Te digo yo a ti algo de tu físico?

—De la ropa sí.

—De la ropa sí porque la ropa la eliges tú todos los días. La ropa no te ha venido impuesta. Mira, yo paso. O sea, es que no entiendes nada y te niegas a entenderlo. Ea, ya está. Gonzalo, vámonos, que yo no aguanto aquí más.

—Qué exagerada eres, por Dios. Y lo que te metes tú a diario en la boca lo eliges tú también. Que yo sepa, no hay nadie obligándote a comer lo que no quieras. Y yo solo lo he dicho porque todavía estamos a tiempo de encargar más tela para el vestido de novia.

—Mamá, que paso. Que aquí te quedas, hija mía.

Salimos y Gonzalo cerró la puerta. Caminaba un paso detrás de mí, aún en silencio. El bolso me rebotaba sobre la cadera como si tocara las palmas. Estaba pensando en gris. El cerebro se me había opacado. Me habían lanzado una bomba de humo entre las neuronas. Solo oía a mi madre decir que tenía «barriga».

De pequeña me llamaba gorda. La recordaba en el coche, en la puerta del colegio, mientras los De Aguilar subían al asiento trasero y yo guardaba sus mochilas en el maletero. Cuidado con la cabeza, gorda, que está la puerta floja y hasta mañana no la arreglan. La recordaba en un cumpleaños de Pipe en el Club, en la barra del bar de la zona infantil, mientras Mariló ordenaba las bebidas en una bandeja de madera. Mi hermano y sus amigos acababan de jugar a Marco, Polo, tierra, nadie y aún pintaban en el mármol las huellas húmedas de sus pies. Mamá me había asignado el puesto de jefa de sala. Los Pelotazos, gordi, para los niños, tráetelos tú, porfa. La recordaba en el jardín de Leti Bernal una tarde en la que fui a hacer un trabajo de plástica a su casa. La mochila, gorda, que se te olvida, que estás cuajada. Antes de cumplir los quince dejó de hacerlo. Me habían diagnosticado ovarios poliquísticos y la cara se me había ensanchado. Las pastillas me habían desterrado de la talla treinta y ocho. Los pantalones se quedaban atascados en las caderas, no escalaban la montaña de los muslos, convertidos ahora en comillas angulares. Dejé de tomarlas cuando llegué a la universidad. Ojeé por primera vez el prospecto antes de meter en el bolso la dosis de la semana. Aparecía mi nombre en el primer subapartado de posibles efectos adversos. «Efectos secundarios frecuentes (pueden afectar hasta a una de cada diez mujeres): dolor de cabeza, cambios en el estado de ánimo (incluida la depresión), náuseas, dolor abdominal, mamas dolorosas, sensibilidad en las mamas, aumento de peso, erupción cutánea». Caí en la cuenta entonces. Yo llevaba tres años sin llorar.

Gonzalo me miraba recostado en un pretil de la plaza de España. No había despegado los labios desde que salimos de casa. No había tratado de apaciguarme. Su cara desapareció de nuevo bajo la de Íñigo Amuniagairrea. Él también habría guardado silencio. Habría permanecido callado hasta que hubiera encontrado el momento oportuno para injertar una broma sobre mi barriga que le diera la razón a Mamá. Mi cuerpo no era el de una universitaria con fisionomía de quinceañera. Todas sus novias tenían aspecto de prepúberes espabiladas. Un líquido caliente me anudó la boca del estómago y me vi a mí misma empujando a Gonzalo, de nuevo por completo frente a mí, al agua del estanque. Caería sobre una barca, se golpearía la frente y las carpas correrían a comprobar si aquello era un trozo de pan gigante o un pedazo de basura. Se incorporó con las manos aún en los bolsillos.

—Vaya tela, ¿eh? Vamos, anda.

—¿Vaya tela qué?

—Vaya tela cómo te has puesto.

—Vaya tela será mi madre, no yo. Vamos, ya lo que faltaba. Y además es que no dices nada. Es que yo flipo. ¿Dónde vamos?

—A tomar una cerveza, que falta te hace. Pero ¿qué quieres que diga? No hay mucho que decir.

—Cómo que no hay mucho que decir. Para empezar, puedes decirme que no estoy gorda.

—Es que no estás gorda y lo sabes de sobra, y por eso no tenías que ponerte como una loca. No te había visto así en la vida.

—Porque tú no me has dicho nunca en público que estoy gorda.

—Tampoco te ha dicho eso tu madre.

—No, me ha dicho que me van a fichar como modelo de bikinis.

—¿Te vas a cargar toda la noche por haberte peleado con tu madre? Porque yo me voy a mi casa y se acabó, que yo he venido a comer con tu abuela por su cumpleaños y yo ya he comido.

—Que ya has cumplido, dices, como si fueran esto los deberes del colegio.

—He dicho que ya he comido, no que ya he cumplido.

—Lo mismo es.

—No, no lo es. Joder, qué desagradable eres cuando quieres.

En la plaza de Santa María la Blanca el aire rasguñaba las ramas de los naranjos. Movía las hojas y encapotaba las mesas metálicas del aroma del azahar, suave, meloso. Se imbricaba en la humedad de la ciudad y reblandecía la piel, la dejaba tierna, como recién salida de una ducha caliente.

Me pasé la mano por la barriga. La noté lisa y un poco abultada. La imagen de Mamá observándome tras su taza se me contorneó en los párpados y la neblina volvió a rodearme la cabeza. En cuanto la viera se lo diría. Le gritaría que su cuello parecía un abanico publicitario de los que repartían las azafatas de manzanilla en la Feria, gordito, redondo y despeluchado. Le iba a chillar frente a Papá, frente a Gonzalo y frente a Pipe que ni aunque quisiera podría ponerse ya el vestido de flamenca rojo que hacía un par de años me había tomado prestado, porque como pasara cerca de una carnicería la confundirían con un chorizo de Cantimpalos. Para ocupar uno de sus vestidos, le iba a deletrear frente al espejo del recibidor, hacían falta dos como yo.

Un golpe metálico torteó la mesa más cercana y el olor a carrillera me alcanzó la nariz.

Gonzalo miraba su móvil en silencio. Apretaba los labios con fuerza, como si una costurera hubiera olvidado aplanar el hilo tras fruncirlos. Seguía molesto. Cuando se enfadaba, solo guardaba silencio. Si estábamos separados, no respondía a mis mensajes hasta el día siguiente. Si estábamos juntos, se arrinconaba en el sofá con las piernas cruzadas como si intentara plegarse sobre sí mismo. Se sentaba con el periódico sobre los muslos o el móvil en la mano y el único sonido que emitía durante horas consistía en un leve quejido, como un suspiro ahogado, cada vez que cambiaba de postura.

—Que no, venga. Ya está. Perdón. Lo siento. Ya está. Tienes razón, se me ha ido la cabeza porque estoy cansada y tengo hambre.

—Lo que no sé tampoco es cómo puedes tener hambre.

—Yo qué sé, porque el niñato ese me ha tirado un huevo a la cara y ya he dejado de comer. Perdón. Lo siento. ¿Me perdonas? Mira, que hasta viene ya el camarero.

—Muy buenas noches, señorita. Usted dirá.

—¿Tendrían, por casualidad, una mesita para dos?

—¿Para dos? Déjame que te lo mire, miarma, y ahora mismito te lo digo. Quedarse aquí, que ahora vengo.

Le pasé el brazo por la cintura a Gonzalo mientras él sacudía la cabeza de un lado a otro. Guardó el móvil y me apretó contra su cuerpo. Su colonia, una mezcla de lavanda y eucalipto, me raspó la garganta. Unas náuseas nuevas me retorcieron el estómago. De pronto había olvidado por qué me disculpaba. Me había acusado de comportarme como una quinceañera. Comenzaba a despegarme de su brazo cuando sentí un beso en la coronilla. Di un paso atrás y Gonzalo me sonrió fugazmente. Noté la resistencia diluirse en mis hombros y de forma automática busqué con mi mano la suya, que me cedió a regañadientes. Tuve que controlarme para no soltarla de golpe. Estaba empapada en sudor, frío y viscoso. El hambre había desaparecido de mi estómago. Lo rodeé con el otro brazo y me sequé con suavidad en el forro de su abrigo.

Nueve

A mí me extraña. Me extraña porque mamá siempre lo apunta todo. No sé, no me cuadra. Pero es que no es mayor. Con ochenta años hoy no eres mayor, hoy te acabas de jubilar y te vas de viaje a La Mamounia o aprendes a pintar o das clases de informática o yo qué sé. No se le ha podido olvidar el cumpleaños de papá. Yo creo que lo ha preguntado para demostrar que está bien, que su vida sigue. En dos semanas nos presenta a un novio. A Pipe sí que hay que vigilarlo. El otro día, cuando la noviecita cortó el pan en la mesa con el cuchillo, casi le pido que me lo clave a mí también en el ojo. Y luego le dio un bocado. Encima va y le da un bocao al trozo de pan. Yo estaba ya mareada. Esto es culpa de Felipe, que si tenía Pipe que espabilar y no sé cuantitos. Para espabilar, que lo hubiera mandado a recoger boñigas de vaca a una granja de Inglaterra, no a la pública. Es que sabía que esto iba a pasar. Tú me dirás qué iba a sacar de Periodismo en la universidá pública. Él, que no pasa nada. Proyectito para arriba, proyectito para abajo. A su bola. Golf y monterías y golf y monterías y más golf y más monterías. Yo así no los puedo llevar a ningún sitio. A El Puerto esta niña no viene. En Semana Santa este se va a El Puerto en el coche con la hija de Mimi Calderón, que es monísima y lista y educadísima. Cuando se murió papá me escribió un mensaje. Ah, bueno, y me llamó y todo. Voy a hablar con Mimi

Calderón. Yo creo que la niña está soltera. Aunque raro es que a esa edá, siendo lo guapa que es, esté sola. Los mandas al mejor colegio de Sevilla, se meten en la universidá y te vuelven así. Suficiente con la otra, que yo no sé. Pero ya es mayorcita. No, el problema es que no es mayorcita, el problema es que tiene veinticinco años y con veinticinco años eres una niñata. Pero es que como siga engordando no va a haber quien la. Vamos, lo mejor que le ha podido pasar es Gonzalo, que si no le apetece no tiene que mover un dedo más en su vida. Si ella sabrá, porque tonta no es, pero esta cantidá de gente no tiene sentido hoy en el centro. O están regalando algo o, tengo que llamar a Carmen Albarelo. Con el niño así no sé si me cogerá el teléfono. Pobre Carmen. Tendría caberse ligado las trompas. Cincuenta y dos años y un niño de cuatro. Va a dejarlo huérfano antes de los treinta y cinco. Providencia divina ni providencia divina. Esta no conoce a sus nietos. Dios no quiere que tengas hijos como conejos, por favor, Carmen, no sé ya cómo decírtelo. Dios quiere que te administres, que te sepas organizar, que seas responsable. Tiene el cerebro desatornillado. La que está bien es la madre de Gonzalo, Tilda Maldonado, que es una cosa que yo no comprendo. Porque esa señora es mayor que yo. Vamos, por lo menos siete años me saca. Y los brazos. Es que no lo comprendo, es antinatural. Los brazos los tiene tersos, pegados al músculo, una carne sola, como si tuviera veinte años. Me sabe la boca a café. Qué asco. Si me fumara ahora un cigarro sabría a hombre de negocios. Se le cambió la cara cuando le dije que lo había dejao por él. Por él no le dije. Yo ya no me acuerdo de cómo se lo dije. ¿Cómo se lo dije? «Por ti» no fue. Fue como «lo he dejado porque dijiste que». ¿Cómo fue? Porque dijo que así me iba a cansá menos cuando subiera a la red y entonces le dije que tenía razón o algo así, que ya aguantaba mejor y que de repente había olores que había vuelto a distinguir y que me sabía hasta el vino blanco, que eso no me sabía a mí a nada antes, a aguachirri. Tendría que llevar en el bolso siempre chicle de menta. Pero comer chicle es de mal gusto. Es un poco hortera. Lo que es es una ordinariez. Se te pone cara de cabra mascando y mascando, y tragas aire y te dan gases. Seguro que la noviecita siempre lo lleva. Seguro que es la que lo ofrece por la noche en el cuarto de baño de la discoteca, Belencita, un chicle, Belencita, que si quiero o que si tengo, ja, ja. Más le vale a Yolanda haberse puesto ya con la plancha. Es más floja que la chaqueta dun guarda. Y refunfuñando todo el día, como si lo hiciera gratis. Dos por lo menos. Ah, no, tres buganvillas ha matado ya. Han sido tres. Para el jardín va a haber que contratar a alguien, como en El Puerto, que esta nos lo tiene que parece que está en la segunda ronda de quimioterapia. Me estoy asfixiando con este chaleco. A ver, en las piernas el bolso, y ahora parezco una gallina. Se me va a subir la camisa, se me va a subir la camisa. Nunca sé vestirme para este tiempo. No sé yo si Yolanda habrá sacao al perro. Vamos a darle un mes más. Si no, quizá le diga que no puedo permitírmelo más. No puede ser que provoque más trabajo del que soluciona. Que no puedo permitírmelo, no, que luego acaba trabajando en casa de Fulanita Sánchez, de Menganita Pascual o de Pepita Flores y esta charla por los codos. Se han quemao, ¿eh? Se creen que el sol no quema en invierno. Sí. Aquí es. No sabía si estaba viniendo bien, que de repente me he despistado y yo, por lo que dice, creo que vive por aquí. Ahora no sé si es en esta plaza o en la del Museo. O va a ser en la de la Gavidia. Va a ser en la de la Gavidia. ¿Dijo lo del Gran Poder o lo del Museo? Ahora, mierda. Ahora no me acuerdo. Bárbara está loca. Está aburrida y no tiene nada que hacer. Hoy es lunes. Un lunes, encima. Tengo muchas cosas que hacer. Yo no soy Bárbara Dosinfantes. Pero si es que hoy no puede estar aquí. Si es lunes hoy está estudiando. Martes y jueves está en el Club, obviamente, y luego se quedará allí hasta el mediodía, no creo yo que acabe de dar la clase y se vaya pitando a encerrarse. Y si se encierra no se iba a poner tampoco a dar paseos por la calle a la una del mediodía. No es pecado. Que no es pecado. Me ha explicado cómo funciona el torneo, ya está. Eso no es pecado. Es burocracia. Como ir a renovar el DNI. O al colegio. Como cuando el director me contaba la idea para el concurso de villancicos. Eso no era pecado. Qué va a ser pecado. Me lo estaba explicando. Me estaba explicando cómo funciona el torneo. Me lo ha explicado y me ha invitado a un Aquarius porque yo estaba sudando y luego él no tenía clase. Ya está. Si es que no es nada. Es lo más normal del mundo. Si fuera él una mujer, a nadie se le pasaría por la cabeza nada. Ya está. Que ya está. Hablar con un hombre no es pecado. Y hemos charlado porque los dos somos adultos y entre adultos educados se charla, se pregunta qué tal estás, qué vas a hacer ahora, qué tal tu padre, dónde anda ahora tu madre que hace tiempo que no la veo por aquí. Yastá. Es normal. Pues ya está. Sacabó. Pensamiento. Hay que estar loco. Menudo disparate. Cómo va a ser pecado el pensamiento. Pensamiento, palabra, obra y omisión, por mi culpa por mi culpa por mi gran culpa, por eso ruego a. El pensamiento no es pecado. Algo que se piensa y no se hace no es pecado. Es una idea. Las ideas no son pecado. Las ideas no existen, no se tocan, no tienen efecto a menos que se lleven a cabo. Las ideas no existen. Eso era pecado antes. Era pecado antes, que querían tenerlo todo controlado. Era pecado cuando se quemaba a gente en la hoguera. El pensamiento no es pecado. Las ideas no pueden ser pecado. Qué disparate como una catedral de grande. Bueno. Bueno. Ay. Algo le dejaré caer a don Antonio. No sé ni cuándo es el próximo. Creo que lo apunté. Calendario. Retiro de matrimonios cristianos. Del catorce al dieciséis. Vale. Pues ya se lo preguntaré en confesión. Pero pecado no es. Hombre, claro que no lo es. Cómo va a ser pecado. Hablar no es pecado. Charlar no es pecado. Qué estupidez. Si hiciera algo, lo entendería. Sería un pecado. Sería un acto, sería una acción. Pero pensar es que no es pecado. El pensamiento no es ha visto el anillo. Era tuyo al final, ¿no? Era mío, sí, sí. De mi hija, que se lo había robado y me quedaba un poco grande y me salió volando y ni me di cuenta. Es guay, lo vi ahí en los asientos y dije esto tiene que ser de Sandra Medina seguro, que tiene todo el rollo. Muchas gracias. ¿Qué es? Tenía una cara, ¿no?, me parece a mí. Sí, Medusa. ¿Era una medusa? Creía que era la cara de una mujer. La cara de Medusa. Medusa era un ser del inframundo que convertía en piedra a todo el que la miraba a los ojos. En lugar de pelo tenía culebras. Perseo le cortó la cabeza mientras vigilaba su reflejo en su escudo. Así la pudo matar sin petrificarse. Menuda movida, ¿no? Y tanto. ¿Y tú cómo sabes estas cosas? Mi madre sabe muchísimo de arte. Nos lo contaba como si fueran cuentos antes de irnos a dormir. Qué guay. A mí cuentos no me contaban. Yo veía *Los Lunnis*. Si es que puedo ser su madre. Si es que *Los Lunnis* los veía Pipe. Tendrán la misma edá. Tercero de carrera. La misma edá. Tiene la edá de Pipe. A lo mejor ha repetido. O ha empezado más tarde la carrera. Si se ha dedicado al pádel de forma profesional, seguro que un año se ha tomado para seguir jugando. No me acuerdo. Le tengo que preguntar a su madre. Ay, Dios mío de mi vida. Voy a ver. No creo que haya subido nada nuevo, pero bueno, a ver. Nada. Yo no sé por qué sube tan pocas fotos. Alejandra y Pipe suben fotos nuevas cada dos por tres. Yo no entiendo que este niño trece de octubre. Es que es mucho tiempo sin subir una foto. No lo entiendo. A lo mejor le ha pasado algo y por eso ya no las sube. A lo mejor ha cortado con la niña esta. A lo mejor ha sido eso, porque su nombre aquí no aparece. A lo mejor lo dejaron y por eso ya no sube fotos. Espera. A Pipe lo oí yo decir el otro día no sé qué de Ignacio Chavarría y de que ya los móviles con interné no se llevan. A lo mejor es eso. A lo mejor él ha hecho lo mismo y ahora está usando un, yo qué sé, un Nokia, uno de los que se doblan por la mitá, Motorile o como sea eso. No me he fijado. Me tengo que fijar. Yo creo que no lo he visto nunca con el móvil, no lo recuerdo. Lo dejará en el despachito. Pues yo no lo vi. La otra vez yo no lo vi. Aquí sale muy guapo. La niña esta es mona, pero sin más, un poco del montón. Tiene el labio demasiado grueso. Y ese pelo. Parece que se va a poné a cantá flamenco. Un poco catetilla. A ver. Ese moreno no es natural. Choni. Choni choni. Me dicen que lleva un bolso de loguitos fluorescentes y me lo creo. No pegan nada. Vamos, esa niñatilla con Jaime de Alcuza, que cuando se muera su padre lo hacen grande de España. A lo mejor era su amiga. Él es demasiado guapo para ella. Tiene que ser una amiga de la universidá. Mira, pintilla de enfermera sí que tiene. Pues a lo mejor era eso. Pues a lo mejor sí. Pero ¿Medicina y Enfermería están en la misma facultá? Seguro. Espera. Cómo me dijo esta niña que era para. Era algo de pegatina o de. Ea, aquí viene una, verás tú, que si quiero contribuir en la lucha contra el hambre infantil, pues qué quieres que te diga, qué pretendes tú que te diga. Tendrán cara dura. Qué poquísima vergüenza. Qué quiere que le diga, ¿que no? Qué sinvergüenzas. Claro que quiero que los niños de África no se mueran de hambre, no voy a queré que no se mueran de hambre. Qué gentuza más gigantesca. Estos eran los que iban a ayudar y luego violaban en no sé dónde y me van a venir con qué pan me había pedido Pipe. Después. Ya no sé si ha dicho con romero o con pasas. Después. Cómo me había dicho Alejandra quera esto. Era como pegatina o como. Aquí no es. A ver estos tres puntitos. No. Aquí no. Restringir bloquear denunciar información sobre esta cuenta ocultar tu historia copiar url del perfil compartir este perfil cancelar. No. Sugerencias para ti. Espérate. Yo creo que esto es. Sí. A ver. Etiquetadas. Eso era. Fotos etiquetadas. A ver a ver. Esta es la misma niña, ¿no? Pues aquí está rubia y en sus fotos está morena. Si te tiñes de rubia de joven, mal va la cosa. Encima con las cejas oscuras. Una choni de cuidao. Las uñas blancas. ¡Las uñas blancas! Sonia Gutiérrez Bermúdez. Pero qué iba a hacer un grande de España con una tía que se llama Sonia. Sonia. Te casas con una Sonia y acabas poniéndole a tu hijo David. «Os amo, mis putitas». Pero quién llama putitas a sus amigas. Pero a esta niña de dónde lan sacao. Ni zorras ni sorry. Pero qué es esto, Madre del Amor Hermoso. Pero que se está dando un beso en la boca con su amiga. Digo yo que es su amiga. Yo ya no entiendo nada, yo de verdá que cada vez entiendo menos. Cómo no. Bolsito de logos. Si es que lo llevaba en la cara. A la niña la ves y ya sabes lo que quiere, taconazos y marcas, y si se le ve el tanga rojo cuando se agacha, mejor. Que no me hace falta ni verlo en persona, que se ve que es falso. Se ve que no es de verdá, si es que se ve. Vamos, yo no lo veo mucho regalando bolsos pero. Ni de bolsos ni de moda tiene este pinta de saber ni jota, aunque su madre sí. Su madre siempre ha tenido estilazo. Pues por eso mismo. Isabel Mendoza no va a estar ahí alentando esto, dándole encima alas a esta catetilla. Vamos, yo no la veo dejando que esta niña se meta en su casa y que no, hombre, que no, que será una falsificación, que esta niña no puede ir con esos bolsos por ahí, que esos son miles de euros, sobre todo si la niña lo que estudia es Enfermería, que hay más dinero en un solo bolso de esos que lo que le van a pagá en medio año. Que no, que es imposible. Y no creo yo que Isabel Mendoza le haya dado a su hijo Jaime un bolso suyo de su armario para que se lo regale a la niñatilla esta, vamos es que no, que eso ya es renunciar a todo. Mierda. Por aquí era. A mí me suena que Bárbara dijo que la familia de Isabel tenía una casa palacio en el centro, verás que ahora me lo cruzo o me lo he cruzado ya y me ha visto la pantalla y se cree questoy loca, sí, me dijo Trajano, seguro seguro seguro seguro, por aquí tiene que ser aquí seguro que es una de estas, ves, si es que amplío la foto y se ve ques falso, si es que huele a plástico joder coño la puta farola de las narices. Joder. Metal sabe a metal sabe a metal. Me he roto las paletas me las he roto me he desgraciado joder me he roto la boca joder me cago en la puta joder esto es sangre me cago en la puta leche estoy fea estoy feísima seguro voy a parecer el que salía antes en la tele estoy horrible joder joder joder joder.

Diez

Sandra Narváez de la Concha sonríe al cristal. Ha intentado abrir la puerta, pero la hoja de cristal ha rebotado contra la cerradura. El bolso le pesa de golpe en las manos. No recuerda qué hay dentro. Llaves, cartera, móvil. Pañuelos. Caramelos de miel. Crema hidratante. La puerta se abre hacia dentro y el olor dulzón, templado, le alcanza la nariz.

—Da gloria verla, doña Sandra. Qué buena cara me trae hoy.

Es la primera vez que ve a la mujer de negro. No sabe por qué conoce su nombre. Ha debido de verlo en la agenda. Debe de ser nueva. Da las gracias y pasa al interior.

—Si me deja el bolso y el abrigo se los guardo, así no tiene usté que andá cargá.

La mujer se coloca tras ella y espera a que abra los brazos para ayudarla a quitarse el abrigo. Sandra se lo descuelga. El bolso, le dice, ya se lo queda ella. No le molesta.

—Pues si me permite. Siéntese aquí, doña Sandra, que ahora viene mi compañera y se queda con usté.

La mujer despliega una bata oscura y la sacude con suavidad. Sandra abre de nuevo los brazos y estudia la habitación. En la entrada, las revistas se amontonan sobre una mesa auxiliar con un jarrón de flores secas. No hay nadie más en la sala.

—Viene Noelia, ¿no? La cita siempre la tengo con ella.

Sandra yergue la cabeza por encima del lavabo y repasa a la mujer de negro mientras se aleja. Su uniforme acaba en unas zapatillas de deporte blancas.

—¿Qué Noelia?

Se ha girado a mitad de camino.

—Noelia, una niña con el pelo a media altura, como por los hombros, y los ojos claros.

—Noelia. Noelia, no. Yo no conozco a ninguna Noelia.

Un estoque le perfora a Sandra la axila. Se está riendo de ella. No se conocen y se está riendo de ella.

—Siempre me atiende Noelia. Pregunte a su compañera. Me atiende ella siempre.

La mujer sonríe. Acelera el paso y desaparece en la oficina. Sandra se deshace el nudo de la bata y se acerca a la entrada. Se abanica con una revista. Allí dentro hace calor. La calefacción debe de andar rozando los treinta grados.

—Qué talaguantao esta semana la cosa, doña Sandra. Uy, yo lo veo estupendamente. Ya le dije yo que con el aceite que le puse le iba a aguantá más el peinao. Meneste que maga usté más caso. Si es que ejuna maravilla, que lo tiene todavía a cuatro centímetros de la cabeza. Lo tiene que parece de algodón, ¿se da cuenta? Pásese usté por aquí. ¿Quiere algo de beber?

—Un vaso de agua, por favor.

Se sienta en el borde del sillón de piel con el bolso sobre las rodillas. Algo le mordisquea el pecho. Se le ha vaciado. Si le barrieran las costillas con un fonendoscopio, no oirían el aire hinchar los pulmones ni la sangre inflar el corazón ni el eco de los jugos gástricos burbujear entre las vísceras. Un ecógrafo mostraría la pantalla en negro. Le han vaciado el pecho y la lengua le hormiguea desde la campanilla. Quiere irse a casa. No sabe qué hace ahí. Traga saliva. Una botella cubierta de gotitas de agua aparece junto a su sillón sobre una mesilla con ruedas. Malu la desenrosca y rodea el asiento para ofrecérsela.

El agua le enfría los dientes, le empapa la garganta y le chorrea por el estómago. Las paredes se han enderezado. Sandra vuelve a llenar el vaso y se acomoda en el sillón. Ha debido de ser el cambio de temperatura. Se ha abrigado demasiado.

—¿Cómo está? ¿Así está bien o la quiere un poco más caliente?

—Un poco más fría.

El agua le aplasta la melena y el sillón comienza a vibrar. Lanza descargas entre los omóplatos y sobre las lumbares, le dispara rayos pequeños entre las costillas. Una gota de agua se cuela por el cuello de la camisa y se desvanece en la combinación. Los dedos sobre el cuero cabelludo le erizan la piel, nota el pelo frotándose contra sus raíces como un papel de lija. El cerebro se le inunda de asco. El olor a nata artificial del champú la tranquiliza.

—Y cómo que ha venido usté hoy, doña Sandra, ques sábado. ¿No viene usté siempre los martes y los viernes?

—Eso intento, pero está aquí mi nieta con su novio y vamos a cenar todos juntos.

—Pero ¿qué nieta? ¿La nena? No será la nena, ¿no?

Las yemas frenan el masaje. Le agarran el cráneo con suavidad.

—Alejandra, la mayor, la hija de Sandrita. La otra es muy pequeña, no ha cumplido aún los once.

—Ya decía yo. Casi me desmayo viva. ¿Y qué se celebra? ¿No será su cumpleaños, doña Sandra, y no me ha dicho usté na?

Sandra abre los ojos. El encuadre cambia levemente con los movimientos de los dedos.

—Que vamos a ser uno más.

—Anda. No me diga usté questá esperando. Que va a sé usté bisabuela, doña Sandra.

—No, no. Que se casa.

—¡Hombre, que hay fiesta! ¡Enhorabuena! Estará usté encantá, no mestraña. ¿Y cuándo es la fecha?

—En primavera.

—Hija, qué maravilla. Cómo malegro. Alejandrita siempre me ha parecío a mí una muchacha de lo majapañá. ¿La iglesia la tienen ya?

—Creo que sí, pero esta noche me enteraré.

—Qué maravilla. ¿Aquí en Sevilla?

—Por supuesto. Las bodas siempre se celebran en casa de la novia.

Sandra sonríe. Los músculos de los hombros comienzan a ceder. Los dedos de Malu sobre su cráneo, como una marioneta, le dicen qué mirar.

—Si viene mi hija Piluca no le digas nada, por favor.

—Ni mu. Yo soy una tumba.

—Gracias. Que ella no sabe nada aún, que mi nieta quiere que sea sorpresa.

—Chitón. Yo noío na de na.

Sandra busca el vaso de agua a tientas. Joaquín había prohibido aquella palabra en casa. Se la oyó una vez a Sandrita un domingo, antes de empezar a desayunar, y la obligó a lavarse los dientes. La agarró de la muñeca y la llevó al cuarto de baño. Decía que «chitón» era una palabra propia de un personaje de *La verbena de la paloma*, impropia de una niña de Sevilla a punto de terminar la EGB. Sonaba, repetía, a chasquido de dedos, a un arreo de caballos. Cuando regresaron al comedor, le preguntó cómo se llamaba el recipiente en el que había que sentarse para hacer pipí. Respondió «retrete». Joaquín contestó que si hubiera llegado a decir «váter», mañana tendría Sandra que cambiar a las niñas de colegio. ¿Cómo se llamaba la habitación en la que se encuentran los retretes? ¿Y si no hubiera bañera? También cuarto de baño. ¿Qué era el servicio? La niña miró a su madre. Sandra se estaba mordiendo el interior del labio. Sabía que el enfado de Joaquín era impostado. Era un teatro para ella. Dejó a su hija sola frente a la pregunta y se acercó una tostada. ¿Qué es el servicio? Encarna. Sandra rio. Habló por primera vez. Encarna es tu tata. Pero ¿si nos hace la comida y limpia no es del servicio? Si te ha cambiado los pañales, es tu tata.

La puerta de la calle se abre. La mujer de negro entra frotándose los brazos con cara de asco. Tiene la punta de la nariz roja.

—Pues mi niño está, doña Sandra, que no se puede usté hacé una idea.

—¿De grande?

—De grande y de guapo. Está guapísimo. Ahora le enseño una foto. ¿Cómo está mi gordo, Angie?

—Uy, está tremendo.

—Y eso que está echando ahora los dientes y está de un jartible insoportable, que se pega una pechá de llorá to los días tremenda, pero está para comérselo. Se le ve ya buenote buenote. ¿Y a ti qué te pasa?

—Ojú, niña, que estoy arrecía. Qué frío hace, la madre que me parió.

—Si es que me vienes en camisetita. Que te has creío que en Sevilla no hace frío y aquí tenemos frío pa da y pa regalá.

—¡Pero que me he puesto la térmica debajo!

—Mínimo tres capas, reina mora. Dígaselo, doña Sandra, que a mí no mecha cuenta.

—Sí que hace frío en Sevilla. Sobre todo en enero.

—Cómo lo sabe usté.

El último impulso del grifo le chaparronea sobre la piel. Malu la guía hasta la hilera de sillones frente a los espejos y le da una palmadita en el hombro. El cepillo redondo le balancea con cada tirón la cabeza. La toalla le ha revuelto el pelo, que aún se le aplasta sobre el cráneo como a un animal recién nacido. Sandra alarga una mano hacia el revistero. No quiere mirar su reflejo. El pelo húmedo le deja siempre cara de murciélago.

Por eso en la playa solía llevar turbante. Atravesaba el césped del club El Buzo y paseaba por la arena con el pelo cubierto, su cadena de estribos de oro al cuello, siempre con un cinturón sobre su vestido abotonado. Durante los primeros días del verano, todos los años, Joaquín se burlaba de ella. Decía que no veía la cara de murciélago por ninguna parte, que en todo caso tenía cara de gorrión recién salido del huevo, pero que si llevara razón y la punta de sus orejas desnudas se parecieran a las de un murciélago, bajo ese turbante estaría empollando, sin lugar a dudas, un conde Drácula, y solo acabarían con él y con su reverso si lo exponían a la luz del sol. Sandrita, le decía antes de arrancarle el gorro de la cabeza y salir corriendo hacia Rota, no mojarse el pelo es de cursis.

Joaquín y Sandra siempre paseaban. En sus primeros encuentros, Sandra gastó un tacón entero. Cuando él llamaba a la puerta para recogerla, Juana o Emilia, la que se encontrara más cerca de la cocina en aquel momento, avisaba a Fermín tocando la campanita de la entrada. El chófer se cambiaba de uniforme y seguía a los chicos a cinco zancadas de distancia. Los vigilaba cuando caminaban por el campo y cuando pedían un refresco en el bar de la Plaza Grande. Se sentaba a una mesa cercana y estiraba la cabeza hacia ellos, con discreción, como si intentara sintonizarlos. Era los ojos y las antenas de don Luis Narváez de la Concha. Cuando regresaban a casa se convertía en su transistor. Fermín escurría en el despachito cada detalle de la tarde y don Luis escuchaba. Hasta la duodécima cita no permitió su padre que Joaquín entrara en casa. En la anterior, había montado a caballo con Sandra. Habían llegado a la finca de Joaquín y antes de que el chófer terminara de aparcar se habían subido a los caballos y desaparecido entre las encinas. Fermín pasó toda la tarde a la sombra de la morera frente a las cuadras. Sabían que tenía miedo a las alturas. Con aquella carabina enchaquetada, le explicó más tarde don Luis a Joaquín, tenía que asegurarse de que no metía a un alelado en casa.

Se casaron y continuaron paseando. Todos los días, antes de la cena, enganchaban los dedos y salían a mirar. Caminaban por el campo, entre olivos y frutales, paseaban por la ciudad, junto al río o por las calles del barrio de Santa Cruz, andaban por la playa, con las algas lazadas en los tobillos. Era, decía Sandra, ejercicio del corazón. Andar juntos los encaminaba. Les daba un destino común, les exigía recordar que veían cosas distintas en lo que los rodeaba. Paseaban para descubrirse.

Malu, a su espalda, seguía hablando.

—Si le parece bien, le voy a marcar más la onda pa que se le vaya cayendo a lo largo del día, y así cuando vayan a cená la tenga usté perfecta. Pero si prefiere questé más suave usté me lo dice y yo sin problema se lo vuelvo a hacer.

—Sí, me parece bien. Es buena idea.

—¿Está usté bien, doña Sandra? Que la veo con los ojos enrojecío.

—No te preocupes. Tengo la cabeza sensible y con cualquier tirón se me saltan las lágrimas. De jovencita había días que me peinaba y lloraba.

—Pue usté avíseme destas cosas, mujé, que la peino yo con más delicadeza, que tengo ahí un peine pa los enredos estupendo.

—No te preocupes, Malu. Un poquito de dolor siempre es bueno.

—Qué cosas dice, doña Sandra. Na malo es bueno nunca.

—Pero una pequeña molestia te mortifica. Te recuerda que estás viva.

—Quite, quite. Pa eso solo hace falta un plato de comida caliente bajo la nariz, como el gato con las sardinas. Cierre los ojos un momento, que la voy a rociá. —Una nube de laca desciende sobre Sandra y se le desliza, dulce y agria, por la garganta—. No se mahogue usté, que tiene hoy noche importante. Tenga el agua, y deme, que la ayude. —Sandra bebe y abre los brazos. Malu dobla la bata y da un paso atrás—. Está usté guapísima. Guapísima. Se va a queré casá con usté el novio de su nieta, fíjese lo que le digo.

Sandra se mira en el espejo de la entrada. El pelo, del color del caramelo, parece flotarle sobre los hombros. Los ojos le brillan con claridad, dejan pasar la luz. Las cataratas no los han enturbiado todavía. La película lechosa de los ojos de anciano no se intuye en los suyos. Está guapa.

—Sí que ha quedado bien. Muchas gracias.

—Estupendo. Malegro que le guste. Pues la voy a dejá con mi compañera, que yo me tengo que ir volando.

La mujer de negro aparece por el pasillo. Lleva ahora un abrigo puesto.

—Está usté estupenda, ¿eh? Habrá quedao contenta, ¿no?

—Mucho.

—Yo que malegro. Vale. Pues lavá, cortá y peiná son treinta y dos euros. ¿En efectivo o con tarjeta?

—En efectivo, por favor. Espera un momento, que tengo los dos euros sueltos. Dame un segundo, que con este bolso no hay forma de encontrar nada.

—No se preocupe, que prisa no hay. Por cierto, he mirao en el ordenadó lo que me ha dicho de la niña esta, de Noelia, por si ella viniera otro día y no hubiéramos coincidío o lo que sea, que como yo llevo aquí dos semanas todavía me pierdo un poco, que no conozco todavía a todo el equipo, y he visto que sí, cay una Noelia en las fichas, Noelia Gómez, me parece, Gómez o López, ahora no me acuerdo. Pero no sé yo si será la misma cus-té me dice. O sea. Hace tres años que no trabaja aquí.

Once

Mamá llegaba siempre en el AVE de la una y diez y el AVE de la una y diez llegaba a Atocha siempre a la una en punto, por lo que Mamá llamaba siempre al telefonillo del número 13 de Ortega y Gasset antes de que el minutero alcanzase el primer cuarto de hora. Yo nunca respondía y ella nunca lo esperaba. Pulsaba el botón y enseguida cruzaba la puerta, abierta siempre, vigilada a ratos por el rabillo del ojo del portero. El mugido electrónico solo avisaba de que mi madre estaba a punto de aparecer frente al octavo A. Me concedía los minutos de ascensor para que me compusiera y retirara de las esquinas los últimos vasos de agua olvidados. Había doblado sus toallas sobre la cama y había pulverizado perfume desde la entrada hasta el balcón. Lo había rociado todo como si estuviera intentando acabar con diez familias numerosas de polillas. Mamá esperaba en la puerta, aún con las gafas de sol sobre la nariz y la mano reposada sobre el mango de la maleta. Ladeó la cabeza para que le diera un beso y en cuanto lo recibió me adelantó como si acabara de pagar el peaje de una autovía. Miraba el salón por encima de la montura.

—¿Quieres algo de beber? He comprado zumo.

—Pues sí, si tienes hielo me tomo un zumo.

—¿Te lo preparo y vas deshaciendo la maleta?

—Pero bueno. ¿Y este lujo? ¿He entrado en el Ritz?

—Como si fuera la primera vez. Menudo morro.

—¿A qué hora has reservado?

—Tres menos cuarto.

—Qué hora más rara. Yo ya estoy muerta de hambre, que he desayunado hoy a las ocho de la mañana. ¿Tienes unas patatitas?

—¿Fritas? Sí, he comprado de las que te gustan.

—Pero ¿y este agasajo? ¿Me he perdido algo? ¿Te has cargado el coche? ¿Te has quedado sin trabajo?

—Sin lo que me voy a quedar es sin madre, porque va a ser lanzada por una ventana del centro de Madrid.

Mamá rio y desapareció al final del pasillo. Oí la cremallera destripar la maleta mientras el cuchillo salpicaba de jugo de lima la encimera. Tiempo atrás, antes de salir a comer fuera, Mamá tenía por costumbre prepararse un zumo de tomate. Le llenaba, decía, la barriga. La dejaba saciada antes de empezar la comida. El estómago salía cargado de líquido y calmaba los primeros relámpagos del hambre. Así evitaba excederse, mataba los apetitos. Refrenaba los tenedores que no demostraban legitimidad calórica. Neutralizaba, con su tomate líquido, los antojos.

Se saturaba el estómago, como había hecho yo con el gazpacho en los meses de verano de Secundaria. Volvíamos del colegio en junio y septiembre, cuando la jornada se laminaba a la una y media, y en casa nos esperaba a cada uno, en la mesa del office, un plato de gazpacho. Lo vaciaba por completo y la barriga me pesaba como al lobo al que los corderitos rellenaban el estómago de piedras. Nos levantábamos el polo y enseñábamos el ombligo por encima del uniforme. Pipe decía que era un pulpo que se nos colaba en la barriga y nos tiraba hacia los pies hasta la hora de la merienda. Yo decía que estábamos embarazados. Al octópodo y al niño les pusimos el mismo nombre. Teníamos el gazparazo, un embarazo de pulpo por un plato de gazpacho.

Mamá se gazparazaba, cuando quería perder peso, antes de cada comida.

Mi madre se acomodó en el sofá. Ojeaba de nuevo las estanterías.

—Ea. ¿Dónde has reservado al final? En La Trainera espero que no. Yo no vuelvo a pagar en mi vida cincuenta euros por un pescado que cuesta cuatro en cualquier mercado y que en El Puerto te lo comes fresco de esa mañana por doce. Yo ya he pasado la edad de que me atraquen en los restaurantes, por mucho Madrid que sea esto.

—En La Tavernetta he reservado.

Rellené su vaso y serví el resto del zumo en el mío. Con una mano leía el móvil. Con la otra se llevó una patata a la boca.

—Mamá, ¿qué es eso?

—El qué.

—Eso.

—Qué es eso de qué. A mí háblame con palabras.

—Ese anillo. ¿De dónde lo has sacado?

Un lazo de metal plateado, liso y grueso le rodeaba el dedo anular. En el chatón, cercado por una cenefa geométrica, la cara de una mujer se distinguía en relieve. Su propia melena, enmarañada, la aureolaba. Era la cabeza de Medusa.

—Ah, me lo encontré.

—¿Dónde? ¿En la calle? ¿Te has encontrado un anillo en la calle y te lo has quedado? Mamá, tú estás loca, ¿eh?

—No, en la calle no. En la calle no me agacho a coger un anillo. Estaba en el vestuario del Club.

—¿Y te has quedado con un anillo que te has encontrado en el vestuario del Club?

—Bueno, estaba sobre el lavabo.

—¡O sea, que lo has robado!

Me senté en el sofá y subí los pies al reposabrazos. Mi madre se miraba el anillo. Lo desenroscaba y enroscaba, lo deslizaba entre las falanges y lo volvía a ajustar.

—Pero ¿cómo te quedas con un anillo del cuarto de baño del Club? Que eso es de alguien que se le ha olvidado. ¿No preguntaste? Yo flipo.

—A quién se lo iba a preguntar si no había nadie.

Mamá sacudió las manos como si espantara a una mosca y se puso en pie de un respingo. Fue a la cocina y comenzó a abrir y cerrar los armarios de la despensa. No parecía buscar algo concreto. Solo esperaba encontrarlo.

—¡A la de recepción!

—Cuando salí no estaba.

—¡Pero si siempre hay dos!

—Pues cuando yo salí ahí no había nadie. Pero vamos, que el anillo no me lo llevé a la primera.

—Cómo que a la primera. ¿Lo cogiste un día y lo devolviste y te lo volviste a llevar?

—No. Lo vi un día, que tenía que ser martes, y seguía allí al siguiente, que era jueves porque yo estoy jugando martes y jueves, y ya lo cogí.

—Pero, Mamá, y si te ve la dueña cuando estás en la cafetería y de repente te dice algo en plan perdone, qué anillo tan bonito, de dónde es. Joder, Mamá, que eso es robar.

—Anda, anda, anda. Si no lo reclamas en tres días, lo pierdes.

Había abierto una bolsa de chips de verduras y, con la cintura apoyada en la mesa de la cocina, vaciaba el paquete como si se hubiera inscrito en una competición.

—Ay, lo que me faltaba. Mi madre, ladrona. Y encima hortera.

Ella se giró hacia mí como si le hubiera dado un tirón del pelo.

—¿Hortera por qué?

—Porque es feísimo.

—No lo es. A mí me gusta.

—Mamá, que tiene la cara de Medusa en relieve. Es espantoso.

—Pues a mí me gusta. Las cosas dependen de quién las lleva, no del objeto en sí.

Mi madre estrujó la bolsa, ya solo ocupada por aire, y la escondió con asco en la basura. Palmeó los dedos bajo el grifo y con un gesto de la barbilla, sin mirarme a la cara, se encaminó hacia el pasillo. Se ajustó la chaqueta y abrió la puerta de casa. Tenía ya el bolso en el hombro y las gafas de sol en la mano. Yo aún me estaba encajando los zapatos.

—¿Y cómo es que Gonzalo no viene?

—No lo sé. ¿Has cogido tus llaves?

—Cómo que no lo sabes.

—Vamos, que sí, que no puede, que está trabajando como la gente normal. ¿Has cogido tus llaves o no?

—Claro que las he cogido. Pues otras veces ha venido. ¿No tenía dos horas de descanso? Le habría dado tiempo.

—Bueno, pero hoy no. Sal.

A Gonzalo no le había mencionado la reserva en La Tavernetta. Solo le había dicho que comeríamos fuera y que más tarde yo tenía que trabajar. Lo veríamos al día siguiente o aquella misma noche si las celdas de Excel aflojaban el cerrojo. Podía pasar por el gimnasio que habían inaugurado en su oficina y comer después con sus amigos. No era necesario que nos ejerciera de escolta. A veces me angustiaba verlo charlar con mi madre. La lisonjeaba sin pudor, la regaba con piropos. Le abanicaba el ego con zalamerías que ella aceptaba entre risas. Con un par de cenas por visita materna resultaba suficiente. Extendí el brazo para sostener la puerta. Mamá aceleró el paso y entró en el ascensor.

—Bueno, ya está, ya no se puede hablar más, que aquí se va la cobertura.

—Qué cobertura, si te tengo delante.

—Lo siento, no te oigo bien. No, no, no te oigo, hay como ruido de fondo. Luego hablamos, ¿vale? Adiós.

De refilón vi a mi madre poner los ojos en blanco. Comenzó a revolver de pronto en su bolso.

—No habrá cobertura, pero eso mío no es.

—¿El qué?

—Hay un móvil vibrando.

En la pantalla de mi teléfono un número desconocido parpadeaba. Me repetí los dígitos en voz baja con la intención de introducirlos en el buscador de internet cuando la llamada concluyera, pero en cuanto alcanzaba el último número ya había olvidado el segundo. Si se trataba de una propuesta de trabajo, la imprudencia de la hora bordeaba la falta de respeto. No me interesaba trabajar con quien no distinguía las lindes del tiempo ajeno. Si bajo el teléfono sin identificar me esperaba una irresistible oferta de fibra óptica, en menos de una semana repetirían la operación. En ambos casos, volverían a llamar. Releí el número de nuevo, como si confiara en que en cualquier momento los caracteres echarían a bailar hasta recomponerse y desvelar el nombre de mi potencial interlocutor. La impaciencia, directamente propulsada desde el fondo de mi estómago, ahora diminuto y engurruñado, hizo planear mi pulgar sobre el botón de color verde. Sentí los ojos de Mamá sobre la pantalla y escondí el dedo. Juzgaría mi respuesta a la llamada. Le pondría nota a mi adultez.

Pulsé el botón lateral y el zumbido cesó.

—¿No lo coges?

—Es que no sé quién es.

—Pues por la hora que es, algún engañabobos.

Más tarde, cuando el pan con tapenade y los busiati con ragú de cerdo ibérico ya habían desfilado bajo mis cubiertos, dejé a Mamá, con su estómago cargado de espaguetis con langostino y coral, en la esquina de Serrano con Hermosilla. A veces imaginaba que la seguía con un dron. Una cámara volaba tras ella y podía ver sus reacciones, cómo le subían las cejas o se le despegaban los labios frente a los escaparates de abrigos fluorescentes, las mujeres con botas de piel blanca o el medio kilo de fresas a doce euros que asomaba en tenderetes cubiertos de papel de seda por las calles de Madrid. Nunca había conseguido averiguar qué hacía cuando no estaba con nosotros. Cuando éramos pequeños, Mamá nos despertaba, nos vestía y nos hacía el desayuno mientras nuestra tata Margarita guardaba en los termos la comida que ella acababa de preparar. No quería que probáramos siquiera los menús del comedor del colegio. Los platos de la semana llegaban todos los viernes a casa en forma de boletín, y todos los días, anunciaba siempre mi madre, incluían una opción de fritos o de hidratos de carbono. Lentejas y filete con patatas. Pasta y acedías fritas con ensalada. Aquello, decía, era un despropósito. Nos querían gordos para que tuviéramos que cambiar cada año de talla de uniforme. Nos cebaban a propósito. Si no, no lo entendía. Quería encargarse ella de decidir lo que comíamos. Se levantaba cada mañana a las siete, antes que mi padre, y troceaba verdura para hacer un pisto o un gazpacho, o cocía chícharos, o batía huevos para un revuelto con langostinos y setas que llegaba siempre tan seco que necesitaba beber con aquella comida una jarra de agua entera. Nos llevaba al colegio en coche y atravesábamos la ciudad con la radio a todo volumen en los altavoces. A veces le concedíamos vacaciones a la ruedecilla de los diales y los casetes comenzaban, en sustitución, sus horarios intensivos. Se me saltaban las lágrimas cuando Mamá movía los hombros cantando que ya no le bailaba un gusano en la tripa. Me daba vergüenza verla bailar. Eso no lo hacían las madres de Leticia Bernal o de Martita Soto. No era una madre normal.

Tras darnos su propina en forma de beso en la mejilla, cuando nos veía desaparecer por el camino de cipreses que llevaba hasta las aulas se dirigía al Club. Daba clases de pádel, salía al campo de golf o nadaba antes del mediodía. Después de eso, su jornada se me desvanecía. No sabía qué hacía en esas horas, hasta que volvía a recogernos. En casa la comida estaba lista y Margarita se encargaba de planchar, limpiar, ordenar. La agenda de Mamá cabía en un pósit. No sabía qué hacía cuando no estaba con nosotros. La imaginaba sentada en el sofá, esperando a que el móvil de tapa azul se despertara y Miss Isa la informara de que uno de los dos se había puesto malo y nos tenía que recoger del colegio de forma urgente. La imaginaba en pausa. Mi madre solo aguardaba.

Ahora Madrid, con sus calles, parques y oficinas atiborradas de gallegos, extremeños y turolenses, me empezaba a advertir que las vidas nunca eran del todo paralelas. Se comportaban como rectas secantes o perpendiculares, pero no se estiraban en el tiempo como las avenidas de París, largas y radiales. A la vida de los otros se llegaba siempre *in medias res*. Lo previamente vivido ya era para siempre desconocido. Aunque las anécdotas se contaran, se amasaran, se trocearan y se les practicara la autopsia, los atajos entre memorias no llegaban a conectarse a través de un puente. Los accesos a las vidas ajenas estaban bloqueados, cuajados de puntos ciegos. Me asaltaba la conciencia repentina de que mi madre había existido antes de ser madre, de que había tenido una vida en la que yo no había estado incluida. Ella ya era antes de que yo naciera. No me había esperado para comenzar a ser. Era mi vida la que se había iniciado con ella.

Y en ocasiones, no obstante, me encontraba convencida de lo contrario. A veces me pillaba enroscándome en la idea de que mi madre me debía una entrega fervorosa y desesperada, una devoción total. Mi cerebro la aislaba e incomunicaba, la convertía solo en madre, le amputaba amigas, compañeras del colegio, ligues de adolescencia y hasta el deber de aparcar dentro de la línea azul. Todas sus actividades y relaciones se sometían a mí. Su misión principal era rendirme culto.

Disponía para ello de cada minuto del día. Mamá vivía de vacaciones. La veía sentada en la cafetería del Club, charlando con sus compañeras de clase y profesión, hojeando *Telva* con una Coca-Cola Light encima de la mesa. Durante dos años se convirtió en diseñadora de trajes de flamenca. Transformó el salón de casa en un muestrario de telas de colores, de flores y de lunares. El popelín y el plumeti se mezclaban deshilachados sobre los sillones. Las niñas que se sentaban en el sofá abrían los muestrarios mientras mi madre y las suyas departían sobre metros y volantes. Dibujaban en el bloc de Mamá y, tras una hora de visita, con hilillos rojos, verdes, rosas, blancos y turquesas zigzagueando sobre la ropa, desaparecían. En algo más de un mes volvían a verse a las afueras de la ciudad. Se reunían de nuevo en Pino Montano. El taller real era la casa de la costurera.

Más tarde, Mamá se matriculó en Bellas Artes. No se lo conté a nadie en el colegio. Me avergonzaba que se mezclara con los niños mayores, que viniera a casa con deberes, que tuviera que sentarse frente a un pupitre de madera clarita, como el mío, a escuchar a un profesor. Me angustiaba imaginarla rodeada de adolescentes, que fuera, a sus treinta y ocho años, una vieja guay. Ahora, a ratos, cuando los paréntesis entre proyectos se me ensanchaban, le intuía la intención. El exceso de ocio vaciaba las preocupaciones, las desollaba. El ocio desbocado condenaba al aburrimiento, encabalgaba a la destrucción. Entonces Mamá quería aprender a dibujar, a pintar y esculpir. Había practicado. En mi primer año de colegio se ofreció a diseñar el escenario del concurso de villancicos. Las ovejas de los pastores y las estrellas del cielo gustaron tanto a los padres que en primavera las dibujó con témpera en camisetas, mochilas, estuches y bambas de lona. Por primera vez en su vida tenía una rival definida y declarada: debía vencer a Ágatha Ruiz de la Prada.

Mamá tuvo que abandonar la universidad en el invierno del segundo curso. Pipe acababa de comenzar cuarto de la ESO y le tocaba a ella, a través de él, releyendo cada día en voz alta las fases de la crisis de 1898, volver a preparar la prueba de Selectividad. Cuando unos veinte años antes mi madre se presentó a su examen de acceso, ella y sus amigas usaron chuletas, todas grapadas en el interior del dobladillo de la falda del uniforme. Entonces aprobó, completó una formación en secretariado y empezó a trabajar. Abuela le había conseguido el puesto. El hijo de una amiga necesitaba ayuda con la contabilidad del estudio de arquitectura que acababa de heredar. Dos años más tarde, mi madre dejó de trabajar. Estaba a punto de darme a luz. Tenía veinticuatro años. Llevaba uno y medio casada con Papá.

Doce

En la hora y media que yo había tardado en revisar las cinco alfombras encargadas por un cliente para su casa de la sierra, aún a medio tejer en un taller de la calle Serrallo, mi madre había recompuesto la superficie de mi vida adulta y había mordisqueado sus andamios. Había comprado kiwis y arándanos, había enderezado las torres de libros del pasillo, había reorganizado los cojines del salón. Cacareó la hazaña nada más llegar a casa de tía Meme para, sospeché, justificar los siete minutos de retraso a los que una discusión entre taxistas nos había sometido en la plaza de Gregorio Marañón.

—Mira qué bien tienes tú las peonías, tía Meme, qué cosa más bonita. No como una que yo me sé, que llevaba con un centro de flores secas en la mesa del comedor desde hace por lo menos un mes, que las miras y se deshacen. Medio Madrid me he tenido que recorrer esta mañana para comprarle aunque fuera unas dalias, a ver si le daban algo de alegría a esa casa con tanto libro, tanto jarroncito, tanta peana y tanta cosa desperdigada por todas partes, que en cuanto te descuidas parece eso un trastero.

Tía Meme fingía que escuchaba la aventura de la redecoración de mi apartamento, pero enseguida alzó la vista hasta la fuente de las pastas y mi madre se inclinó en su asiento para ofrecérsela. El pellejo le colgaba a tía Mercedes de los huesos de los dedos, curvados en las puntas, como garras pulidas y abrillantadas con pintaúñas transparente. La carne le festoneaba los anillos. Tía Meme sirvió seis galletas de almendras caramelizadas con el café. Para acompañar la merienda a la que nos había invitado, Mamá le había llevado dos docenas.

—La semana que viene está aquí Carlitos, así que te quedas, Sandrita, y os venís a comer.

La prima de mi abuela se dirigía a mi madre, que despedazaba también una pasta en su plato del café. Se la acercó a los labios sonriendo.

—La semana que viene ya no estoy en Madrid, tía Meme. Yo me vuelvo el lunes a Sevilla, que ya llevo aquí muchos días. Pero puede venir Alejandra, que seguro que algún día tiene un hueco.

Mi madre me sonrió y ladeó la cabeza. Valoré durante un segundo los requisitos exigidos por la ley para justificar un ataque en defensa propia.

—Sí, pero la semana que viene no. La otra, todas las veces que quieras.

—Ay, qué feo tan impropio de una niña como tú, Alejandra, que yo ya había dejado el pedido hecho en Mallorca para la semana que viene, que había encargado hasta consomé.

Meme se presionó el nacimiento de las cejas con el dedo índice. Parecía haber recibido la noticia de una muerte cercana. Balbuceaba palabras en voz baja, reliadas con su respiración oxidada. La mujer se acercó una segunda galleta a la boca con la vista fija en su mano. El brazo le temblaba si no lo tenía apoyado.

—Pero, tía Meme, que yo tengo novio. Las cosas no son así. No estamos en la India ni en el siglo catorce. Si quieres te traemos un día a Gabrielita, que, mira tú qué suerte, en la India o en el siglo catorce ya estaría la primera de la lista.

—Bueno, bueno, bueno, niña, novietes a tu edad tiene todo el mundo.

—Vamos a ver. Te estoy diciendo que es mi novio, no mi novviete. Si fuera mi noviete, como tú dices, no sabrías ni que existe. Ni tú ni mi madre ni nadie con quien comparta cualquier porcentaje de ADN.

Tía Meme partió otra galleta sobre su taza y la ahogó en el líquido. Las gotitas devolvieron el café con leche a la porcelana.

—A tu edad una no sabe lo que quiere.

—No sabrías tú lo que querías. Yo lo sé perfectamente.

—Eso te crees tú.

—Eso lo sé yo.

—Estás tú buena. Y, además, yo te voy a decir una cosa.

—Ay, por Dios. De verdad, si es que no hace falta. Yo te lo agradezco, pero no.

Me metí yo también una galleta en la boca. La suya se rajaba, se abría en una sierra de arrugas que le araba la piel hasta las mejillas. Una miga se le había quedado pegada a la orilla del labio. Algo caliente, como una garra hirviendo, me apretaba el esternón.

—Tú escúchame, que no pierdes nada. Carlitos es un niño estupendo. Va a misa dos veces a la semana y es listo como él solo, que le dieron hasta un premio cuando acabó la universidad. Ahora no te sé decir en qué empresa trabaja, pero en una importante que está al final de la Castellana.

—Pero tía Meme. Mamá, por Dios, di tú algo, que parece que estoy yo loca, por favor.

Mi madre nos miraba recostada en la silla. La pantalla de su móvil, sobre la mesa, estaba iluminada.

—No, no. Yo os dejo hablar, que hacía mucho tiempo que no os veíais.

—¡El mismo que tú!

—Y además, Alejandra, Carlitos es un niño monísimo. Tú es que hace ya algunos años que no lo ves, pero está guapísimo. Es un espectáculo de niño. Y lo que te voy a decir.

—Qué me vas a decir, tía Meme. Qué me vas a decir.

Notaba la tensión nacer en el oído y recorrerme la mandíbula. Un dolor agudo y fino me centelleaba hasta las paletas. Quería levantarme y llevarme de un tirón el mantel conmigo. Parecía a punto de echarme una maldición.

—Yo ese niño a ti en los ojos no te lo veo.

La garra descendió hasta el estómago. Me había estrujado todo el tracto digestivo. Mamá, al otro lado de la mesa, había desenganchado su atención del teléfono. Nos miraba de refilón.

—Qué estás diciendo, tía Meme.

Dirigí la vista por completo hacia mi madre con la boca abierta y las manos ligeramente en alto. Ni un solo músculo de su cara se había alterado. Mamá solo observaba.

—Pues que no te brillan los ojos cuando hablas de él.

—Es que no le pueden brillar los ojos aquí a nadie porque tienes la calefacción a quinientos grados, que parece esto un consulado del infierno.

Los pulmones y la garganta me burbujeaban. Sentía la mirada de Mamá en mi cara. Debía de estar buscándome el brillo del que hablaba tía Meme en los ojos. Repasé cada mención al nombre de Gonzalo en los últimos días. No detecté hosquedad ni desabrimiento. No me podían acusar de aspereza o insipidez. Mi tono era el que siempre había empleado para hablar de él en casa: sobrio, correcto. Expresar amor, empalabrar mis sentimientos frente a mi familia me habría resultado obsceno. Ellos conmigo nunca lo habían hecho.

De niña, aquella forma de mirar de mi madre me habría aterrado. Cuando llegaba a casa de Abuela, tía Pilar me frotaba la frente con la mano y, con un roce, adivinaba lo que había comido. Sabía cuándo Mamá nos había mandado al colegio con un termo de garbanzos, de filetes con judías verdes o de guisantes con jamón. Durante años, estuve convencida de que los adultos poseían la capacidad de leerme el pensamiento. Ahora tenía la impresión de que la prima de mi abuela había logrado, con sus ojos amusgados, traspasarme el cráneo. Tía Meme podía ver el nombre de Íñigo Amuniagairrea rebotándome contra el parietal, flotando hacia el temporal, esfumándose al chocar en el frontal. Su cara se deformaba cuando intentaba recordar la noche en el campo de Fede Sánchez-Ferrer. Algunos días me decía a mí misma que solo me había saludado con un abrazo cariñoso, que el alcohol había dilatado su duración en mi cerebro, que su mano no había pasado más de medio segundo en mi espalda. A ratos incluso intentaba recordar si acaso aquella noche, bajo la sudadera, llevaba yo sujetador. Otros días evocaba su desfile de novias posadolescentes y sabía que la cantidad de alcohol que contenían mis copas no proporcionaba el poder de dilatar el tiempo. En ocasiones me alarmaba que él y Gonzalo salieran juntos todas las semanas, que fueran a la misma clase de crossfit los martes y los jueves y que en unos meses Íñigo fuera a convertirse en testigo de nuestra boda. En otras, solo el roce me halagaba.

Me enderecé en mi asiento. Nadie podía leerme las ideas.

—Tía Meme, de verdad. Si es que no. Yo estoy muy contenta con Gonzalo. De verdad. Ya está. Vamos a cambiar de tema.

—Si es que eres muy joven, no pasa nada. Ya te darás cuenta. Tienes que casarte con alguien que se haya criado en tu mismo barrio o que sea del club al que vas, o con el hermano de tu amiga o con el amigo de tu prima. Así es, Alejandra. ¿Tú a la familia de este chico de qué la conoces? ¿Cómo se apellida el niño?

Miré a Mamá, que arañaba ahora distraída el mantel de hilo marfil y prestaba atención al líquido que chorreaba sobre la mesa. Enarcó las cejas y levantó la mano. El café que le acababan de servir era suficiente.

—Los conocemos de toda la vida, tía Meme. Su padre y Felipe van mucho de montería juntos, y además son medio contraprimos. Y a ti te sonarán cuando los veas porque mamá siempre salía con sus abuelos en El Puerto. Has coincidido con ellos seguro.

Interrumpí a mi madre antes de que terminara de dibujar el blasón de los García del Osario en la conversación.

—Se apellida Yuarán Oljag.

—No me suena. Pero para nada. ¿Eso es español o qué es?

—Sí, al principio cuesta. Luego te acostumbras. Se escribe Youarean Oldhag. Es que es vasco.

—Pues no me suena nada. Yo una vez estuve en San Sebastián. Era pequeña, una cría. Luego ya nos quedamos aquí a vivir y ya éramos más de Comillas. Pues tendría yo unos catorce años. Vamos, con tu abuelo fui.

—¿Con mi abuelo Joaquín? ¿Cuándo?

—No, con el abuelo de tu madre. Con tío Luis y tu abuela Sandra. Jovencita jovencita era yo. ¿Y tiene el niño de los Jag algún título?

Tía Meme se había acercado ahora la fuente de los bombones. Buscaba uno concreto. Paseaba por el aire sus dedos ya abiertos, como pinzas de una máquina de feria, listos para enganchar su pieza.

—Sí. Es conde. O sea, su padre lo es y él lo será.

—Anda. Pues muy bien entonces, ¿no? Que tampoco conde es para tirar cohetes, pero bueno, mejor que nada, mejor que barón. ¿Conde de qué?

—Es conde de la Ínsula Barataria.

—Ni idea. ¿Eso dónde cae? ¿En las Vascongadas?

—Casi. Un poco más a la derecha, por Zaragoza. Es un título muy antiguo, como del siglo diecisiete.

—No lo había oído en mi vida.

—Claro. Es que son de Sevilla ahora, pero el apellido es del norte.

Mi madre se arrellanó en su silla. Bloqueó la pantalla del móvil y se llevó el último trozo de galleta del plato a la boca.

—Nos vamos a tener que ir yendo ya, tía Meme.

—No, hombre, no, Mamá, que yo me lo estoy pasando muy bien. ¿No quieres un poquito más de café?

—No. Nos vamos a tener que ir ya. Tengo cita ahora a las cinco.

—¿Con quién? No me lo habías dicho.

—Con una señora que vende joyas antiguas. No te lo cuento todo.

—Pero con lo calentito que está el café y el frío que hace fuera. Y no has probado ni una de las gominolas estas turcas, que están buenísimas. Mira, toma. Son de rosas. ¿No quieres una? Si a ti antes te encantaban.

—Vamos, anda.

Tía Meme había comenzado a cerrar los ojos mientras nos despedíamos de ella. Subía la mejilla para recibir un beso y los párpados superiores se lanzaban ya hacia su contrario, imantados por los años. Se estaba quedando dormida. Su energía provenía de la ajena.

La puerta exterior del ascensor se encajó y la máquina comenzó a descender.

—Esta señora está como la jaca de La Algaba.

Mamá abrió su bolso y me ofreció un caramelo de limón.

—Cómo va a estar bien si está todo el día encerrada en casa. Sin movimiento te mueres. Pero a ver, mírame: ¿dónde está el brillo de tus ojos?

Me adelantó riendo y sujetó la puerta de la calle para dejarme pasar. El estómago me hervía de golpe. Acababa de encontrar la grieta por la que lanzar la pelota al tejado ajeno.

—Gracias. Que es que encima yo flipo: Carlitos Miralles es gay. Carlitos Miralles es gay y lo saben hasta en Nueva Delhi.

—Qué dices, Alejandra.

Mamá había parado en seco. Los brazos le flojeaban sobre las caderas.

—Cómo que qué digo. Carlitos es gay. Pero vamos, gaycísimo. El gay más gay de todos los gais.

—Cómo va a ser gay.

Mamá me miraba como cuando en verano le llevaba a su hamaca del campo el rabo de una lagartija recién cazada. Sorpresa, miedo, asco. El brillo de mis ojos se había fugado por completo de su atención.

—Qué pasa si es gay.

—No pasa nada, qué va a pasar. Pero a tía Meme le da un ataque. La mata. Vamos, fulminada.

—Pues por eso no se lo dice. Aunque mira, bien visto: a lo mejor debería contárselo.

—Pero ¿tú eso cómo lo sabes?

—Porque cuando vino a Sevilla a estudiar salíamos juntos y le presenté yo a su novio de entonces. Su ligue de un año y pico.

—Que le presentaste a quién. ¿A quién le presentaste?

—A su novio.

—Pero ¿quién es su novio?

—Eso no te lo voy a decir yo. Mucho que te estoy contando esto.

—Cómo que mucho. ¡Que soy tu madre!

—¡Pues por eso mismo!

—Si yo no le cuento nada a nadie. ¿A quién se lo voy a contar?

—Que no, Mamá. Si él no sale del armario, no lo voy a sacar yo.

—¡Si ya lo has hecho!

Mamá se recogió las solapas de la chaqueta y las apretó contra el pecho. Tenía la mirada fija en una señora de melena corta que paseaba a un yorkshire con chubasquero.

—Para que lo dejéis en paz al pobre. Y te lo he contado a ti, que no se lo vas a contar ni a tu tía ni a tu madre.

—No lo entiendo. Si el niño es un bombón.

—Claro. Normal.

—Y va a misa. Va a misa dos veces a la semana.

—Si no es incompatible. A mí no me llegó a los once años un formulario para elegir hombres o mujeres. ¿A ti sí? Pues ya está. Si yo acabo así, como tu tía, a mí me desenchufáis.

—Yo no. Yo ya estaré muerta. Y es pecado.

—O no si me caigo de una escalera la semana que viene y me quedo tetrapléjica.

—Ay, por Dios. Bueno, adónde vamos, que yo estoy ya helada.

Mamá, lo veía en la barbilla y en los ojos entornados tras el cristal de las gafas, era el embrión de tía Meme. Paladeaba los apellidos y succionaba las raíces familiares como si fueran cabezas de langostino. Indagaba en los árboles genealógicos colindantes en busca de cualquier átomo extraviado de la herradura de la pata del caballo del Cid. Esperaba encontrar en los libros de familia ajenos —en silencio, sin preguntar en exceso, solo mediante la escucha— cualquier señal que los identificara como vástagos de la nobleza. Buscaba en ellos una señal de robustez divina, de antigua designación providencial concedida siglos atrás a través de reyes y príncipes. Rastreaba trazas de lo extraordinario. A veces, una compasión cuyo origen no lograba distinguir conseguía que me apiadara del esnobismo familiar. Otras, la vergüenza me pintaba de rojo hasta la punta de las pestañas.

Mamá se había parado con los brazos cruzados y los labios tensos, como si se los hubiera hidratado con superglú, frente al semáforo de General Martínez Campos. El bolso burdeos le asomaba por la espalda. Detrás de ella, una decena de niñas de unos dieciséis años reían en una mesa de Vips. Las bufandas las cubrían hasta las rodillas.

—Hay un sitio que me gusta más abajo. Más arriba. Bueno, para allá. Hay que caminar un rato.

—¿Cuánto es un rato?

—No sé. ¿Veinte minutos?

Mi madre dejó que los brazos se le descolgaran del pecho. Parecía una niña pequeña.

—Está en la calle de Santa Feliciana. Subimos por aquí y llegamos en nada. Así bajamos la comida.

La luz empezaba a tostarse. El sol se anaranjaba entre las hojas de los plátanos, ya grises y medio desnudos. Sus troncos me recordaban a las infografías de la piel que exponían las marcas de cosmética en los escaparates de las farmacias durante el verano. Aquellos árboles, enterrados en betún, ahogados en cemento, eran desde el cielo las costillas de las calles. Cuadriculaban el aire. Desde lo alto, las hojas se lanzaban al suelo sabedoras de que el frío no subyugaría su tarea de herramienta urbana. Solo mudaban de función. Se dejaban caer para inaugurar el tercero de sus empleos. Entre el otoño y el invierno, las hojas estrelladas de los plátanos cambiaban de profesión. Se adaptaban y transformaban en alfombra callejera. Más tarde, cuando en verano el sol procrastinara y llevara el atardecer a la hora de la cena, las hojas coparían los insultos de las víctimas de su polen. Eran parasol y paraofensa.

El atontamiento de la calefacción central se me había alojado en las sienes, que palpitaban como si intentaran cerrar la distancia a la que las había dispuesto el cráneo. La cabeza me dolía, y cuando recordé que Gonzalo había reservado mesa para cenar cerca del Retiro sentí un puñado de piedras caer hasta el estómago desde la garganta. Quizá podía fingir un resfriado repentino, una gripe en gestación. Los brazos me pesaban de golpe. Solo me apetecía hacerme un capullo con el edredón y ver una película en la cama, con la puerta cerrada y las luces apagadas.

Mamá caminaba dos pasos por delante de mí. Un mechón de pelo se le había quedado atascado en una vuelta del pañuelo naranja. El interior de su melena era ahora más oscuro que la capa exterior. Se había aclarado el pelo. El color chocolate de mi madre, tan lacio y brillante que a veces parecía líquido, se había bañado de miel. Mamá había comenzado a decolorarse. Asumía y negaba, al mismo tiempo, su edad. A sus cincuenta años había empezado, como todas las mujeres, el camino del rejuvenecimiento por la cabeza. En la peluquería buscaban un túnel hacia la infancia, cuando el pelo se quemaba a la orilla del mar y todos los niños eran rubios. Antes de los sesenta, si el curso de los días se mantenía enderezado, mi madre se habría convertido en una señora de pelo beige.

—¿Dentro o fuera?

—Hombre, por mí dentro, pero creo que no hay sitio.

—Aquí hay calefactores y mantas.

Mamá echó un vistazo a su alrededor. Los labios se le despegaron a cámara lenta.

—Qué asco, una manta. A saber quién se la ha puesto antes. Para eso me voy a un albergue.

—Pues tú no la uses, que llevas abrigo. Mira, ahí. Quédate ahí, siéntate, que hay que ir a pedir dentro, y ahora vengo. Yo voy a pedir un chai. Y a lo mejor una cookie, que las de aquí están muy buenas. ¿Tú qué quieres?

—¿Una cookie? Pero si te acabas de tomar un plato de pasta y te has puesto hasta arriba de galletas.

—Me he tomado una.

—Cada cinco minutos.

—Pero qué estás diciendo.

La chica de la mesa más cercana levantó la cabeza del hombro de su novio, que la abrazaba y le frotaba el brazo con una mano y bebía de su taza con la otra. Solo llevaba como abrigo una cazadora vaquera. Nos miraba por encima de unas gafas de sol redondas y metálicas. Tenía los labios, gruesos y mates, delineados de granate oscuro, casi marrón. Se estaba fijando en mis caderas. Estaba calculando la circunferencia de las piernas bajo mi gabardina. Me buscaba los busiati y las galletas. Intentaba localizar el hueso de mi muñeca y el ancho de mis tobillos. Me medía la cintura y el pecho. Estaba calculando mi talla. Me inspeccionaba las calorías. La cara me ardía de nuevo, y los ojos me lagrimeaban. Me escocían. Sentía la grasa del ragú en los labios y en la garganta y en las mejillas y en los pelitos que me enmarcaban la frente y en la zona baja de las rodillas y en la zona blanda de los brazos. La chica nos repasó de nuevo y, durante un momento, nuestras miradas se engancharon. Giró la cabeza de inmediato y dio un beso a su novio en la mejilla. Él la estrechó y le susurró algo al oído que la hizo reír. Después le revolvió el pelo y se lo besó. Aparté la vista. Gonzalo ya no me abrazaba en público. Lo había dejado de hacer tras el primer año juntos. Ahora, si necesitaba consuelo, me agarraba del brazo y me daba un beso en la sien. Si nos reuníamos tras unos días sin vernos, me besaba con suavidad en la mejilla. Si paseábamos, caminaba a un palmo de mí, siempre junto al borde de la carretera. Decía que los besos de verdad, en la boca o en los labios, se daban solo en la intimidad, y que dos adultos no podían ir por la calle de la mano, que hacerlo era una primera alerta para pedir cita en el psicólogo. El amor, por ser algo bueno, decía, solo tenía valor cuando se demostraba en privado. Íñigo Amuniagairrea había sido la última persona que me había rozado en público. Temía que el día de la boda, cuando llegara con mi padre del codo al altar, Gonzalo me extendiera el brazo dispuesto a estrecharme la mano.

Lo había comenzado a ver todo borroso. Las lágrimas me estaban quemando los ojos. Mi madre se había sentado ya en la silla bajo la estufa portátil. Me miraba enfurruñada, con las gafas de sol emperchadas en la nariz. Esperaba aún mi respuesta. Imaginé el queroseno empapando de golpe sus mechas doradas.

—Me he comido una pasta. Tú te has tomado tres, que no te has dado ni cuenta porque estabas a otra cosa.

—Sí, sí, a mí se me caían de las manos.

—Mira, yo voy a pedir una galleta. Si quieres la compartimos y si no me la como yo sola.

—Allá tú.

—¿Allá yo qué?

—Nada, nada.

—Ay, por Dios. Tú lo ves, ¿no? Tú lo ves.

Ahora el chico también nos miraba. Había dejado de acariciar el brazo de su novia.

—¿El qué?

—Cómo te pareces a tu tía Mercedes.

—Yo lo que digo es que en el medio está la virtud.

—Qué quieres, entonces.

—Yo voy a querer un cortado.

—Cortado tengo yo el cuerpo. Madre del Amor Hermoso. Qué barbaridad.

Trece

El hombre tira de la correa cuando el perro se para a olisquear el canastillo del mendigo. El teckel tensa la cuerda y el pordiosero se inclina para enseñarle los dedos. El hombre sonríe, rápido, discretamente incómodo, y vuelve a tirar de la correa. El perro por fin obedece y echa a andar como si le acabaran de reiniciar la memoria. La calle Asunción aún está vacía. Desde que la peatonalizaron, el pavimento, gris y burdeos, le recuerda a Sandra Narváez de la Concha una quemadura tras un incendio, con arbustos como mechones agarrados a la piel. Las guirnaldas de colores, a estas alturas de enero, aún cuelgan de una acera a otra de la calle. Se está retrasando la retirada. Como lo pospongan medio mes más, se dice Sandra, a las farolas se les van a juntar las luces de Navidad con la portada de la Feria. El ayuntamiento va a convertir el barrio en un túnel del tiempo.

No recuerda cuánto ha pasado desde que murió Joaquín. No ha querido contar los días. Ha tirado el calendario que Yolanda había colocado encima de la nevera. Le pidió perdón a la Virgen de los Reyes que aparecía en la foto y lo dejó caer en el cubo de la basura. Sabe qué día es cuando abre el móvil para llamar a sus hijas o a su nieta o a su amiga Angelita de la Torre. No han debido de transcurrir siquiera cuatro meses.

Los días se han derretido. Llega la noche y ella descansa y sabe que un día ha acabado y que, al despertar, otro habrá comenzado, pero los lunes no tienen envidia de los jueves. La rutina rueda sobre las horas. A diario lee y pasea. Con las niñas come los miércoles; con sus amigas almuerza los martes; los lunes y los viernes acompaña a Sandrita al Club y el fisioterapeuta le masajea la espalda. Algunas tardes escribe en un cuaderno sus recuerdos. Quiere que sus nietas, solo cuando haya muerto, lo lean. Otros días, sus hijas van a casa a merendar. Sandra prepara té de jazmín y se sientan en la terraza mientras quiebran tejas de almendra que compraron en El Puerto en verano. Pilar, con los niños, lleva sandwichitos de pepino o de pavo y arándanos, y prueban, como en una cata, la última receta de zumo o granizada que su hija acaba de inventar. Hablan de sus planes para Semana Santa o de las notas de los mellizos, recuerdan que hay que arreglar el sillón grande del porche de la playa, comentan lo larguísima que llevaba Alejandra el otro día la melena, empieza ya a parecerse un poco a la Pantoja, a ver si su madre le dice algo, celebran que Gabrielita haya ganado otra medalla en el concurso de salto y hojean juntas el *Hola*. Luego, si han venido a pie, las acompaña hasta el parque de María Luisa y regresa ella paseando a casa. Los días ahora son ayer y mañana. Hoy es una transición.

Se lo oyó a Alejandra. Cuando llegaron a casa tras pasar toda la mañana en el tanatorio, Sandra la oyó hablar al otro lado de la puerta del cuarto de baño. Le dijo al teléfono: «Estoy en Sevilla, que mi abuelo ha fallecido, gracias, sí, estaba enfermo», y algo prendió en su estómago y le encendió las mejillas. Abrió la puerta del baño sin llamar. La gente, le espetó con los ojos entrecerrados, no fallece. La gente muere. No se está menos muerto por haber fallecido. A tu abuelo lo habrías asesinado de un ataque al corazón si te hubiera oído decir que ha fallecido. Tu abuelo ha muerto. Fallecer es de cursis.

Aquella había sido la primera vez que levantaba la voz frente a uno de sus nietos. Nunca había perdido la paciencia, tampoco con sus hijas. Sandra no gritaba, no se enfurecía. Pero Alejandra había hablado, por primera vez, de Joaquín en pasado. Lo había vuelto a matar.

El suelo está aún húmedo, parcheado de la lluvia de la noche anterior, manchado de cercos oscuros que alcanzan las paredes. En la calle Arcos, antes de llegar a la parroquia, ha abierto una tienda de bricolaje. Ahora Sandrita ha vuelto a pintar. Dibuja animales y flores en bandejas, en manteles, en platos llanos, hondos y de postre. Reparte cerdos, conejos, hortensias, mimosas y corzos por todas las piezas de una vajilla, como si fueran fichas de un puzle. Le ha regalado una completa con gallinas de Guinea. Parecen, sobre la superficie blanca, con su caperuza turquesa y sus plumas negras con lunares, retratos de duquesas del siglo XIX. El trazo, se ha fijado, es diestro, limpio y firme. Las cerdas del pincel le obedecen. No soporta mirar los platos durante más de medio minuto. Quizá su hija habría sido buena pintora.

Se lo podrían haber costeado. Podría haber iniciado la carrera de Bellas Artes en Sevilla, la podría haber continuado en Londres y la podría haber acabado en Roma. Le daba miedo. Temía que su hija, la hija de Sandra Narváez de la Concha, se quedara en un intento, que sus compañeros lo comentaran al salir de su primera exposición, que murmuraran que ni fu ni fa, que no estaba mal, pero vamos, tampoco tenía fuerza, aquello no pasaría jamás de arte ornamental. En el colegio, Sandrita no había sobresalido. Sacaba sietes y ochos, alguna vez un seis. No se le daban bien las matemáticas, no era buena en química y le costaba memorizar las fechas de historia; en educación plástica apretaba el punto de cruz con tanta fuerza que por los agujeros podía cruzar una riada de hormigas. Solo manifestaba facilidad para los idiomas. Y ni al lienzo ni a las escuelas de Bellas Artes les importaba si el pincel hablaba francés u holandés. Sandra convenció a Joa-

quín para limitar las clases de pintura a la actividad extraescolar
que ofrecía el colegio a la hora de la comida. Su hija era una mediocre. Nadie más debía descubrirlo. Estudiaría Secretariado y,
si aún le apetecía, continuaría pintando en sus ratos libres. Ganaría lo suficiente como para darse los caprichos que estimara y
tomar un par de días a la semana una copa con sus amigas. Después se casaría, tendría hijos, dejaría de trabajar y tiraría los pinceles. Nadie más preguntaría por la hija de Sandra que en ocasiones pintaba. Sandra lo logró. La niña estaba casada a los
veintidós. Había sido una elegida precoz, reunía lo necesario.
Cualquiera lo podía ver. Su hija era digna de ser amada. Había
quedado demostrado.

—Ahora me paso, ahora me paso, que con suerte aún encuentro a don Pascual confesando. ¿Tú le has visto salir?

La quiosquera sonríe, con el periódico y una bolsita de regaliz
en la mano.

—Me parece a mí que sí, que va a tené usté suerte, doña Sandra. Que yo sepa, aún no ha salío de ahí.

—Voy corriendo. Guárdamelo, que en un ratito estoy de vuelta.

—No corra usté, doña Sandra, que verá como se resbale. Meneste que tenga cuidaíto.

Sandra aprieta el paso. Alejandra no es tan joven, de eso es
consciente. A su edad, su madre ya había dado a luz a ella y a su
hermano. Pero Alejandra es un bebé, todavía jugando con sofás,
mesas y papeles pintados. En el fondo no es una sorpresa que su
nieta se case tan pronto. Las casas son imprentas. Lo aprendió de
niña en el pueblo. Lo que en casa se ve se copia y repite sin plena
conciencia, de forma automatizada, como un reflejo de la rodilla
cuando recibe un golpe. La hija de Matilde, que en el pueblo vivía dos números más abajo, en el veintiocho, en la casa con los
balcones verdes, se quedó embarazada a los dieciséis. La diferen

cia de edad entre su bebé y ella resultó ser la misma que la de Matilde con su madre.

Sandra se sienta a unas bancadas del confesionario. La lucecita roja de la puerta está encendida. Hay alguien dentro. La iglesia, amplia y alta como una nave industrial, está vacía. La humedad ha ensuciado una de las cristaleras.

De contárselo a Alejandra también se habrán encargado en clase. A Sandrita se lo explicaron en el colegio. Lo vio cuando hojeó el libro de quinto de EGB que acababa de comprarle. En una página, el dibujo de un hombre desnudo, detallado en tres dimensiones entre la cintura y el muslo, se enmarcaba con flechitas negras. A su lado, el de una mujer quedaba rodeado por cartelitos ilustrativos. A Sandra se lo explicó Emilia. Acababa de cumplir catorce años y una mancha marrón había aparecido en sus sábanas. Cuando le preguntó por qué estaban sucias, la mujer la agarró de la muñeca y la encerró en la despensa grande de la cocina. Sabía, le adelantó, que Adela no había tratado el tema y que sin amigas del colegio, todo el día con su tía, estos asuntos no llegaban con facilidad a los oídos de una niña. Una ristra de ajos colgaba de la estantería y el olor de la pata de jamón, envuelta en tela de rejilla, templada, sin estrenar, le rascaba la nariz. Emilia cogió un huevo de la cesta de mimbre y se lo puso frente a los ojos. Le preguntó si sabía cómo se había hecho aquello, de dónde venía aquel huevo. Respondió que no. Su tata cerró la ventana y la sentó en un taburete. Don Luis había salido. Tenía una reunión en el Casino.

La luz del confesionario se apaga y una señora con chaqueta y falda color teja abre la puerta. Sandra la observa distanciarse del cubículo y entonces se pone en pie. La mujer ya ha elegido banco, en la otra ala, a mitad de la iglesia. Sandra se acerca al reclinatorio y deposita el bolso en el suelo.

—Ave María purísima.

—Sin pecado concebida. El Señor esté en tu corazón para que te puedas arrepentir y confesar humildemente tus pecados.

—Señor, Tú lo sabes todo, Tú sabes que te amo. Buenos días, don Pascual. Soy Sandra Narváez de la Concha.

—Buenos días, Sandra. ¿Cómo te encuentras?

—Bien, estupendamente. ¿Y usté?

—Muy bien. Un poco fastidiao con esta lluvia, que me deja el tobillo reventado, pero bien. Tú dirás. ¿Qué me cuentas?

—Pues lo de siempre. Yo creo que soy una egoísta.

—Pero, Sandra, tú no puedes venir aquí todas las semanas siempre con las mismas historias. Esto luemos hablao ya cientos de veces. No se trata de eso, de que vengas y todas las confesiones sean lo mismo, una tras otra.

—Si yo lo sé, pero qué le voy a hacer, si es que es lo que hago siempre. Hablo mal a veces a mis hijas.

—Bueno, bien. Ya es algo más.

—Por eso le digo que soy egoísta. Eso es ponerme a mí por delante de ellas.

—Pues también me puedes decir que es amor propio o soberbia. Cámbiame las palabras, por lo menos, que si no parece que aquí no hacemos nada, hija mía. Esto no es una lavadora, que la pones cada vez que lo haces mal. Esto es un hospital o un taller, lo que tú prefieras. Aquí venimos para salir cada vez mejores, no para caer siempre en lo mismo. Si no, dime tú de qué sirve esto.

—A lo mejor entonces soy también una perezosa.

—¿Por qué?

—Porque no pienso demasiado en lo que hago mal, digo siempre lo mismo. Soy más floja que la chaqueta dun guarda.

—A lo mejor. Venga. ¿Qué más?

—El otro día estuve a punto de gritarle a la muchacha.

—Pero no lo hiciste.

—No.

—Te controlaste.

—Sí.

—Pues entonces ya está. No lo hiciste mal. Lo hiciste bien. Eso no es pecado, Sandra, mujer.

—Bueno, pero yo por mí la habría empujado por la ventana. No la soporto. De verdad que no la soporto.

—Pero qué taecho la pobre mujer.

—A mí no me ha hecho nada, pero todo lo que toca lo pone manga por hombro. Y le digo plánchame esto y no lo guardes, y ella va y lo guarda. A veces la chocaba.

—No tienes paciencia.

—Yo diría que sí, pero con esta niña yo no puedo. Es que me pone, don Pascual, de los nervios.

—Pues a lo mejor no es mala idea contratar a otra persona en su lugar si tanta ira te provoca.

—Eso no puede ser, que va también a casa de mis hijas y va a quedar un poco fuera de lugar si yo la despido y ellas no. Y, además, es hija de otra señora que trabajó hace unos años con nosotras y que ya no trabaja y no es cuestión de que se queden tampoco sin trabajo de golpe.

—Pues entonces, Sandra, te va a tocar bregar con ella y tirar de paciencia. Dime, qué más.

—Ya está.

—¿Ya está? ¿Esto es todo lo que me querías contá?

—Que yo recuerde, sí.

—Vale. Pues vas a rezar tres avemarías y un gloria y vas a invitar a la chica que limpia en tu casa a tomarse un chocolate caliente contigo.

—Conmigo no. Yo la invito a un chocolate caliente y a unos churros y a todo lo que usté me mande, pero conmigo no se lo va a tomar. Conmigo no, don Pascual, porque esta es de las que les das la mano y te cogen hasta el hombro. Conmigo, no. Yo le preparo el chocolate y ella que se lo tome solita en la cocina.

—He dicho chocolate como podría haber dicho un poleo o un café. La idea es que charles un poco con ella y veas ques lo que le pasa. Que cada persona es un mundo y nunca sabemos el tormento que está viviendo el prójimo en silencio.

—Bueno. Ya veremos.

—Ya veremos, no, Sandra. Te estoy mandando en penitencia que hables con ella. Si quieres questo sirva para algo, tienes que hablar con ella. Además, la única forma de que tobedezca es desde el cariño. No pretendas que nadie te respete si lo que has provocado en ella es que te odie.

—Odiarme no creo que me odie, que soy quien le da trabajo.

—No será la primera empleada que odia a su superior. El respeto nace de la admiración, Sandra. Y aunque tú no encuentres razones para admirarla, tienes que obligarte a ello, porque en cada uno de nosotros hay un pedazo de Dios. Se merece tu respeto por ser, como tú y como todos los demás, una criatura de Dios, que ha nacido y está en esta tierra porque él ha querido que así sea. Y Dios no crea a unos de oro y a otros de cobre. Dios nos crea a todos por igual.

—Bueno.

—Venga. Pues di lo que viene ahora.

—Jesús, Hijo de Dios, apiádate de mí, que soy un pecador.

—Dios, Padre misericordioso, que reconcilió consigo al mundo por la muerte y la resurrección de su Hijo y derramó el Espíritu Santo para la remisión de los pecados, te conceda, por el ministerio de la Iglesia, el perdón y la paz. Yo te absuelvo de tus pecados en el nombre del Padre, del Hijo y del Espíritu Santo.

—Amén.

—La pasión de nuestro Señor Jesucristo, la intercesión de la bienaventurada Virgen María y de todos los santos, el bien que hagas y el mal que puedas sufrir te sirvan como remedio de tus pecados, aumento de gracia y premio de vida eterna. Vete en paz.

—Muchas gracias.

—De nada. La semana que viene me cuentas qué tal ha ido la charla.

—Yo se lo cuento. Gracias, don Pascual.

—Vete con Dios.

El pomo dorado rota en su mano y Sandra gira hacia el interior del confesionario. Se aclara la garganta. Sabe que la va a reprender.

—Don Pascual.

—Dime, Sandra.

—Se me ha olvidado una cosa.

—¿Qué cosa?

—Que Joaquín sigue conmigo.

La madera cruje al otro lado de la celosía. Sandra cambia el peso de pie. El sacerdote se está incorporando.

—No te preocupes, Sandra, si ya lo hemos hablado. Mi opinión no cambia de una semana pa otra.

—Se lo digo, don Pascual, por lo que pudiera pasar.

—No va a pasar nada, Sandra. Joaquín está muy bien contigo. Si lo entiendo yo, Dios también.

—Yo es por si acaso.

—Sandra, tú estate tranquila y vete en paz.

—Muchas gracias.

—Con Dios. Recuerdos a las niñas.

El periódico se escapa por la esquina del bolso. Sandra retuerce un regaliz, delgado como un cordón de zapatos, y se lo lleva a la boca. Espera no cruzarse con nadie en el camino a Ochoa. El regaliz amarillea los dientes. Recorta hacia República Argentina y se dirige hacia la cafetería. Los niños vienen a casa a merendar esta tarde. Necesita encargar para las cinco y media cuatro petisús de caramelo y tres palmeras de huevo. No recuerda la última vez que pidió batido helado de chocolate. Comprará dos litros. Quizá le guste a Yolanda.

Catorce

—Yo esto de aquí lo subiría.

—¿El qué?

Mamá me miraba con la barbilla apoyada en la mano. Descruzó las piernas y se acercó a mí.

—Esto, la tiranta. —Agarró la manga del vestido y la empujó hacia el hombro—. Así. Mejor.

—Hombre, Mamá, es que todavía no está ni a la mitad. Esto es el esqueleto.

—Esto es *à la toile*. Es solo para que nos hagamos una idea. Todavía hace falta un poquito de imaginación.

La costurera, que se había recostado en el quicio de la puerta, con un erizo de agujas en una mano y un retal en la otra, sonrió, incómoda, a mi madre. Tía Pilar me miraba con los brazos cruzados desde su sillón.

—Ya, pero yo lo que digo es que si la sisa no llega hasta aquí —Mamá llevó un dedo hasta donde comenzaba mi axila—, no va a quedar bien. Te va a hacer más gorda.

—No, claro, claro. —La modista me alcanzó frente al espejo—. La manga se cierra, abre un poco el brazo, aquí. Por eso no hay problema.

—Vale. Es que si se le ven los brazos no va a estar favorecida.

—Oye, pero bueno. Pero vamos a ver. Qué falta de respeto es esta, aquí rodeándome y pichí pichá, pichí pichá, murmurando como si fuerais mosquitos.

Me crucé de brazos para que no pudieran continuar analizando el tubo de seda blanca deshilachada en el que me había enfundado.

—Yo lo digo por ti.

—Por mí no me lo dices, porque yo quiero que el corte sea así. Yo quiero que la manga empiece justo aquí. En todo caso, lo dirás por ti.

—No, te lo digo para que tú te veas bien y estés cómoda.

—Me lo dices para que tú me veas como quieres verme.

A las paredes les habían salido cuchillas. Las palabras silbaban entre ellas. Notaba el enfado crecerme en la garganta y no podía frenarlo. Tampoco sabía si quería. Era yo quien había afilado el tono. Suavizarlo supondría una concesión.

—Si esto empieza aquí, Alejandra, la manga va a quedar demasiado abullonada y en unos años te vas a arrepentir. Yo lo digo por ti.

Yo no quería un vestido. Yo quería un traje de chaqueta. Quería que los pantalones se ciñeran a la altura del ombligo y cayeran, amplios, con una pinza, hacia el empeine. Quería que la chaqueta se encajara en los hombros recta, ligeramente puntiaguda, y que del faldón del lado izquierdo nacieran media docena de tablas de gasa. No quería que la seda flotara con mis pasos. No quería ser una *pavlova*. Mi madre, cuando le conté la idea, se negó. Un traje de chaqueta, decía, lo podía llevar en cualquier otra ocasión. Era apropiado para una cena, para una comunión o para un bautizo. En una boda no cabía. Si era ella quien pagaba, tendría que ser un vestido. No me dejaría presentarme frente a cuatrocientos veintidós invitados vestida como una presentadora de informativos.

Aplasté el globo de la manga y relajé los brazos. Se me había cerrado la garganta. Yo ni siquiera quería que gastara seis mil euros en un vestido que solo utilizaría durante doce horas.

—Bueno. Vale. Me da igual. Como mejor quede.

Mi madre y la modista me volvieron a rodear. Tensaban la tela desde las rodillas y superponían otras sobre el escote. Tía Pilar me circunvaló con el boceto del vestido en la mano.

—¿Y la cintura dónde comienza?

La costurera dio un paso atrás y señaló un palmo bajo el pecho. Ciñó la tela con alfileres.

—¿No habría que subirla un poco?

Mamá también reculó. Me rodeó con los ojos entrecerrados de una miope sin diagnosticar.

—¿Qué haces, Mamá? Que pareces un buitre.

—Sí, esto hay que subirlo. Por lo menos hasta aquí. —Me agarró de la cintura con una mano—. Hasta aquí por lo menos.

—Como vosotras digáis. ¿A ti te parece bien, Alejandra?

Me di la vuelta para mirarme al espejo. Tres tubos de tela blanca se encajaban desde mi axila hasta el suelo como una cañería. Los alfileres marcaban la cintura y abombaban las mangas. Parecía que hubiera huido de una explosión vestida con la funda de la almohada.

—No sé. Es que no sé qué implica. ¿Qué pasa si lo estrechamos aquí?

La modista pidió el boceto y garabateó, pequeña y rápida, la alternativa propuesta. Mi madre protestó sin despegar los labios, con un mugido atrapado al fondo de la garganta.

—Es que si queda muy bajo no le va a hacer buen tipo. Como tiene el culo respingón, no sé yo si le va a quedar bien del todo.

La saliva se espesó en mi garganta. Era ahora de espuma. Me senté en el sillón en silencio y la modista se irguió de un salto.

—Espera, espera. No te sientes, que saltan los alfileres y tenemos que empezar de nuevo.

—¿Y esa cara?

Mamá miraba en mi dirección.

—Para que no puedas ver más mi culo respingón.

La vi dejar caer los brazos a los costados.

—Hija, no es para ponerse así. No he dicho ninguna mentira. Si no es malo tener el culo un poquito respingón. Mejor que plano, ¿no? En Hispanoamérica se ponen implantes para tenerlo como tú.

El aire se había vuelto a condensar, se coagulaba de camino a los pulmones y me presionaba la curva de la mandíbula. Los ojos empezaban a escocerme. Tragué saliva.

La tela cedió y cerré la puerta del vestidor antes de que la conversación volviera a prender. Quizá ahora hablaran acerca de mis piernas, de cómo guardaban a lo lejos una apariencia esbelta y un poquito elástica pero de cerca se ensanchaban en la base del muslo de forma que la cara interior se reblandecía, colgaba del hueso, y la exterior componía dos triangulitos enfrentados, dos comillas laterales, dos muslos encarados como el reflejo de una montaña en el agua. Metí la camisa por el interior de los vaqueros y me ajusté el cinturón. Mamá y tía Pilar me esperaban en el recibidor del taller. La modista había anotado la próxima cita para dentro de un mes.

El portero desbloqueó la puerta de cristal enrejado y mi madre y mi tía trotaron sobre el escalón de mármol blanco. Hablaban sin prestarme atención.

—Ella es como muy mona, ¿no?

—Sí. No diría que es elegante, pero tiene, como dicen las niñas ahora, bueno, y como decíamos nosotras en nuestra época, ¿no?, yo creo que lo decíamos, rollo. Tiene rollo.

—Tiene rollo, sí. ¿A ti qué te parece, Alejandra?

—Alejandra ya la conocía de antes. Es amiga de su amiga Anita Vázquez.

Frené en seco. La mandíbula se me había desencajado. Las palabras me pitaban en el cerebro como una olla exprés lista para ser desenroscada.

—Mamá, ¿tú cómo dices ahí, delante de todo el mundo, que algo me va a hacer «más gorda», como si ya lo estuviera?

Mi madre me miraba con los brazos cruzados. Los ojos se le habían redondeado con sorpresa.

—Alejandra, es una forma de hablar. No empecemos, por favor.

—Pero ¿tú te crees que yo soy tonta?

Mi madre miró alrededor. Mi voz había escalado y la orilla de los ojos me había comenzado a arder de nuevo. Dio un paso hacia mí. Intentaba prevenir los gritos.

—Yo no creo que seas tonta. Creo que estás de un pejigueras insoportable. Si no puedes soportar la presión de preparar una boda, a lo mejor no deberías casarte.

—Pero, Mamá, qué coño estás diciendo ahora.

Tía Pilar nos miraba en silencio, con los ojos encapuchados bajo los párpados, más abiertos de lo normal. Mi madre había subido un par de dedos la barbilla.

—¿Tú quieres nuestra opinión o no quieres nuestra opinión? Porque, si no, ya me dirás qué estamos haciendo aquí.

—Yo lo que quiero es que mi madre no intente humillarme delante de desconocidos, que es lo que acabas de hacer.

—Pero cuándo te he humillado yo, Alejandra, por Dios.

—Tú me quieres volver loca, ¿no? Has dicho delante de tía Pilar y de la modista, que encima es conocida mía, que se lo va a contar a sus amigas y luego me las voy a encontrar de copas cualquier día, que voy a parecer más gorda y que tengo el culo gordo.

—Yo eso sí que no lo he dicho. Vamos, por ahí sí que no. Yo que tienes el culo gordo no lo he dicho en ningún momento. Yo he dicho respingón.

—Has dicho gordo, que lo he oído yo, que te crees que estoy sorda. Tía Pilar, ¿a que ha dicho gordo?

El calor se extendía desde las pestañas a la lengua, las axilas, las costillas y las puntas de los dedos. Mi tía dio un paso atrás con las manos en alto, farfulló que ella no, ella no, y giró la cabeza hacia el otro lado de la calle.

—Tú estás fatal, ¿eh, Alejandra? Estás fatal.

Mamá me miraba con los ojos entrecerrados y los labios levemente separados por el asco. Si me hubiera podido convertir en un perro, le habría dado un bocado.

—Fatal estás tú, que no te das ni cuenta de lo que dices.

—Bueno, ya está. No le hables así a tu madre, que te estás pasando.

Mi tía se había quitado las gafas de sol y movía las manos como si pidiera a una orquesta que suavizara el volumen.

—Que no me hable ella a mí así. Por qué me va a poder hablar ella a mí así y yo a ella no.

—Porque soy tu madre.

—Y qué. Si yo te debo respeto, tú a mí también. Somos adultas o qué somos. ¿Tú le hablarías así a Papá o a una amiga tuya? ¿A Bárbara, por ejemplo? ¿Eh? Y a mí sí, ¿no?

Notaba una presión en la frente. Las ideas se me evaporaban en la cabeza, las sentía convertirse en gas. No podía agarrarlas. Vi por el rabillo del ojo a una señora mayor que se giraba para mirarnos sobre su hombro.

—Yo te hablo así porque soy tu madre y se acabó. Tú no solo me debes respeto, sino obediencia.

—Sí, obediencia con veintiséis años te voy a deber yo a ti.

—Obediencia siempre porque tu madre lo voy a ser siempre. Y tienes veinticinco.

—Hasta dentro de dos semanas.

Había comenzado a sudar bajo el abrigo. Las frases me zumbaban en el cerebro. No las conseguía discernir.

—Mira, me voy a ir. Me voy a ir a dar un paseíto y luego, ya si eso, nos vemos. El restaurante está en Lagasca y la reserva es a las dos y media. Cogéis un taxi u os vais paseando o lo que sea, que ya sois muy mayores las dos. Ea. Cuidadito con las espinas.

Me di la vuelta y comencé a caminar como si el suelo estuviera a punto de resquebrajarse. Abrí la zancada para no correr. No quería que pensaran que huía. Me dio tiempo a escuchar, antes de alejarme: «Esta niña está fatal».

Salí a Velázquez y me dirigí hacia el sur. No sabía adónde estaba yendo. Me dolía la cabeza desde la mandíbula hasta las sienes. Una punzada me palpitaba en el ojo derecho. Cogí el móvil y lo bloqueé de nuevo. No quería hablar con Gonzalo. Había salido a comer con su tía Águeda. No podría comunicarse demasiado. Respondería sí, ya, lo entiendo, y el humillo de mi cabeza podría verse desde el exterior. Solo saturaría mi enfado.

Las piernas me encaminaban. Andaba de forma automática, como si el cabreo hubiera programado la ruta. Mis ojos registraban el verde del semáforo y mis pies contestaban. Al alcanzar el final de la calle giré hacia la derecha. Sobre el cielo turquesa, una película blanquecina, como de pelusa de algodón, flotaba sobre el Retiro. El parque estaba desnudo, como en un boceto de acuarela, las ramas oscuras y flacas contra el cielo. La voz de un hombre llamó a Borja, Borjita, y unos frenos chirriaron a mi espalda. Una familia de turistas ojeaba el escaparate de una pastelería. Aquí nos van a sacar un ojo de la cara, advirtió el padre mientras les daba la espalda a las tartas de chocolate. La niña respondió que era su cumple y le tocaba a ella elegir.

Mis hombros comenzaban a distenderse. Desde que abandoné el taller los había mantenido envarados, agarrotados, como si al alzarlos lograra que la ropa no cayera al suelo en cualquier momento. Mis piernas cambiaron de ritmo espoleadas por el pensamiento que llevaba semanas conduciéndome por las calles de Madrid. Íñigo Amuniagairrea podía estar viéndome. Podía estar en el interior de un taxi de camino a una comida de trabajo, al volante de su propio coche para ir a recoger a su hermana del fisioterapeuta, tomando un café cerca de la ventana de un bar, o a punto de levantar la vista y toparse conmigo cruzando el paso de cebra, paseando de regreso a casa con la bolsa de deporte al hombro y las piernas, blancas y peludas, expuestas entre el calcetín y el pantalón. Cualquier salida al exterior incorporaba la posibilidad del encuentro fortuito. Había comenzado a caminar para Íñigo. Me desplazaba como si una cámara registrara todos mis movimientos. Plano abierto, plano corto. Íñigo podía ver cómo me retiraba de la boca el mechón de pelo que el viento se empeñaba en restregarme por las papilas y cómo brazos y piernas se acompasaban con naturalidad cuando el monigote verde del semáforo comenzaba a parpadear. La calle ahora era de él.

Me apetecía un helado. En la plaza de la Independencia, el ruso y el inglés se chapurreaban en las mesas altas y en las colas frente a los restaurantes. Las melenas alisadas se sacudían sobre una hilera de piernas que, anaranjadas, se enfrentaban desnudas al frío. La palabra me pellizcó la frente. Me aguijoneó el cerebro y las axilas y me frenó los pies. Había dicho «respingón». Estaba sudando de nuevo. Los que estaban sentados en las terrazas se debían de haber dado cuenta. Nadie deja de caminar de golpe. En Madrid nadie pasea. Quien anda por la calle hace jogging.

Me desaté la gabardina y rebusqué en mi bolso. Saqué el móvil y abrí la aplicación de las notas. Íñigo Amuniagairrea podía estar viéndome. Leche pavo pan huevos regalices de frambuesa arándanos frambuesas yogur de limón oreos. Si alguien me estaba mirando, solo pensaría que estaba respondiendo a un mensaje. Tomé aire y reanudé el paso. El helado sería en cucurucho.

Quince

En febrero el frío en Sevilla lamía los huesos. Se colaba por los puntos de los chalecos y mordía la piel y lamía los huesos. Culebreaba por entre las capas de ropa como agua derramada. En Sevilla yo tenía siempre los pies fríos. Mis calcetines parecían hechos de escarcha.

La antorcha metálica ardía junto a nuestra mesa. Mamá y Papá se habían sentado en los sillones de mimbre, enfrentado el uno al otro, como presidiendo, y Pipe, que miraba el móvil, se había repantingado en diagonal, con el codo apoyado en el reposabrazos. Gonzalo me palmeaba distraído la mano. A nuestro alrededor, las melenas rubias, mechadas de miel, se turnaban en los sillones con las de color chocolate. Se ondulaban todas ligeramente desenfadadas sobre los Barbour, los Aigle y las chaquetas príncipe de Gales, como si el pelo se hubiera secado al aire después de un baño en el mar. Sobre las mesas se formaba, entre abrigos, pantalones, bolsos y chalecos, un patchwork de color burdeos, beige, gris marengo y verde cacería. El armario sevillano respetaba en invierno la sobriedad, guardaba un discreto luto por la luz atrofiada de las tardes. Los pantalones acampanados de niñas y señoras se estiraban hasta la cintura bajo jerséis de cuello vuelto de los que escapaban camisas blancas o de rayas celestes usurpadas a los hombres de la familia. Las que aún aguardaban el rapto ellos las defendían

bajo chalecos de pico y sobre zapatos de doble hebilla. El maquillaje de las mujeres, tímido, espolvoreaba el sol sobre las mejillas
y difuminaba de granate los labios. El exceso penalizaba. La im-
postura estética delataba a las infiltradas. Ninguna mujer con los
labios perfilados o grumos en las pestañas pertenecía de manera
natural a aquellos sillones.

La ostentación se chivaba. Las madres enfilaban con palabras
la turbación de las niñas, capaces de intuir lo repudiado. Tienes
que saber qué estás haciendo con tu dinero, había oído comentar
en una mesa cercana a una señora de melena corta, con la pala
de pádel enquistada en la orilla del sofá. Una niña normal, como
comprenderás, continuaba, no se compra un abrigo con esos logos
del tamaño de un perro dálmata. Qué va a hacer una niña de
veinte años con un abrigo de ese dineral. Porque es un abrigo,
además, que te lo compras en cualquier otra tienda y es del mismo material, del mismo tejido. Qué va a hacer con eso una niña
de veinte años, que se cansa de todo enseguida. Pero ni de veinte
ni de cincuenta, añadió otra de pelo claro. Un abrigo así a esa
edad es tirar el dinero. Lo usas dos inviernos y luego qué. Luego
qué. Luego nada porque te has aburrido ya de él. Antes, vale. Pero
¿ahora? ¿Ahora que te vas a Ubrique y te venden el mismo bolso,
porque es que es el mismo bolso, que la piel la trabajan allí, pero
sin el logo, por un tercio de lo que vale, que es que te lo vende el
artesano que acaba de estar cosiendo diez carteras y diez maletas
para mandarlas a Italia y a Francia por una millonada? Anda ya.
Un bolso de Loewe, tipo los de ante marrón de toda la vida, tipo
el Amazona, o uno de Hermès, que es Hermès y yo lo entiendo,
vale, lo compras, así, cuando sean mayores, lo heredan las niñas.
Es una inversión. Pero mira, ya está, no te gastas diez mil euros
en un abriguito de paño. Si quieres te los gastas en un cuadro o en
un anillo estupendo, en algo que tenga vida, pero ¿en un abrigo?

Eso era un abrigo de mujer de futbolista, le faltaba, vamos, el tutú rosa y los botines con tachuelas. Si es que llevaba hasta las gafas de sol esas horribles de perlas. Iba la pobre que parecía un cuadro. Y con los hombres, tres cuartos de lo mismo. Si eres un señor, te compras tu chaquetita en O'Kean y tus chalequitos en Galán y te dejas de gaitas. Las otras dos amigas reían y la rubia volvió a tomar la palabra. No hay nada más hortera, cerró, que ir por ahí despilfarrando.

—La estás viendo, ¿no?

Pipe me miraba con la cabeza inclinada hacia la izquierda. Dos mesas más allá, una melena lisa y pelirroja, larga hasta la cintura, se embarullaba en una bufanda ancha de color gris. Reconocí el perfil. La nariz era chata, y si hubiera deslizado por ella las gafas de sol, los ojos habrían aparecido coloreados de celeste oscuro. La rodeaban sus hermanas y un sobrino. Sonsoles Sacristán tenía los brazos cruzados.

—Puf. Qué pereza. Espera, que me pongo yo también las gafas.

—¿Qué? ¿Quién?

Gonzalo alargó el cuello desde su lado del sofá. Le apreté la mano.

—Niño, no mires.

—Pero a quién.

—Sonsolitas.

Mi hermano sonreía. Había guardado el móvil. Gonzalo continuaba estirando la cabeza hacia atrás.

—¿Quién es Sonsolitas? ¿Sacristán?

Mi madre, que le daba la espalda, también sonreía ahora.

—¿No te ha hablado de ella Alejandra?

—Yo creo que no, ¿no? No me has hablado de ella, ¿no? Que ahora la veo y sí sé quién es porque la llevo viendo aquí toda la vida, pero nunca me la han presentado.

—A lo mejor no. No suelo pensar en ella demasiado, tampoco te creas.

—Ella en ti seguro que sí.

Mamá rio. Pipe me miraba con malicia.

—No.

—Hombre, ahora me lo tienes que contar.

Gonzalo me dio un tirón de la mano como un niño chico enrabietado.

—Que no.

—Pues que Alejandrita casi acaba en la cárcel.

Tras la carta, mi padre reía también desde su sillón. Gonzalo me miraba como si me acabara de presentar frente a él con las cejas teñidas de morado.

—Nada, tú pasa, es todo mentira —le murmuré.

—Pues se lo cuento yo. —Mi hermano se reclinó sobre sí mismo y alcanzó su cerveza—. Te lo cuento yo, Gonzalo.

—Te juro que te clavo el tenedor en el dedo y lo llevo a la cocina para que me lo sirvan en una baguette.

Pipe desechó mi amenaza con la mano.

—Cuando Alejandrita tenía seis años, estaba un día en la zona de arena de los pequeños, que no sé si te acuerdas pero había que cruzar la valla y está antes de llegar al hipódromo y después de la piscina y el frontón, vamos, entre el hipódromo y la piscina, y se había quedado sin supervisión materna porque Sandra Medina había ido un momento al cuarto de baño o no sé qué.

—No, no, no —protestó mi madre—. Había ido a por una Coca-Cola para África Lora y para mí y la había dejado con África vigilándola, no iba a dejar a la niña sola con seis años.

—Yo había tenido siempre entendido que Alejandra estaba sola —mi padre se inclinó sobre la mesa para coger una aceituna—, y tampoco me había extrañado.

—Ni Alejandra ni Pipe se han quedado solos jamás. Jamás. Por mí, no se han quedado solos en la vida. Nunca, Felipe. Dime una vez en la que se hayan quedado solos. Una. A ver dónde la encuentras.

—Bueno, lo que sea —continuó Pipe—. La niña estaba sin madre. —Mamá puso los ojos en blanco—. Y estaba Alejandra en el columpio columpiándose tranquilamente mientras se comía unos Pandilla y llegó de repente una niña y le pidió una patata y Alejandra se la dio. Y luego llegó otra niña y también se la dio. Y de repente llega Sonsolitas Sacristán, que era no sé si uno o dos años mayor que ella, y le dice me das una patatita, por favó.

—Sí, vamos, «una patatita» me iba a pedir la niña.

—Y le dice Sonsolitas me das una patatita, por favó, y Alejandra que no. Y la otra, pero a las otras las dao, yo también quiero, dame una patatita, por favó. Y le dice Alejandra: no, a ti no, que estás gorda.

Mi familia estalló en una carcajada y yo me reí en voz baja, con la cara escalfada en vergüenza.

—No me lo puedo creer.

Gonzalo me miraba divertido. Pipe agitaba las manos para cazar de nuevo la atención.

—No, no, espera. Le dice no, a ti no, que estás gorda, y va la otra y le coge el paquete de patatas y se lo tira al suelo. Y va mi hermana, salta del columpio como un mono, pero como un mono, y le da un bocado en toda la mejilla que casi le arranca la cara de cuajo.

Mis padres reían y Gonzalo miraba la coronilla cobriza de Sonsoles.

—¿Y qué le pasó?

—Nada, nada, qué le va a pasar —Pipe dejó su cerveza en la mesa—, pero tiene ocho dientecitos marcados en la mejilla desde entonces.

—Mira tú qué bien, le regalé unas pecas, con lo que están de moda ahora.

—Pues a mí me da pena Sonsolitas. La pobre. Luego era buena. Y lleva toda la vida ocupándose de su hermano Ito, que tiene mucho mérito. Siempre con él en la piscina, en misa, ahora lo lleva ella al colegio. —Mamá la miró de nuevo de reojo, con el morro un poco torcido—. Estará gorda, porque gordita está, pero es una niña estupenda, de diez. Y encima dicen que es un coco. Hizo Industriales, que yo sepa, a curso por año.

—¿Pena por? —salté yo—. Las desgracias no te hacen buena.

—Hombre, porque se iba a casar y ha tenido que cancelar la boda.

—¿Por?

—Cuernos.

Noté cómo mis ojos y boca se abrían sincronizados.

—¿Curro Arenas le ha puesto los cuernos? Pero si es un pringado.

—Eso parece.

—¿Y tú por qué sabes eso?

—Estas cosas se comentan, Alejandra. Vamos, tienes que ser tú la única de toda Sevilla que no se ha enterado. Con una niña de Huelva, creo, de Punta Umbría.

—Pero es que no entiendo por qué la gente lo tiene que saber. Porque no me creo que ella haya ido anunciando por ahí que le han puesto los cuernos. Vamos, si Gonzalo me pone los cuernos, aquí no se entera ni Peter. No te enteras ni tú, Mamá. Antes finjo que me he muerto yo.

Gonzalo se incorporó ofendido.

—No se va a enterar nadie porque eso no va a pasar jamás.

—No —siguió mi madre—, pero se lo cuenta a una amiga, la amiga se lo cuenta a no sé quién, no sé quién a su madre y ya se ha enterado todo el mundo. Pero vamos, no es para tanto. Estas cosas pasan. Mejor así, a tiempo.

—¿Estas cosas pasan? Pues si estas cosas van a pasar, para qué le pides matrimonio.

—Yo no creo que se lo pidiera pensando en ponerle los cuernos. Las cosas son más complicadas.

Mamá levantó la mano y tensó cada músculo de sus mejillas. Saludaba a alguien que atravesaba el restaurante del Club, más allá de mi cabeza.

—No, las cosas no son complicadas. O quieres a alguien o no lo quieres.

—Es que las cosas cambian.

—Pero hay una base que te permite saber hasta qué punto van a cambiar. Y si eso no lo puedes ver, a lo mejor es que no te tienes que casar.

—Pero bueno bueno bueno. Don Felipe Díez de la Cortina. Dichosos los ojos.

Una voz húmeda, que gorgoteaba las sílabas contra la garganta, como un guiso en la olla, silenció a mi espalda nuestra conversación. La barriga del hombre, enfundada en un chaleco beige, tenía aspecto de bolsa marsupial. Intercambiaron quetales y el desconocido repartió cumplidos y enhorabuenas. La piel clara se le comenzaba a parchear de rosa. Sus mejillas, redondas y rugosas, se habían coloreado como ternera picada. El hombre rio y palmeó a mi padre en la espalda.

—Quillo, pues hacemos eso. Hablamos esta semana y lo concretamos, que Lolo seguro que se apunta, que está el tío que no para. Os dejo, que está cargada Mariló. Sandra, me alegro de verte. Estás guapísima, hija mía, yo no sé cómo lo haces, cada día más guapa.

La camarera, redondeada por el mandil blanco, sonrió de pie al otro lado de la mesa.

—A ver si lo adivino yo. Esto va a ser para Alejandrita.

Sonreí y levanté la mano.

—Solomillo al whisky, para mí. Si no para qué vengo yo aquí.

Mariló colocó el plato sobre el mantel y continuó rodeando la mesa. Sirvió el resto de los platos sin hacer más preguntas. La vi mirar de refilón a Gonzalo.

—Cuánto tiempo hacía que no te veía yo por aquí, Ale, que yo ya no sabía si te había pasado algo, pero claro, me daba apuro preguntar.

—Todo fantásticamente. Es que cuando vengo de Madrid tengo tan poco tiempo que no me da para pasarme. ¿Cómo es que estás tú ahora aquí, Mariló? ¿Ya no estás en la zona infantil?

—Ojú, aquí me han puesto.

Cada plato aparecía ya colocado frente a su comensal. Mariló se agarró las manos tras la espalda.

—¿Y qué tal? ¿Mejor o peor?

—Estupendamente, no tengo ni media queja. Una pechá de trabajar que no te puedes tú ni figurar, pero estupendamente.

—Me alegro.

La camarera miró alrededor de la mesa.

—Ya hacía tiempo que no los veía a todos aquí. Me alegro mucho de verlos. Me quitan veinte años de encima de golpe.

Mi madre se ajustó la servilleta sobre las rodillas y se inclinó hacia su copa de vino.

—A lo mejor te los ponemos de vuelta —dijo.

—¿Por qué? ¿Qué ha pasado?

Mamá me dirigió una mirada.

—Tenemos boda.

Mariló me miró a mí y luego a Gonzalo, y de nuevo a Gonzalo y a mí, y se llevó las manos al corazón.

—Ay, ay, ay, ay mi Ale, que se casa.

—¿No te ha extrañado que haya pedido solo media de solomillo?

Mi madre sonreía. Se llevó el vino a los labios.

—He pedido media porque si no no me cabe despúes el helado de caramelo, ¿eh? Que voy a pedir el pastel de dátil con helado y estas patatas yo me las voy a comer todas, que si no nunca como patatas.

—Mientras no te des estos homenajes toda la semana.

Sentí la tensión de la mandíbula alcanzarme el interior del oído.

—Pues todas las semanas me doy uno, sí, porque si solo comes rúcula lo que al final acabas siendo es una amargada.

—Alejandra, lo que Mamá te está diciendo es que no te lo comas porque engordas.

—Ya sé lo que me está diciendo.

Le lancé un pellizco de pan a Pipe, que lo esquivó sin apenas torcer el cuello.

—No te preocupes, que si no puedes con más yo me lo como.

Mi padre me guiñó un ojo desde el otro lado de la mesa y Mariló me extendió la mano.

—Ay, Ale. Con lo que tú has sido. Qué alegría me has dado. ¿Contigo? ¿Con usted? ¿Se casa con usted, don Gonzalo?

Gonzalo dio un brinco sobre el sofá en mi dirección y me agarró el muslo sonriente. Quise apartarlo de un manotazo. Al replegarse, sus labios habían desvelado una capa fina y grumosa sobre los dientes. No se los había lavado aquella mañana. Miré a mi familia. Ninguno tenía la vista fija en su boca. Sonreían mientras miraban a Mariló o pellizcaban el pan. Ni siquiera yo me había dado cuenta antes. De golpe fui consciente de que estiraba el cuello hacia el lado opuesto a Gonzalo, como si oliera mal. Intenté relajar la espalda.

—Sí, conmigo se casa. Yo me la quedo.

—Ay, ay, ay. Ay, cómo me alegro yo, Alejandrita. Usted no se hace una idea del bicho malo que era esta. Bueno, o sí, porque usted estaba por aquí también día y noche, pero me parece que era usted más de hacer deporte. Esta era una traviesa. Y una fullera. Me echaba unos embustes cada vez que quería merendar.

—¿Yo?

—Me decía que le apuntara las patatas en su cuenta y su padre le tenía prohibido tener una cuenta. Unos embustes me echaba. Los Pandilla y los regalices rojos. Siempre lo mismo me pedía.

—Es verdad. Y Calippo de lima limón. Yo recuerdo las tostadas, que yo las quería de Nocilla y aquí solo había Nutella y encima el pan era pan duro, de baguette, y no Bimbo.

—Y un berrinche que se cogió una vez. Ay, mi Alejandrita, con lo trasto que eras tú.

Mi padre dejó su cerveza en la mesa.

—Ya ve usted, Mariló —dijo—. Al final aquí todos nos encarrilamos.

—Y tanto, don Felipe, y tanto. Los voy a dejar ya, que se les va a enfriar la comida. —Mariló me apretó el hombro—. Enhorabuena, Alejandrita. Me alegro muchísimo por ti, de corazón te lo digo.

La camarera se alejó y los cubiertos se enristraron. Gonzalo me miraba. Rompí la conexión para ajustarme la servilleta sobre las piernas. Si volvía a ver sus dientes tendría que dejar mi plato a la mitad. Notaba el estómago revolvérseme. Los jugos gástricos no sabían si obedecían al hambre o al asco. Ensarté un pedazo de carne y otro de patata en el tenedor y me lo llevé a la boca. Tragué sin respirar. Si quedara algún filete en mi plato en media hora, Mamá lo interpretaría como una victoria.

—No te veía yo siendo un trasto —comentó Gonzalo—. De qué cosas me estoy enterando esta tarde.

—Ni yo tampoco. Yo es que no me acuerdo de mucho. O sea, me acuerdo de estar aquí, pero no de ser mala.

Mi madre acercó su sillón a la mesa.

—Tú mala no eras. Eras inquieta. Mariló se monta sus novelas.

—Te parecerá poco que en cuanto te descuides te dé un bocado en la cara —insistió Pipe—. Alejandra es como un gato: te das la vuelta y se convierte en una rata traidora. De Alejandra no hay que fiarse nunca.

Hice una bola con mi servilleta y se la lancé a Pipe a la cara, que reía ante su propia ocurrencia. Gonzalo había fingido no oírlo. Se dirigía a Mamá, centrada ya en aliñar su ensalada.

—A ver: ¿los niños querían estar con ella o no? ¿Se alegraban cuando llegaba o desaparecían todos de golpe?

—Claro que sí, con lo mona que era mi niña.

—¡Que era!

—Hombre, porque ahora eres guapa.

—Eso, a ver cómo lo arreglas.

El solomillo aterrizó de nuevo en mi lengua, áspero y caliente. La carne grisácea se había tostado en los bordes, pero el líquido había logrado penetrar las hebras. La salsa dorada empapuchaba el colchón de patatas crujientes, preparadas por la mañana y fritas de nuevo antes de abandonar la cocina. El sabor del solomillo desaparecía, guardaba su consistencia semirrígida, pero se dejaba llevar por el ajo y el whisky, que bañaban, saladitos y suaves, espesados por el aceite, la lengua hasta la garganta. Aquellos filetes se presentaban en mi plato desde que había aprendido a manejar sola cuchillo y tenedor. Desde la mesa, la carne me ponía de pronto el bañador, aún húmedo bajo el vestido, y me encendía en los oídos las voces de los niños peloteándose cantinelas en el bordillo de la piscina.

—Papá, ¿el de antes quién era? No lo he visto en mi vida.

—Ricardo de la Chica. Era compañero mío en Navarra. Este es uno que se quedó viudo y ahora tiene ocho fincas que las ha heredado de su mujer. Tiene tres hijos y la mayor, Blanquita creo que se llama, Blanca, está ahora en la City. Entró como becaria hace unos años y ahora ya es jefa. Gana no sé si medio millón al año. Tiene tu edad.

—¿Y tú cómo sabes lo que gana?

—No sé, creo que lo ha mencionado él en algún momento.

—Muy elegante.

Mi madre llamó con la mano a un camarero y los platos, ya despejados, despegaron sobre nuestras cabezas. El postre estaría listo en unos segundos.

—¿Para qué quieres ocho fincas?

—Pues que yo sepa las alquila. Cacerías y monterías. Se las alquila a holandeses, a belgas y no sé si también a ingleses.

—Pero no se puede cazar todo el año, ¿no?

—No, pero vienen, se traen a sus amigos, se van a Zahara si es verano y montan a caballo, se van a Granada y conocen la Alhambra, se van a Córdoba y ven la mezquita. Tú tranquila, que no se aburren.

La terraza se había vaciado. Alrededor, los gorriones habían dado comienzo a su exploración vespertina. Mientras los camareros recogían los últimos platos, los pajarillos saltaban de una mesa a otra y picoteaban entre las cestas de pan y los restos de patatas fritas. Una pareja joven, de unos diecinueve años, compartía una copa de helado de chocolate junto a la puerta del restaurante, y una pandilla de amigos, con la mesa minada de gin-tonics y las bolsas de los zapatos de golf aún entre los pies, reía con intermitencia medida, como si estuvieran a punto de descargar una tormenta sobre nosotros. Sonsoles Sacristán y su familia habían desaparecido. Me habían conseguido ordeñar —comiendo todos en público como si no hubiera pasado nada, como si no supieran que quienes los veían los volvían a mirar para cuchichear sobre ellos, como si no mereciera la pena ser consciente de que lo hacían— una mezcla de compasión, admiración y repulsa. Si el chismorreo hubiera caído sobre mí como lo había hecho sobre ella, yo habría tenido que mudarme, durante al menos medio año, al extranjero.

—¿Alguno va a querer café? ¿Café o una copa? ¿Vais a querer algo?

—Yo sí. Yo voy a tomar un cortado.

—Pues ahora cuando se acerque algún camarero a ver si podemos pedírselo. Ahí están. Ahí vienen. ¿Nadie más?

Gonzalo se irguió a mi lado.

—Sí, yo otro. Yo un cortado también, por favor.

Sus dientes se oscurecieron de pronto bajo mis párpados. El café teñía de albero los grumos minúsculos que le forraban las paletas y los colmillos, le pintaba de mostaza la sonrisa. Me arrinconé contra el reposabrazos.

—¿Sí? ¿No quieres mejor una infusión?

—No, es que si no me voy a quedar frito. Me va a entrar sueño con todo lo que he comido.

Me dio una palmadita en la mano y reanudó la charla que mantenía con Papá sobre el mercado inmobiliario sevillano. El cielo se filtraba ya de rosa fluorescente. A lo lejos, tras el campo de cróquet, el golpe sordo de una pelota de tenis volaba entre las voces de los niños. El aire se me había espesado en la nariz. Bajaba hacia mis pulmones como si el oxígeno se hubiera formulado en gel. Alcanzaba el estómago, lo tocaba y salía de nuevo corriendo hacia la boca. Tenía ganas de vomitar. Me ajusté el zapato y escurrí la mano por el interior del chaleco. Me desabroché el botón del pantalón sin que nadie se percatara. No tenía que haber tomado postre.

Dieciséis

Llego a venir por el río y cuando llego está ya el de seguridá poniendo el candado a la puerta. Está esto en el quinto pino. Vamos, es que diez minutos más y acabo en el tanatorio. Entre los grafitis y los gatos. Está esto lleno de gatos. No he visto más gatos juntos en mi vida. Pero eso es que alguien les da de comer. Hombre, si había las cosas esas, cómo se llaman, como las bombonas de butano, bidones, los bidones de agua esos cortados por la mitá para que bebieran los gatos. Si alguien les pone agua, alguien les pone comida, lo que pasa es que se la habrán comido ya. Pues que se mueran y ya está, que tener que estar pendiente de los gatitos menuda penitencia. Hay gente que está muy sola. Te quedas viuda, tus amigas se van muriendo, tus hijos en Madrí o en donde sea, en el Aljarafe, y tú qué vas a hacer si no tienes nada que hacer. Te entretienes con lo primero que pillas, con una mosca. Yo no sé cómo se me olvida siempre que hay una muralla. O sea, que la ciudá llegaba hasta aquí. Bueno, un poco más atrás. Hasta la Macarena era Sevilla. ¿Y eso de cuándo sería? De los romanos no creo, tiene que ser más reciente, de los árabes o algo así. Como por aquí no me ha traído mamá en la vida. Y ahora tendríamos que venir en taxi, que la pobre no puede. Esto debe de estar ya como a la altura de la Cartuja. Lo que tengo que ir es calmada. Calmada. Si no voy calmada es peor. Yo, como siciera esto todos los días. Si no estás nerviosa nadie se fija en ti. Como si fuera a robar un banco, lo mismo. Si un atracador llega nervioso, el de la caja pulsa el botón de seguridá. Como si nada. Nadie sabe nada, nadie sospecha nada. Yo soy mayor que ellos. Podría ser su madre. O quien sea, lo que sea. Nada. Como si nada. Estoy por encima. Si no saben ni dejar los cubiertos en su sitio. Es espantoso. ¿Esto es? Es horroroso. Hay que ser mala persona para que te encarguen algo así y tú presentes esto, esto, este edificio, esto qué es. Un bloque de ladrillos y cuatro ventanas. Pero así cómo van a querer venir a estudiá, si es que parece una cárcel. Jardincito. Sí, bueno, jardincito, pero qué más te da el jardincito si tú lo que tienes cacé es ir a clase. Jardincito para que lo veas por la ventana a las doce de la mañana en abril. Es de ser mala persona. Lo que costará hacer bien las cosas. Hacer las cosas bonitas no es más caro que hacerlas feas. A lo mejor es un pacto con el colegio oficial: mientras más feo sea el edificio, menos personas vienen, más protegidas están las plazas y más altos se mantendrán los salarios, a mí otra cosa no se me ocurre. Es feo, feo con maldá. Como no sea aquí. A ver. La cafetería. La cafetería dónde está. Como no sea aquí doy media vuelta, entro en el cuarto de baño y doy media vuelta. Tiene que ser aquí. Lo que he visto en interné tiene que ser aquí. En su perfil pone US. Si US no es Universidá de Sevilla qué va a ser. Unión Sindical. Pues tampoco me extrañaría. Tiene cara de ir a manifestaciones. Unidos Silbamos. Ja. La escuela oficial de afiladores de cuchillos. Unidos Silbamos. Ufanas Sevillanas. Esto es feísimo. Si no, le pregunto a alguien. La cafetería siempre tiene que está en la primera planta. Dónde va a estar. Pues abajo. También puede estar abajo. Eso será el comedor, con los microondas. Si un profesor tiene que hablar con un invitado no va a. No, está en la primera planta. Y este espantajo que han colocao aquí en medio. No busques demasiado, no busques demasiado, que eso se nota en los ojos y van a notar que me he perdido y me van a preguntá si necesito ayuda. Cuarto de baño. Si no, entro en la copistería y compro típex y cuarto de baño. Ahí hay un cuarto de baño. La cafetería tiene que está en la primera planta, y como siga el pasillo es que. Metal. Eso es metal. Eso es de lechera, de lechera de metal. Esto ya suena como. Ves tú. Esa. Esa niña también lo lleva. Es que lo sabía. Eso es alguien de aquí que ha ido a Tánger o a Turquía y se ha puesto a venderle falsificaciones a toda la facultá. Si es que es hasta el mismo modelo con las asas rosas fluorescentes. Lo sabía. Ea, ya está. Es que lo sabía. Además, es que de qué iba a tener Isabel Mendoza un bolso tan feo. Vamos, fluorescente. Yastá. Los colores, los que estén en la naturaleza. Si un color no está en la naturaleza no te lo pongas, porque vas a ir hecha una mamarracha de campeonato. Los colores, solo los de las flores, los campos, la selva y el mar. Si no está, no te lo pongas. ¿Y aquí pido o aquí vienen a la mesa? Sí, tiene pinta de que el jefe de sala va a venir a la mesa corriendo, haciendo el pino puente sobre una oreja. ¿Voy? Cuando termine de cortar el pan. Las doce. Me puedo tomá ya una Coca-Cola. Patatas no voy a pedir, no, que son las doce, pero medio mollete. Medio mollete de jamón. Algo tengo cacé con las manos. Uno con ochenta, pero qué chollazo tienen aquí montado estos. Claro. Claro. Para esto pagamos impuestos. Si a mí toda España me paga la cervecita del aperitivo yo también me apunto a la universidá. Uno con ochenta las dos cosas, increíble. Vamos a quedar aquí a partí de ahora, juntamos unas mesas y naranjas y verdes. A Alejandra le da una taquicardia como vea las mesas naranjas y las sillas verdes. Yo no sé quién ha convencido a la asociación de hosteleros de Sevilla de que el verde estimula el hambre, que está hasta en la sopa el verde. El de al lado de casa, también verde. Las doce. Lo he hecho bien. Si es como Pipe, dos horas por clase.

Ocho y media, diez y media. Pues claro, a las doce y media tienen descanso. Llevan el pelo ahora las niñas que parecen perros de aguas a dos patas, qué manía con no peinarse. Van de modernas con las chaquetitas de chándal viejas. Ropa que ha usado otro y ahora se la ponen porque son unas modernas. Se han creído questo es Nueva York. Eso es solo la gente de fuera. Si eres de Mairena y vienes a Sevilla, te vistes como la más moderna. Estás compensando que eres de fuera. Se les ve en las caras. Las ves y lo sabes. Sabes quién es la que está aquí porque no le daba para Medicina, la que está aquí porque no sabía qué hacer y la que está aquí, pero lo que anda buscando está ahora mismo preparándose el MIR. Las más monas. Esos me han mirao. Me han mirao. Hombre, con la treinta y seis. A mi edá y con la treinta y seis, cómo no mc van a mirar. Es como si entrara aquí de golpe Brad Pitt. Qué madre de estos va a tené la treinta y seis. Tendrán el brazo flojo como una hamaca, con el pelo quemao, con el flequillito por las cejas. Felipe no sentera. Tiene las venas de horchata. Yo creo que se ha mutilado el instinto, yo qué sé. Ni qué guapa ni se te nota que has adelgazado ni nada. Nada. Me lo ha dicho hasta Bárbara, que qué mona, y este tío es incapaz de. Un día aparezco teñida de rojo y ni se inmuta. De azul eléctrico. Y le da igual. Es que le da igual. A lo mejor ha hecho voto de castidá. Sí. Yo en el último retiro lo vi muy metido, se apretaba las sienes rezando como si se le fuera a abrir la cabeza por la mitá. Como tenga turno de tarde y yo aquí. Tendría que haber cogido un periódico a la entrada. ¿Cuatro con cincuenta el menú? Pero a estos qué les dan. Lengua de gato. Espaguetis con lengua de gato. Gato de la Macarena. Gatatui. Nadie con dos dedos de frente se apuntaría al turno de tarde, eso es ya todo el día perdido y más a estas edades. Si vienen de fuera como esta, van por la mañana. Si vienes de fuera tienes que ser responsable. No te vas a venir para estar perdiendo el tiempo. Ser de un sitio pequeño te curte. Tienes que salí de la pobreza. Van por la mañana porque así por la tarde estudian y dan clases particulares de matemáticas a cualquier niña de ocho años que conozcan del edificio. O doblan camisetas en Springfield o sirven montaditos, me están mirando esos niños. Si es que bueno, ya está. Yo he tenido suerte, que puedo ir por la mañana al Club, y sus madres estarán dando clases u ordenando agendas o fregando escaleras. Pero también podría atiborrarme todos los días de pan y ensaladilla y no lo hago. Todo es querer. Yo me meto el chaleco por dentro del pantalón y como si nada. Se nota el chaleco, pero nadie piensa questé gorda. Piensan que qué bien me sienta el chaleco por dentro. Si es que a mí en realidá siempre me han mirao. Siempre. Yo creo que la primera vez fue saliendo de El Buzo. Es que uno setenta y seis, la talla treinta y cuatro, porque entonces tenía la treinta y cuatro, que yo cuando dejé de tenerla fue con los niños, y el pelo por el pecho, como para no mirar. Y lo de haber dejao de fumar, pues es normal. Todo el mundo lo dice: los michelines por los pulmones. Pero yastá, eso ha sido unos meses, que todo el mundo lo es esa. Es esa es esa es esa. Esa es. Es esa. Es esa. Es igual que en las fotos. Más mona. Más baja. Yo la imaginaba más alta. Mona es. Tiene pinta de oler a algodón dulce. No. Es que como me vea. Bueno, no me va a ver más veces. Tampoco es que. No me va a ver más veces. Cuándo. Nunca. No pasa nada. Pido otra Coca-Cola y yastá. No pasa nada. Seguro que dice cafetito. Cafetito en el sofalito. O pide una cerveza. Ahora se pimpla una cerveza. Y estos son los que me van a poné la vía cuando me esté muriendo. Bueno, estos la mayoría irán al Macarena o al Virgen del Rocío o a cuidar ancianos. Me siguen mirando. Ese no me ha mirao como si fuera su madre. Ja. ¿Cómo lo llamaban? Yogurín. Sería mi yogurín. Seis niñas. Seis niñas y ella en el centro. Las guapas siempre son el centro de los grupos de amigas. ¿Qué se ha pedido? ¿Patatas fritas? ¿Patatas fritas a las doce de la mañana? Tanto no me puedo acercá. Un brazo y medio. A un brazo y medio. Aquí. Ya está. Aquí. La carta. Le pido la carta. Le pido la carta. De perfil no la veo bien. Es guapa. Dientes de brackets. Es guapa. Qué manía tienen las niñas con los pintalabios mates, todos cuarteados, como si se hubieran cubierto los labios con polvo de talco antes de salí de casa. Huele dulce. No sé si es ella. Huele a bollería. Es guapa. El bolso no sé porque desdaquí no. Eso es plástico. Eso es plástico seguro. Plástico reciclado. Eso hace tres años era una botella de Coca-Cola. El bolso ahora mismo es que no lo veo bien, no puedo ver las terminaciones. Iniciales. No lo veo bien, ahora mismo no lo veo bien. No sé si eso es una be o pone ese be ge. Es ella. Es ella. Esta es. Lleva base de maquillaje para parar un carro. Cojo una moneda de cincuenta y le rasco la mejilla para ver si he ganado el euromillón. Esos pendientes. No le pegan. Pero qué edá tiene esta niña. No le pegan. No te puedes llamar Sonia y llevar esos pendientes. No puede ser. Eso es cristal. Pero esta de dónde ha salido. Se los regalarían por dirigir la romería de su pueblo, por hacé el pregón. Pero y esta. Y esta de qué va. Como se los haya regalado él. No. No no no. No se ha gastao ese dineral. Vamos. No. O si eran de su familia no no no no. A lo mejor. Como sean de Isabel. De Isabel Mendoza no creo yo que. Sería muy fuerte. Isabel dándole. No sé. Son de novia, de ir vestida de novia, pero para la facultá. La que tiene unos parecidos es. Vamos, imposible. A lo mejor. Son de cristal. Vamos, yo creo que. Pero y esta tía. Pero y esta de qué va, la niña esta que atufa a chuches como si tuviera trece años. Vamos, o a Isabel se le ha ido la cabeza o. Imposible. Vamos, imposible. A la facultá de Enfermería no puede venir una niñata con pendientes de zafiros.

Diecisiete

A esa hora nunca hay nada. Ha pasado por el concurso de coplas, por la tertulia del corazón, por la presentadora con el bikini de ante, por una película en la que una mujer bebía de su taza con la cucharilla dentro y por una persecución de vaqueros que fumaban a caballo. Ha frenado el mando en la reposición del programa al que las señoras de su edad van a buscar novio. No se ha quitado aún el abrigo. Sandra Narváez de la Concha ha entrado por la puerta de servicio y se ha sentado en el cuarto de la plancha con el bolso sobre las piernas. Le gusta el ruido de la tele. La enciende siempre cuando entra. Las voces les quitan el polvo a las habitaciones cerradas. Son todas, se dice a sí misma, unas chabacanas. Qué falta de dignidad. Si una está sola, se compra un gato, un periquito o un perro, pero no va a contarlo a la televisión. No queda en este mundo pudor ni decoro, todo se tiene que saber.

Conoce a esas mujeres. Se las cruza cuando coge el C2 en Virgen de Luján. Llaman «miarma» al conductor y luego ríen gritando frente a la puerta del autobús. Llevan gafas con la montura dorada, las uñas pintadas de blanco nacarado, y huelen a cebolla rehogada, dulzona, caliente y agria, con un relámpago feroz de Álvarez Gómez. A veces se llaman entre ellas «chocho».

Sandra vuelve a cambiar de canal y oye el agua de la cisterna corretear a lo lejos. Yolanda se ha debido de dejar abierta la puerta del cuarto de baño de la entrada. La calefacción le ha comenzado a calentar la cara, y las mejillas, desde la barbilla, empiezan a encenderse. Siente fría, como si la acabara de sacar del congelador, la punta de la nariz.

En su cabeza, el mercadillo de belenes aún atasca la Constitución. Los globos metalizados con forma de dragones y princesas flotan en racimos y el humo de las castañas se mezcla sobre los raíles del tranvía con el del algodón dulce, los buñuelos y el incienso blanco. Los pueblos de Sevilla se derraman en las calles de la ciudad durante las semanas de Navidad. Por Tetuán y Sierpes hormiguean hombres y mujeres cargados de bolsas, forrados con abrigos de pluma y paño, trastabillando sobre botas de tacón, amortajados en bufandas con estampados de cachemira. Hoy, Sandra se ha salvado de los golpes en el hombro y los bolsazos en las espinillas. Para ir a casa de Angelita de la Torre ha rodeado la catedral y ha subido hasta la Alfalfa por la calle Francos. No ha visto cómo la cola del belén de Cajasol alcanzaba la tienda de ollas de Álvarez Quintero ni cómo las hélices que los vendedores ambulantes lanzaban al cielo bajaban lentas a sus manos iluminadas de rosa y azul. Tampoco se ha podido burlar, en silencio, del grupo de japoneses que se retiraba la mascarilla mientras el camarero les servía vasos de Cruzcampo.

Ya solo quiere llegar. Cada vez le gusta menos pasear sola. Se ve desde fuera como si una cámara la observara desde la copa de todos los árboles. Camina como un hipopótamo, volcando todo su peso de una pierna a otra con brusquedad. Parece hecha de madera. Ya no camina como un galgo puntilloso, ligera, como si el aire la transportara. Ahora da la impresión de que a cada paso quisiera remachar una chincheta en el suelo. En el recibidor reza a san Cristóbal y a san Rafael cada día antes de salir de casa. Les pide no cruzarse a nadie por la calle. No quiere que la vean.

Echa de menos que Joaquín le dé la mano al andar, que le agarre los dedos cuando el semáforo está aún en rojo y le repase el borde de las uñas con la yema. En una ocasión se lo hizo a sí misma. Se acarició una uña antes de cruzar el paso de cebra del puente de San Telmo de vuelta a casa. Le dio tanta vergüenza que alguien la hubiera visto, que la hubieran pillado en un ejercicio de autocompasión, que no lo repitió jamás. Echa de menos que él le dé vueltas al anillo de su dedo meñique, siempre el mismo, uno de oro trenzado con rubíes, zafiros y diamantes, y que lo gire por su falange hasta la uña y lo baje de nuevo. Hace ya meses que no agarra su mano, y antes de quedarse dormida se la coloca bajo la mejilla, encima de la almohada. Olía un poco a sal, a menta y a humo, como a pasta de dientes y chimenea.

Lleva una semana sin dormir una noche entera. Se despierta a las dos, a las cuatro menos cinco, a las seis y veinte, bebe agua y se vuelve a la cama. El cansancio le aprieta los huesos, le rellena los músculos, le arenea los párpados y vacía su cerebro. No puede pensar con claridad. Las palabras aceleran de una esquina a otra de su cabeza y le derrapan sobre el cráneo, frenéticas y furiosas, como si fueran unos coches de choque. La doctora le ha dicho que a su edad debería tomar melatonina, que mucho ha aguantado durmiendo hasta ahora de un tirón, pero que para las primeras noches, si quisiera, para contrarrestar el sueño perdido, podría recurrir al Orfidal. Ella quiere la mano. Ha dejado media pastilla en la palmatoria de su mesita de noche, por si acaso.

Sandra se pone en pie y deja su abrigo sobre una silla de la cocina. El calor le ha llegado ya hasta las orejas. Rebusca en la alacena y corta una rebanada de bizcocho de vainilla. Los sándwiches de Angelita de la Torre tenían los bordes secos. Debió de haberlos dejado al aire desde el mediodía. Cómo no le habrá dicho a la muchacha, con lo que ella es, que hay que cubrirlos siempre con una servilleta húmeda.

Recoge las miguitas de la encimera con la mano y las vierte en el fregadero. Le irrita haber encontrado el bizcocho en la cesta de mimbre donde guardan las mandarinas que Pilarita trae cada domingo del campo. Alguien ha intentado esconderlo. Alguien quería que no lo encontrara. Dobla el papel vegetal sobre el bizcocho, lo pone en un mantequillero y abre el microondas. Nadie se acerca a un mantequillero que ha pasado tiempo fuera de la nevera a menos que lo vaya a usar. Manchan, ensucian los dedos de grasa. Ahora el bizcocho es solo suyo. Allí nadie dará con él.

Se ajustará la bata de punto celeste, se limpiará la cara con Mustela y cenará en el salón. Aún queda puchero de ayer. Después, antes de irse a la cama, hará los ejercicios para la espalda que le ha mandado el fisioterapeuta. De pie, rotará los brazos como si nadara, tirará del cuello hacia la clavícula y empujará su codo derecho contra el costado contrario. Luego estirará los tobillos.

Ahora revuelve el cajón de la mesita de noche y saca el Evangelio del año pasado. Una esquina de terciopelo azul asoma entre las páginas. En algún lugar sabía que había puesto la bolsita. Se desabrocha el reloj y lo deja caer en el interior. No se lo cambiarán de sitio como su bizcocho. El metal avisa de su presencia cuando el reloj alcanza el fondo de la tela. Sandra la vacía sobre su cama y una alianza rebota sobre la colcha. Se acerca a la lámpara de la mesilla y lee la inscripción del interior. La lengua se le duerme de golpe. Nota una presión nueva entre los ojos, donde empieza la nariz. No sabe de dónde ha salido ese anillo con su nombre. La fecha le es familiar, pero no es la de su cumpleaños. Ella es un poco mayor. No nació en los cincuenta. Tampoco es la fecha de nacimiento de Sandrita o de Pilar. Ellas son más pequeñas. Lo desliza por el anular y el anillo desciende, holgado, sobre el nudillo. Lo prueba en el dedo contrario y ajusta su alianza sobre la nueva. El anillo queda bloqueado. Ahora gira sin escaparse. Hace un último esfuerzo y se rinde. Tampoco puede ser un regalo de su primera comunión. Una niña no tiene los dedos tan gruesos. Apaga la luz y se encamina a la cocina. En cuanto llegue le preguntará a Joaquín. Él siempre se acuerda de todo.

Dieciocho

Enconada en una esquina del sofá, Abuela miraba a Sol con los ojos entornados. El perro había arrastrado su cama hasta los pies del *tallboy* y se lamía, con cuidado, entre las almohadillas de la pata.

—Este animal no está bien.

—Cómo va a estar bien el pobrecito, con catorce años. Eso son noventa y ocho años humanos. Es mayor que tú, Abuela.

—¿Catorce años tiene ya?

—En octubre los cumplió.

—Qué bárbaro. No huele muy bien el animalito.

—Ay, pobre. Es que tengo que bañarlo, pero no se deja, ahora odia el agua. Se queda medio paralizado y se pone a tiritar.

Quise envolver a Sol en una manta y esconderlo en mi cuarto hasta que mi abuela atravesara de nuevo la puerta de la calle. Ahora pasaba las hojas de una revista sentada en el sofá verde. El tapiz de tonos rosas y ocres, regalo de su padre a Mamá, ondeaba ligeramente sobre su cabeza.

—No, ven, vamos. Vamos a la salita mejor, Abuela, que ahora nos vamos a resfriar.

—Yo como tú me digas.

—Sí, que está allí la mesa camilla.

—Pues entonces sí, que tengo el frío ahora mismo por dentro. Tengo los pies congelados.

—Yo también. Yo los tengo como cubitos de hielo.

—Cómo lo sabes.

—Me encanta la estufita. Se me calientan tanto los pies que parece que hay un líquido fresquito en la suela del zapato.

—A ver si va a ser sudor, niña.

—No no no. Es como una sensación. No es que tenga un liquidito de verdad de repente en los pies.

—Tú ten cuidado, a ver si vas a salir ardiendo un día.

—¡En la hoguera!

Se apoyó con la mano en el reposabrazos. No lograba ponerse en pie. Se sacudía con brusquedad, como un pez recién pescado. La observé zarandearse durante unos segundos. A lo mejor todo le había comenzado a oler de nuevo a labrador viejo. Cuando el codo pareció a punto de desencajarse bajo la chaqueta, di un paso al frente. Me tendió la mano y convirtió mi brazo en barandilla.

—Vete tú para la salita, ¿vale, Abuela?, y mientras llevo yo la merienda si te parece bien. Voy a hacer zumo, ¿tú quieres?

—Creo que no, gracias. Creo que yo prefiero mejor algo calentito.

—¿Qué te apetece? ¿Infusión de jengibre, menta poleo, una manzanilla con anís? ¿Qué te apetece?

—Bueno, no, yo mejor voy a tomar un zumito de naranja.

—Lo que tú quieras.

Oí las uñas de Sol repiquetear en el mármol. Había entendido que nos dirigíamos a la cocina. Subí la voz.

—Mamá, voy a hacer un zumo para Abuela y otro para mí, ¿tú quieres? Aprovecha ahora, que voy a la cocina.

—No, yo agua. Gracias.

—Qué aburrimiento, hija.

—Bueno, pues un té blanco del de la caja clarita, del que tiene jazmín.

Le guiñé un ojo a mi abuela, aún a mi lado.

—Está obsesionada con lo de la paleta.

—Pero si la tiene ya arreglada, ¿no?

—Sí, pero está convencida de que la parte nueva es más porosa y se ensucia más. Lleva no sé cuántas semanas sin beber café.

Abuela se acercó a mi oído como si estuviera a punto de revelarme un secreto.

—Está guapa ahora, ¿verdad?

—Sí, ha adelgazado un montón.

—Y está más rubia.

—Más que yo de pequeña, y mira que era rubia.

—Yo me despisto un día por la calle, me la cruzo y no la reconozco. Me agarra del brazo y me pongo a gritar como una loca que me están secuestrando.

—Anda anda anda.

—Hija, de verdad, que está de un rubio excesivo.

—Venga, te acompaño hasta la salita. ¿Quieres fruta? ¿Corto un poco de piñita?

—No te preocupes. Yo con algo para acompañar el té me vale.

—Pero ¿no querías zumo? Abuela, a mí no me líes, que como te lo haga y no te lo tomes se le van las vitaminas.

Rio echando la cabeza hacia atrás. Luego Abuela se sentó con desconfianza en el sofá de pana cereza. Parpadeó lentamente, como si hubiera perdido la batería.

—Qué frío de golpe.

—Eso, tápate bien. ¿Tortas de Inés Rosales quieres, Abuela? Hay ahora unas con canela que están que te mueres. A mí me flipan.

—Venga, pues tráetelas. ¿Y tu madre dónde anda?

—No sé, algo estaba buscando en su cuarto. Yo tengo una receta secreta. Es la mejor receta del mundo. Pero no es una receta para cualquiera. Hay que ser un poco atrevido. Hay que ser un poco abierto de mente.

—Uy, yo soy muy abierta de mente.

—Bueno bueno. ¿Tú te vas a atrever?

—Bueno, a ver qué lleva esa receta. A ver qué me vas a traer tú todavía.

—Es secreta, pero lleva torta de Inés Rosales, pesto y tomate muy finito o pavo, lo que tú prefieras.

Abuela reinterpretó la cara que había puesto al hablar de Sol. Hasta el labio se le había encrestado.

—No. Te juro, Abuela, que es lo mejor que vas a probar en tu vida. Bueno, en tu vida no lo sé, pero hoy sí. Y esta semana, también. ¿Tú confías en mí?

—Yo claro que sí, pero lo que no quiero es ponerme enferma esta noche, que estoy sola.

—Tú te fías de mí, ¿no? Pues espérate, que te voy a cambiar la vida.

—Mientras no me la cambies por la muerte, a mí tráeme lo que tú quieras.

—Esa es la actitud.

Mamá dibujaba trenzas en una esquina de la libreta. Pintaba tres rayas paralelas, las cruzaba y volvía a empezar. Se encargaría ella de decorar los sobres de los partes de boda, las minutas del menú y los carteles para las mesas de los invitados. Dibujaría una flor para cada cosa. Aún debíamos elegirlas. Hortensias, jazmines, mimosas, peonías, narcisos, lirios, glicinias, claveles y cardos azules habían sido las primeras seleccionadas. Necesitábamos veintiséis flores más. Los cuatrocientos veintidós invitados se repartirían en treinta y cinco mesas de doce comensales. Miraba la lista de nombres y apellidos y una aguja me atravesaba el ojo izquierdo. El reparto definitivo de asientos no se podría cerrar hasta la noche previa a la boda.

—No sé yo si no va a ser esto mucho lío, ¿eh? A lo mejor lo ideal es una mesa rectangular, larga, para todos, y ya está.

—Sí, hombre, una mesa imperial, como si fuéramos británicos en Santorini. Ni hablar.

—No sé, Mamá, es que para organizar esta boda yo me voy a tener que matricular en Ingeniería y tú en Botánica. Mira, yo lo que quiero es que durante las copas bajen del cielo tres mesas llenas de chuches, pero a reventar, como en el banquete de Binche de *El felicísimo viaje*, que fue cuando María de Austria preparó para Carlos V, creo, y para Felipe II y no sé quién más, un banquete enorme con todo lleno de incienso y que caían las mesas del techo, que lo había forrado con terciopelo y cristalitos superpequeños, y el vino salía de las paredes de grifos como de bocas de serpientes y caía agua de rosas, vamos, llovía agua de rosas, cada dos por tres. Pues eso quiero yo.

Mamá dejó escapar un suspiro tan intenso que acabó convertido en relincho. Arañó con el boli el papel.

—Y yo quiero que me salgan alas y salir de aquí volando. ¿Qué quieres, mamá?

—Nada, nada. Tú a lo tuyo. ¿Y Gonzalo qué dice de todo esto, Alejandrita?

—A él le parece bien. Yo propongo y él dice que sí a todo.

—Las mesas voladoras le gustan al nieto de Gonzalo García del Osario.

—Bueno, eso todavía no se lo he contado. ¿Qué quieres que te pase, Abuela? ¿Qué te paso? ¿Qué haces así con la manita? Qué te paso, Abuela, dímelo. ¿Los canutillos de turrón quieres?

—Sí, esos, los marrones. Gracias. ¿Y a qué hora es lo de la prueba?

—A las doce y media. Él llega a las once de Madrid y entre que suelta las maletas y bebe agua o lo que sea, las doce. Viene hasta Pipe.

—Pero qué me dices.

—De verdad. ¿A que Pipe ha dicho que viene, Mamá?

Mi madre se miraba los muslos con los ojos entrecerrados. La veía deslizar el dedo índice sobre el móvil desde el otro lado de la mesa.

—Mamá.

Le frunció el ceño a la pantalla que creía oculta en su regazo.

—Mamá, joder, que estás cuajada.

—Dime.

Dejé que el aire se me acabara de fugar de los pulmones.

—Que Pipe ha dicho que viene, ¿no?

—Decirlo lo ha dicho.

—Pero viene, ¿no?

—Yo creo que sí. Últimamente se apunta a un bombardeo.

—A Pipe la comida le priva, Alejandrita, tú no te preocupes.

—No, si yo no me preocupo. Si yo es por saberlo.

Mamá se irguió de nuevo frente a la mesa y repasó con el lápiz las flores anotadas. Junto a cada línea garabateaba un asterisco. Abuela me pidió ahora con las cejas la bandeja de los canutillos.

—Qué buenos están estos, ¿no? Son crujientitos, pero muy delicados. ¿De dónde son?

—Estos son los de La Despensa de Palacio que te he dicho antes.

—Pues están buenísimos.

—Como me decías tú a mí de pequeña: pero ¿te voy a dar algo malo yo a ti?

Se le abrieron los ojos mientras reía.

—Oye, ¿la flor de la pasión la habéis puesto? La que está al fondo a la izquierda en el jardín de El Puerto. ¿Sabes cuál es?

—La pasiflora.

—Pero es un poco difícil, ¿no? ¿Tú vas a poder hacerla, Sandrita?

—Abuela, tú no sabes cómo está dibujando Mamá últimamente.

—Últimamente, dice.

—Hombre, es que ahora estás pintando más que antes, ¿o no?

—Sí, pero no mejor que antes. Como siempre.

—No no no no no no. Abuela, te juro que ahora pinta que
no te lo crees. O sea, ha pintado hace nada unas bandejas de madera en plan bodegón del Barroco, con sandías, un candelabro,
unas perlas, unos albaricoques partidos por la mitad, una copa
con vino, luego como peonías y narcisos, son narcisos, ¿no?, en
un jarrón, y una mosca de repente volando que de verdad que
alucinas. Son una maravilla. Luego te las enseño, Abuela, que vas
a flipar. Es que Mamá tendría que pintar más, ¿verdad? Yo quiero que pinte y yo se lo vendo después por internet.

—¿Por dónde?

—Nada, por internet. Tú subes una foto con el móvil, la com-
partes y la gente te lo compra.

—Ah, pues muy bien, súbesela.

—Tú imagínate, Mamá, un libro de recetas. Un libro de recetas y lo ilustran con tus pinturas. Ensalada de remolacha con bu-
rrata y menta, y la ilustras tú. Crema de tomate picante con yogur
de no sé qué, y la ilustras tú.

Mamá negó con la cabeza mientras devolvía de nuevo la vista al papel. Estaba sonriendo. Había vuelto a dibujar trenzas en
el cuaderno.

—Tú déjame que te lo suba a internet y ya verás. Nos vamos
a hacer ricas. ¡Ricas! ¡Tenemos aquí a la nueva Clara Peeters!

Mi madre rio.

—Clara Peeters ni Clara Peeters.

—Nos vamos a hacer de oro. Y por Reyes, un hornito grande para pintarlo todo en porcelana, que es lo que la gente quie-

re sobre todo, y con el que tienes aquí te da para una taza y media. Te lo llevas al campo si quieres y ahí te montas tú tu fábrica.

Abuela estiraba los envoltorios vacíos de los canutillos, los planchaba con la mano y los doblaba en cuadraditos. Estaba construyendo una torre de papel charol.

—Pero ¿cuántos te has tomado, Abuela? ¿Seis?

—Niña, no seas indiscreta. Esas cosas no se preguntan.

—¡Te has tomado seis canutillos! Abuela, que te vas a morir de un subidón de azúcar, que tú no te puedes tomar seis canutillos de un golpe. Mamá, dile algo, que se va a morir tu madre.

—Mamá, ¿seis canutillos te has tomado?

—Seis o tres, eso no es asunto vuestro. A partir de una edad en esta vida no se van contando ni qué años se cumplen ni los dulces que se toma una.

—Como te pongas mala esta noche a mí no me eches la culpa, ¿eh? Que entre la torta de Inés Rosales y los canutillos de turrón menuda jartá de comer te has pegado.

—Anda, no ves que estoy como una pera.

—Espero que de San Juan y no conferencia.

—Bueno. —Abuela cambió de tema—: ¿Y del vestido no me vas a enseñar ninguna foto?

—Hasta que no esté acabado no le enseñes ni una foto, Alejandra, que te conozco, que si no lo ve terminado le va a parecer un vestido de comunión.

—Pero ¿qué le habéis puesto para que parezca un traje de comunión?

—Ni caso a tu hija, si es supersencillo. Vamos, en nada está listo, porque no había más que cortar y pegar, chucuchú por aquí y se acabó. Es de tirantas, más o menos así, y luego con una capa de gasa por encima que se ajusta al cuello y a las muñecas, no sé

todavía si con un lazo o con qué, y aquí, como entre las clavículas, un fruncido muy mono, de aquí a aquí.

Mi madre giró su cuaderno y lo enderezó frente a Abuela.
Había dibujado, mientras hablábamos, el boceto de mi vestido.
Era la misma imagen que le había entregado, en la primera cita,
a la modista.

—Ah, muy bonito —dijo Abuela—. Me gusta. Sí, esto como
tú tienes el culo respingón te va a hacer buen tipo, te va a quedar
recogidito.

La carcajada de Mamá hizo eco en el interior de su taza. El
té le goteaba por la barbilla. Le tendí una servilleta con los ojos
en blanco. Abuela extendió el brazo para alcanzar su taza, ya
casi vacía, y la torre de envoltorios se desmigajó sobre el mantel
de hilo.

—¿No quieres otro canutillo, Abuela? A lo mejor te has quedado con hambre, y con hambre no es bueno irse a la cama.

—Dame, anda, que voy a hacer más té. ¿Tú quieres?

Mi madre se había puesto en pie mientras se ajustaba el móvil
en el bolsillo trasero del pantalón. Me ofrecía la mano contraria
con la vista fija en mi taza.

—Anda, ¿y eso?

—¿El qué?

Se miró la mano de golpe. Comenzó a desenroscar el anillo con
el rostro de Medusa del dedo corazón y a subirlo falange arriba.

—¿Cuándo te lo has hecho de oro?

—No me lo he hecho de oro. Lo he llevado a dorar.

—Pues así mejor, ¿eh? Así ya es otra cosa. Así, bueno, vale,
tiene un pase. Me puede hasta gustar.

—Para que tú veas. Para estas cosas hay que tener un poquito más de ojo, que no te fías nada. Dame la jarrita, anda, que voy
a calentar agua.

Abuela se había incorporado al otro lado de la mesa. Estiraba el cuello de un lado a otro, como un suricato.

—¿Qué anillo es? ¿A ver?

—Eso, dile a Abuela qué anillo es, enséñaselo, que le va a encantar. Dile de dónde lo has sacado, venga, venga. Tú aquí, no vayas a coger frío y me falles como catadora en la prueba del menú. Voy yo a por el té. Le enseñas el anillito a Abuela y de paso le cuentas lo que te decía Bárbara Dosinfantes el otro día sobre los partes de boda.

—¿Qué decía?

—Que había que meter siempre un «de» entre todos los apellidos.

Abuela se agarraba del asa del bolso, colgado de su hombro, como si se tratara de la barra del autobús. Aquel recorrido siempre nos había llevado en el sentido contrario. Ella me conducía a casa cuando Mamá me dejaba con ella las tardes en que tenía campeonato de pádel o reunión de madres del colegio. Paseábamos junto al río y buscábamos las carpas blancas y rojas que se acoplaban como una escama gigante en el estanque de la plaza de España, sacudiéndose como locas en busca de los trocitos de bocadillo a los que las tenían acostumbradas los turistas. Ahora ella, con sus tobillos tan finos y picudos, con sus piernecitas tan magras que recordaban en conjunto al hueso de un jamón, caminaba conmigo.

Ya en su edificio, Abuela subió sola en el ascensor. Esperé en el soportal hasta que desde el telefonillo chisporroteó su voz. Ya estaba en casa.

En la mía, la luz del estudio de Papá permanecía encendida. Lo vi a través de la ventana del jardín dormido en el sofá, tapado con la manta azul. La barriga subía y se deshinchaba bajo la lana. Sabía que había un botón, el que coincidía con el ombligo, a punto de romper a volar. Sol se había acaracolado a sus pies, en el pedazo de tela que caía en cascada desde el sofá. Una esfera de rayas rosas y verdes bailaba en la pantalla bloqueada del ordenador. Abrí la puerta para que el perro y su pestilencia salieran. Sol se escabulló hacia la cocina.

Del cuarto de Pipe salía, arañada por los altavoces, una conversación en inglés. Susurré buenas noches, apagué la luz del pasillo y me puse el pijama. Abrí despacio, convencida de que la lentitud silenciaba el óxido del picaporte, la puerta del dormitorio de mis padres. Mamá estaba ya acostada, cubierta con la colcha hasta la altura de los ojos. Había sido pesada. Había sido insoportable. No tendría que haber repetido tantas veces, cada vez que lo veía, cada vez que lo recordaba, que aquel anillo era tan feo, espantoso, una horterada, un horror, la cosa más horripilante que había visto en mi vida. Lo había dorado por mi culpa. Había pagado para que me gustara. Le había hecho bullying a mi madre.

Se me había bloqueado la garganta. La saliva me tiraba de la campanilla. Cerré la puerta y levanté las sábanas. Mamá me agarró el brazo y se lo acercó al pecho, como si fuera un peluche. Me dio un beso en la mano. Noté su aliento en mi piel.

—Buenas noches, lagartijita.

—Buenas noches, cocodrilo.

Diecinueve

Como aparezca ahora, a ver qué le digo. No va a venir ahora, que está con Yolanda con el gazpacho en la cocina. Tampoco se tarda mucho en hacer gazpacho, eso es cortar y lanzar a la batidora. Si viene, lo oigo, no pasa nada, pero vamos, le digo que estoy buscando algo. Una chaqueta para este fin de semana, que en El Puerto hace fresquito por la noche. Chaqueta cuál, todo hay que decirlo, que si no parece mentira, la de Loewe de lino con rayas azules. Yastá. Estoy buscando una chaqueta. Va a hacer ahora ruido la dichosa puerta, que no ha hecho ruido en su vida. Medio encajada, eso es, así. Pues yo no sé ahora qué me voy a poner. Con la humedá. Aquí junio es mínimo ya treinta grados a las siete de la tarde. Pero con algo me tengo que tapar los brazos, a esta edá ya no se puede ir con los brazos al aire por muy bien que estén. A partir de los cuarenta y cinco ya no se puede. La piel colgando. Aunque peses cincuenta kilos, a partí de los cuarenta ya no se puede porque el pellejo se despega del músculo y se nota. La gente se pone, me ha dicho alguien a mí, ¿Lourdes de la Casa?, Lourdes de la Casa creo que fue, polvos de talco y compresas en las axilas para no sudar. Compresas no, salvaeslips. Cómo van a ir con una compresa, con lo grueso ques eso. Boda en junio en Sevilla. En cuatro meses, casi, un poco menos. Como si fueran los dos de Soria y no supieran el calor cace en Sevilla en junio. Como si, uy, esto se lo ponía antes mamá muchísimo. No sé qué le pasó que ya no lo usa. No recordaba yo a mamá tan ordenada, con el armarito del cuarto de baño por colores. Yolanda no creo que se lo haya ordenado así, vamos, Yolanda no creo ni que le toque el armario. Esto parece de la loca de Alejandra. Yo los pondría en el zapatero. Quién va a mirá en el zapatero. Si entran a robarte, quién. A mí no se me pasa por la cabeza... Con los calcetines es muy obvio. Todo el mundo mete las joyas en los calcetines cuando viaja. Que lo que yo quiera, me dice el subnormal. A lo mejor se ha creído que es que tener las medidas de una adolescente va en el papel desposa de Felipe Díez de la Cortina. Un día me voy y no vuelvo. Todos tenemos que pasá por ahí algún día. De eso se trata, de que vaya conociendo lo que le conviene y lo que no, y Belencita ya ha visto que no. Si me hiciera caso alguna vez. Pero a una madre no se le hace caso nunca. Yo de lo que malegro es de que haya sido pronto. Siete meses. Siete meses les ha durado el amor. Un año y medio dura, el tiempo exacto para que te pillen en un renuncio y digas venga, por qué no os casáis, que os queréis para siempre, que nunca nadie se ha querido como os queréis vosotros, y te arruines la vida para siempre. Un año y medio. Ahí se hace la primera proposición de vida. Luego ya la formal, pero la primera, en el año y medio. Qué inocente hay que ser. El amor te coge joven porque no tienes idea de nada. Luego es imposible enamorarse así, ya sabes lo que viene. Te enamoras una vez en la vida. Hay una oportunidá y luego sacabó. Ya estás de vuelta y media y nada te sorprende y solo quieres lo del principio de la primera vez. Es como intentar volver a creer en los Reyes. No se puede. Lo puedes alargar si no vivís en la misma ciudá. Si Belén llega a vivir en Barcelona, la tenemos aquí hasta el fin de los días. Las relaciones a distancia son las únicas buenas. Cada uno en su sitio y cuando os queréis ver, os veis, pero mientras cada uno haciendo su vida y sin obligar a nadie a que se acople a sus planes y a sus gustos y a sus manías. Lo mejor es cada uno en una ciudá. Sin misterio no hay amor. Habrá cariño y habrá costumbre y todo lo que tú quieras, pero para enamorarse tiene que haber desconocimiento. Es como la religión. Creen porque no saben del todo qué está pasando y esperan y esperan a ver si un día comprenden algo. En el fondo es todo química pura, y lo que no puede es estar el cerebro continuamente dale que te pego con la adrenalina como loco. La adrenalina o la serotonina o lo que sea. No. Al final te vas acostumbrando, porque si no tanta hormona te calcina el cerebrito. Si estuviera eso así como al principio toda la vida, acabarías reventaíta. No puedes. Es que no se puede, pero esto dónde lo ha metido mamá. Cómo me gustaba esta gargantilla. Es una desgracia que ya no se ponga nada de esto. Estas cosas en nada se vuelven a llevar. Yo no sé si es que Pilar no se está dando cuenta de que aquí nos hacemos mayores todos. Madre del Amor Hermoso, que esto. Que esto sigue aquí. Ay, Dios mío. Ay, papá. Que sí, que dónde lo iba a guardar si no, no lo iba a poné en el congelador, pero Madre de Dios. Ay, papá. Si esto. Ay, papá. Si supieras que estás en el armario del cuarto de baño, junto al tarro del algodón. Si estuvieras vivo no habrías cabido ni hecho una bolita, con lo gordo que te pusiste al final, que menuda barriga de mellizos. Mamá está obsesionada con que hasta que ella no se muera a ti no te entierra, que los dos juntos o nada. ¿A ti te lo había dicho? No sé de dónde se lo ha sacado, pero dice que te pareció bien. No me lo creo. No me lo creo porque la Iglesia obliga a enterrar en un lugar sacralizado y tú lo sabías, ¿no? Podrías haber hablado con mamá. No sabes cómo está. Yo creo que, bueno, lo cree Pilar, yo no lo sé, yo espero que no, pero a veces creo que sí. A veces creo que se está volviendo loca. Desde que no estás se está volviendo loca, yo no sé qué le pasa. El otro día dijo que había ido con Pilarita al centro y Pilarita estaba ese día fuera, trabajando en no sé dónde. Yo no sé si lo hace porque quiere llamar latención, o ¿tú crees que es porques mayor o porque te echa de menos? No lo sé, papá, pero mamá no está bien. Yo sé que tenía que pasar, pero no sé por qué te tenías que morir tú. Si Dios quería llevarse a alguien de esta familia, ¿por qué no se ha llevado a Felipe? A Felipe o a tu hermana, que mira qué bien está, que el otro día me dijo mamá que había estado en La Toja, cabía ido ella conduciendo desde aquí. Te vas a perder la boda de Alejandra. Felipe no baila como bailas tú, baila moviendo la cabeza, se le nota que le da vergüenza, y Gonzalo tampoco. Va a ser un aburrimiento esa mesa sin ti. Tendrías que haber aguantado por lo menos medio año y luego ya, pues mierda. No, esa puerta es la del cuarto de baño del pasillo. Vale. Papá, lo siento, te voy a dejar aquí otra vez, lo siento, no sé, qué vergüenza tener que taparte con los algodones estos, lo siento, como si fueras un polizón. Aquí como un delincuente. Le he contao demasiao. Al otro le he contao demasiao. Me cogió con la guardia baja y le conté demasiao. Se va a creer que no tengo a nadie a quien contarle mi vida. Él me contó después lo de su madre. Y eso que a su madre yo la conozco. Se interesó de verdá. Si no luego no me habría escrito para preguntarme cómo estaba. Un mensaje no porque no tiene mi número, pero un correo. Sí, por ahí es por donde le pregunto yo las dudas, lo de la pala y lo de la subida a la red. Es lo más profesional. No va a escribirme de pronto por teléfono. Sería ya saltarse muchas normas. Le pilla los mensajes esta y algo se huele. Es muy delicado y atento y tiene los dedos muy largos y cuidados, con la uña recortada justo en el borde de la yema. Superelegante. Eso fue acariciarme. Si tú agarras un brazo y mueves tu mano darriba abajo, eso es acariciar aquí y en la Cochinchina. Si no no se me habría puesto el corazón en la boca. Tenía el corazón como la primera vez que salí de clase de spinning. Y sentí su aliento. Le olía como a melocotón maduro. No me lo tiene que confirmar nadie. Si no no habría puesto en el correo un beso muy grande. Pones un beso, o un abrazo, y te evitas líos. Este es, este es. En la mesita de noche. No se ha esforzao demasiao. Pues esto no se lo voy a cambiar yo de sitio ahora, porque entonces es cuando se vuelve loca, pero vamos, el joyero en la mesita de noche es de traca. Te entra un rumano por la ventana y el primer sitio en el que va a mirá ya sabes tú cuál va a ser. Verás tú que llega ahora mamá justo cuando. Aquí están. Lo sabía. Siempre todo lo deja igual. A ver. Son magníficos. Cómo reflejan la luz. A ver. No me los voy a llevá puestos ahora, es probármelos para ver cómo quedan y luego ya. Son una exquisitez. Lo suyo será un cristal teñido. O una circonita de color o un cristal teñido. Buenos no eran. No le vas a regalar a tu supuesta novieta de universidá lo que le regalas a alguien por su pedida, y menos lo va a hacer tu madre, vamos, lo que faltaba. Me dan muchísima luz a la cara. Seguro que me pregunta cuando los vea. Los mirará y verá que tenemos un ojo muy parecido, que se parecen nuestros gustos. Ya veré cómo lo hago, porque no me voy a meter en clase con esto puesto. O sí. Por qué no. Están apretados. Es que me sientan muy bien. Si es que hasta me rejuvenecen. Y mamá con esto guardao. La pobre, si es que ni se va a enterar en realidá. Para tener esto aquí, mejor sacarlo. Tenerlo y no usarlo es una ridiculez. Y mamá con esto ya no me pega ni con cola. Es que van a quedar divinamente en verano, para una cena, en el jardín junto a las buganvillas. Ideales. Son ideales. Es que no va a ir con el bolso y encima con. La niñata. No. Que no. Que es una cateta y que no. Ya está. No. Yo sí que tengo, Soniecita, pendientes de zafiros.

Veinte

A Sandra Narváez de la Concha le da asco la mano de su nieta. Es chiquitita y está pringosa, el sudor le hace ya de ventosa entre los dedos, parece que ha agarrado un mejillón. Fantasea con saltar la valla metálica, atravesar el césped y meterle de un tirón las manos en la fuente de la puerta de Jerez, pero desecha la idea. No se la volverían a dejar, la abroncarían, la insultarían y le dirían que es una vieja maniática. Pilarita le ha advertido ya de que nunca había sido tan exagerada como ahora, que todo la ofende muchísimo, que no se le puede decir nada, que cada comentario es un numerito, y su hija mayor el otro día la miró con los brazos cruzados sobre el pecho y le avisó de que solo le faltaba ya empezar a gritar que todos le querían robar y que estaban ahí para matarla. Están las dos insoportables, como preadolescentes. Para cuidar a los niños bien que la quieren cerca.

Gabrielita está empezando a sudar. Las hormonas le están agrietando la infancia. La otra tarde llegó de equitación apestando a cebolla. Se lo dijo a su hija y le respondió que sería el sudor del caballo, que le habría impregnado los brichis. Era imposible que Pilar no percibiera el olorcillo agrio que le electrizaba la nariz cada vez que Gabrielita se inclinaba sobre la mesa del salón para coger una galleta. Sandra no insistió. Ni la lejía esteriliza la imagen ajena como el amor.

Joaquinito y Martín caminan unos pasos más adelante unidos por una hucha de plástico que sujetan de un lado y otro. Les ha tocado compartirla. Ella lleva las pegatinas en el bolso. Cada vez que alguien deje caer una monedita en el bote blanco, uno de sus nietos le colocará un adhesivo con forma de pies de bebé sobre el pecho. Habrán explicado antes que el fin de aquella recaudación es ayudar a las madres embarazadas que no tienen recursos suficientes para cuidar a sus bebés. Oksana, una beneficiaria de veintiséis años que ahora se ha formado como tutora, se les unirá más tarde. Acompañará a los niños a pedir dinero y, si alguien se muestra escéptico, contará su historia. Sandra debía ocupar una silla en la mesa rectangular que las vocales de la asociación han habilitado en la Plaza Nueva, pero ha rechazado el ofrecimiento. No necesita sentarse. No es tan mayor. Ella paseará por la plaza de la Campana con su nieta y otra hucha. Las piernas no se le iban a hinchar, podían estar tranquilas.

Por si acaso, antes de salir, se ha puesto las medias de compresión.

Las nota ahora deslizarse entre los muslos. Se han descolgado de las caderas y han construido un puente entre las piernas. No sabe si eso significa que le quedan grandes o pequeñas, pero siente calor y las mejillas le arden. Percibe calientes hasta las esquinas de los ojos. Las lágrimas parecen evaporársele, se escapan de su cuerpo como si debieran cederle el hueco al sudor. Le angustia, por primera vez, el olor a incienso de la Constitución. Aprieta la mano de Gabriela y, antes de alcanzar la Punta del Diamante, entra en una cafetería con fotos de palmeras de hojaldre en los ventanales. Pide un batido para cada uno de sus nietos, les hace prometer que no se van a mover de ahí, de los taburetes altos, les palmea la mano sobre el metal como si aquello los esposara a la barra y se encierra en el cuarto de baño. Huele a desinfectante y a sumidero atascado. Cubre el suelo con papel para las manos y se despelleja las medias como si fueran la piel de una serpiente. Hace una pelota y las lanza a la papelera. No quiere volver a verlas. Si acaba dolorida, ya le dará un masaje de arriba abajo Diego, el fisio del Club.

Ha tirado las medias, pero aún conserva el calor pegado a la piel. Ahora le hierven los brazos. Le queman como si hubiera sufrido una insolación. Abre el grifo y se refresca la nuca, la frente y la sien. La mano, que la sostiene junto al lavabo, tiembla sobre la loza.

Una niña la mira al otro lado de la puerta. Le señala con el dedo los pies.

—Abuela, ¿y tus zapatos?

Sandra nota el calor ascender desde el ombligo, le enciende el esófago y le abrasa los labios. Cómo se atreve esa niñata a llamarla «abuela». A ella. Una cosa es que acabe de confirmarle el médico que ya ha iniciado la transición hacia la menopausia y otra que sea una abuela. La pequeña de sus hijas ni siquiera está casada y la mayor aún no ha tenido a su primer bebé. «Abuela» la ha llamado. A ella. La mano se le dispara de forma automática.

Oye un hipido acuoso, como gorjeante, y se apoya contra el quicio de la puerta con los ojos cerrados. Está mareada. Siente que la cabeza le flota sobre los hombros, no está del todo atornillada al cuello. El hipido se convierte en chillido y abre los ojos. El corazón le brinca a destiempo. No sabe por qué está llorando Gabriela.

Veintiuno

Rorro cruzó las piernas y se ahuecó el pelo. Dio un gritito al ajustarse el bolso. La cinta de cuero había atrapado un mechón castaño, del color del chocolate con leche, y la cara se le había enrojecido. Estiró los labios para secarse las lágrimas.

—Que no es para la portada de una revista, ¿eh? Tampoco hay que llorar.

—Es que este viento me está volviendo loca.

—Hay días que parece esto Tarifa. A ver, ahora quieta. Lo que vas a hacer es mirar como si no te estuviera haciendo una foto. Mira para abajo como si te diera vergüenza.

Rorro se miró los pies rígida, erguida como una farola.

—Hija, pero así no, que parece que te han castigado en el rincón. Sonríe. Como si te diera vergüenza que te hicieran la foto, pero dejando que te la hagan. Así, eso. Eso, eso. Háblame, dime algo.

—Alejandra se cree fotógrafa.

—Fotógrafa no me creo, pero es que las fotos posadas son como de celebración de primera comunión en una nave industrial. Si te vas para la derecha, el pavo real no sale. Al centro. Más al centro. Ahí.

Recuperó su móvil con el índice ya en alto, dispuesta a descartar imágenes antes de subir a internet la que mejor se ajustara a la idea que tenía de sí misma. Caminamos unos minutos en silencio. Había comenzado a atardecer. El sol alfombraba de luz suave, amelocotonada, el camino hasta el Palacio Real. El Campo del Moro parecía siempre vacío. El jardín principal, rectangular y limpio, versallesco, como trazado con regla, tenía la artificialidad de un campo de golf. También su densidad de población. Los turistas se asomaban a la baranda de los jardines de Sabatini, tomaban fotografías desde la plaza de Oriente y seguían su camino hasta la catedral de la Almudena. Ignoraban el parque que María Cristina había mandado enderezar. El Campo del Moro se diluía en el mapa del centro de la ciudad, se disolvía ante la proximidad del templo de Debod y la luminosidad metálica del cartel de Schweppes. Se había convertido en un jardín casi privado. Colgaba sobre el Manzanares protegido entre pinos, álamos, faisanes y pavos reales y solo los madrileños, y alguna pandilla de chicas con el móvil en ristre, solían recorrerlo antes de que el sol se apagara. Sobre la explanada desde la que los almorávides intentaron agrietar Madrid, ahora una casita de estilo tirolés ejercía de telón fotográfico para rorros y adolescentes espabiladas. Más allá y más acá, una estatua de Isabel II desnarizada y otra de su marido, Francisco de Asís de Borbón, reinaban en el parque. Su pelo lo imaginaba siempre del color de la yema de huevo. Lo llamaban, había leído en el periódico, Paquita Natillas, y de él cantaban que hacía pipí sentado. Aseguraban que era homosexual y que ninguno de los hijos de la reina llevaba su sangre. Hasta ella se burlaba de él. Se reía, decían, del exceso de encaje de sus pijamas: «¿Qué se puede esperar de un hombre que en la noche de bodas llevaba en su camisa más puntillas que yo en la mía?».

—Aquí lo que hace falta —Rorro miraba el horizonte con la barbilla alzada— es un laguito.

—Y todas posando ahí con la chaqueta de cuero sintético y el pelo alisado de esta mañana.

—No, pero un poquito de agua en un parque relaja mucho. Hace que parezca la naturaleza de verdad.

—Sentir el agua caer, como dice mi abuela. Pero es que ponen un laguito aquí y esto acaba como el Retiro los domingos, que no se puede ni andar. Toda la gente de Alcorcón y de Colmenar del Arroyo y trece familias de Jerez de los Caballeros que han venido de excursión y los estudiantes de Estados Unidos de pícnic y las alemanas en bikini un 3 de febrero y la Asociación Internacional de la Cumbia para Zurdos y...

—No seas amargada, que luego te salen canas. Yo tengo aquí ya un mechón que creo que voy a empezar a teñirme. Parece que tengo cuarenta y ocho años de estar todo el día encerrada.

Rorro se pasó la mano por encima de la oreja y el pelo le cayó en cascada sobre la frente.

—Yo no te veo nada. Eso lo ves solo tú porque es tu pelo. Pero es que no puede ser, que luego te cobran por una botella de agua tres euros. Si a mí me parece muy bien que la gente venga, si no me extraña que quieran venir, pero es que así no se puede. No se puede.

—¿Y qué propones?

—Cada uno en su casita y Dios en la de todos.

—Porque tú lo digas.

—Es que no todo tiene que ser una atracción turística. Así no se puede vivir.

—Pues tú, como ya lo sabes, te das un paseíto por el Retiro el miércoles por la tarde, que para eso puedes, y a los de la cumbia rumbera y a mí, cuando acabe trabajando en Colmenar del Arroyo, nos lo dejas para los domingos y todos en paz.

—¿En Colmenar del Arroyo hay registro?

—Ni idea. Lo he dicho porque tú lo has dicho, yo no sé ni dónde está. Pero quien dice registro dice notaría.

—Eso seguro. En todos los sitios la gente se muere.

Rorro había suspendido las oposiciones por segunda vez. Acabó el colegio con matrícula de honor, terminó la carrera en dos años y medio, la admitieron en Oxford, donde había solicitado ingresar en un curso de posgrado sobre derecho internacional, y decidió quedarse en Sevilla. Dónde iba ella, decía, en una ciudad en la que siempre estaba lloviendo. En Inglaterra no podía bajar un momento a tomar una cervecita antes de comer con sus amigas un lunes o un jueves. Inglaterra le robaría la espontaneidad, la dejaría sin improvisación. Ahora tampoco la tenía. Llevaba desde su graduación encerrada. Preparaba las oposiciones a Registro desde hacía ya cuatro años. Salía de casa solo los sábados por la tarde, después de las doce, cuando ya había hecho ejercicio y estudiado cinco horas. Los suspensos la habían pillado por sorpresa. Explicaba que frente al jurado el cerebro se le vaciaba, que se le quedaba en blanco como si le hubieran lavado las ideas con lejía. La primera ocasión, decía, había sido mala suerte. La segunda, vértigo. El miedo a bloquearse de nuevo le llenó la cabeza de calima. Para la tercera se había hecho ya con una caja de Lexatin. Si llegaba la cuarta, quizá, había anunciado ya, se pasaría a notaría.

La oía hablar sin escuchar. En el medio mes de vacaciones que había decidido tomarse entre convocatorias, Rorro se había esponjado en los últimos cotilleos de la ciudad. No sabía si yo me había enterado de que Cristina Sacristán lo había dejado con Fernando Campos porque lo habían visto irse de Chile, el bar, en la moto con Queca Soto, la hermana de Marta, a las tres de la mañana. O si sabía que decían que Luisete Castillo y Julia Chavarría habían desaparecido por la noche, los dos casi al mismo tiempo, en el campo de los Jiménez-Anglada, y no los habían encontrado hasta la mañana siguiente, cuando aparecieron con churros con chocolate para todos y fingieron que se habían ido pronto a la cama y se habían cruzado por casualidad cuando salían a contemplar el amanecer en el jardín. A veces no sabía por qué continuábamos siendo amigas. Nuestros apellidos nos habían situado cerca en la lista de clase, y desde entonces nuestras madres, entre actividades extraescolares, celebraciones de cumpleaños y cenas de padres, se habían afanado en anudar la relación. Nuestra amistad se andamiaba sobre recuerdos y se rellenaba con gente común, con primos e hijos de amigos de nuestros padres, con costumbres cofundadas y lugares compartidos. Nuestro círculo tenía forma de laberinto.

Algo en ella me reconfortaba y, sin embargo, me drenaba. Pasar tiempo con Rorro me dejaba vacía y con una ligera mala conciencia, como después de haber comido demasiadas patatas fritas tras la hamburguesa. A su lado me convertía, en silencio, en una detective de odios. Le olfateaba los defectos para atenuar los míos. Sus fallos me mitigaban. La mejor estudiante de mi generación estaba a punto de cumplir veintiséis años y aún pasaba sus días estudiando. Recordaba entonces que, si aprobaba las oposiciones, unos seis mil euros aterrizarían cada mes en su cuenta corriente, acolchada ya por los negocios olivareros de su padre, que, tras prensar las aceitunas en frío para la elaboración del aceite, había logrado fabricar neumáticos a partir de los huesos, y la odiaba un poco más. Y sin embargo era quien recordaba mis historias como si fueran suyas. Entonces, cuando mencionaba el apellido de George, el estadounidense pelirrojo con el que salí durante cinco semanas en Boston, o el día exacto en que me fui a vivir a Madrid, entendía que lo que sentía era solo envidia. La oí, de pronto, reclamar mi atención.

—¿A ti te parece normal?

—¿El qué? ¿Lo de Leti?

—Sí, es que yo no sé qué hace con él, si es feísimo.

—A lo mejor es divertidísimo o superingenioso o muy listo. O hijo único.

Rorro desenroscó un botecito de vaselina rosa y me la ofreció. Negué con la cabeza. Me asqueaba hidratarme los labios con bacterias ajenas.

—Pero que está gordo y se está quedando calvo. Tiene unos muslos rarísimos, como muy juntos por arriba, ¿sabes cómo te digo? Como que de repente le salen disparados para los lados.

—Sé a lo que te refieres, que parecen de pollo. A mí lo que se me hace raro es que a ella le guste ahora. Porque antes no, ¿no?

—Dice que se está dejando conquistar.

—Que se está dejando conquistar, qué horror. Eso es que te están convenciendo para que te gusten. ¿Qué diferencia hay con un matrimonio concertado?

—Yo creo que en el concertado ni lo intentan.

—Eso es verdad. Pero qué horror, ¿no? Es como estar secuestrada. Te secuestran los sentimientos.

—Tampoco es eso. Si no le hiciera un poquito de gracia tampoco se dejaría. ¿Quieres? Son de naranja, romero y miel de la Alpujarra. Los hace la madre de Susana, mi muchacha. Están buenísimos.

Ahora sacudía frente a mí una bolsa de caramelos cuadrados. Metí la mano y salieron tres, pegados por el volantito de los envoltorios.

—Gracias. Pues yo creo que eso tiene que nacer de los dos. A los cuarenta y cinco, si no, divorciados.

—¿Tú conoces a alguien divorciado?

—Yo no, pero en el cole sí había. Los padres de Maca Vergara estaban divor. ¿Es a ti o a mí?

—A ti. Yo lo tengo siempre en silencio.

La pantalla mostraba un teléfono sin registrar. Presioné el botón del sonido y el móvil calló en mi mano. Esperé a que el aparato regresara a su estado anterior mientras Rorro grababa a un cachorro de caniche que intentaba cazar a una urraca frente al ataque de risa de su dueño.

—¿Quién era? ¿No lo has cogido?

—Ni idea, si no lo conozco no lo cojo.

—Como una señora mayor.

—A esta hora solo me pueden ofrecer treinta megas gratis y un teléfono fijo. Un momento, que me ha mandado un audio Gonzalo.

Luisito Arangúriz organizaba una cena en su casa. Toda su pandilla y algunos amigos de su hermana pequeña, de nuestra edad, estaban invitados. Si nos apetecía, Gonzalo podía recogernos a las ocho y media con el coche. Solo nos pedía que pasáramos antes por La Pajarita y compráramos cuatro tarrinas de helado de violetas. Luis se lo había encargado y a él, que seguía comiendo con su tía Águeda, se le iba a hacer tarde.

Los ojos de Rorro se abrieron y la voz le escaló por la garganta. No había metido en la maleta ropa para salir de noche. No sabía qué ponerse. Le iba a tener que dejar yo algo. Nunca había estado en una casa en La Moraleja.

A mí un humo blanco me había brotado en la garganta, me había rodeado los pulmones y me había trenzado los brazos hasta las puntas de los dedos. Se me habían vaciado las manos. Las sentía ligeras y transparentes, como si hubieran dejado de existir. El humo se me había anudado a la campanilla. Íñigo Amuniagairrea jamás renunciaba a una fiesta.

Veintidós

Gonzalo palmeaba con rabia el asiento trasero del todoterreno. Lo golpeaba como si intentara devolver el ritmo cardiaco al sillón negro. Los granitos de arena saltaban coordinados hacia la alfombrilla, marcada por el barro seco de alguna montería reciente.

—Déjalo, Gonzalo, de verdad, si Rocío es más de campo que tú.

—Por mí no te preocupes, que los pantalones son de Alejandra.

De pie junto al volante, nos miró por primera vez de arriba abajo. Él vestía una camisa azul, chinos beige y mocasines de ante marrones. Vi el jersey burdeos que le había regalado mi madre por su santo colgando del asiento del piloto. Con el movimiento, su colonia me alcanzó la nariz. Olía, como siempre, a una mezcla de cuero, lavanda y madera.

—Muy guapas. ¿Habéis podido comprar el helado?

—Aquí está. Y esto para ti.

Le acerqué una bolsa marrón a través de los asientos.

—¿Qué es?

—Tú ábrelo.

Gonzalo miraba el paquete con recelo. Deshacía solo con dos dedos el envoltorio de papel de seda blanco. Ni siquiera lo sujetaba. Lo había dejado extendido sobre su sillón. Ahora lo miraba con los labios ligeramente separados.

—Pero ¿esto qué es?

Una gota caliente y gorda me perforó el fondo del estómago. En su voz había asco y, en la última ese, burla. Vi a Rorro rebuscar en su bolso por el rabillo del ojo.

—Una camisa vaquera. Habías dicho que querías una camisa vaquera, he visto esta, que me ha parecido monísima, y te la he comprado.

Rorro retrocedió un par de pasos en dirección al portal, con el teléfono pegado a la mejilla. La vergüenza me escocía en los ojos.

—Pero ¿es de segunda mano? ¿La ha usado ya alguien?

—Es vintage.

—O sea que sí, que está usada.

Quise hacer jirones la camisa, lanzarla a un contenedor y prenderle fuego. Había imaginado que le enternecería el detalle, que le conmovería que recordara su comentario, que me daría un beso y me diría que era la mejor, pero su sonrisa se inclinaba hacia el suelo, con los dientes asomando ya por encima del labio. Intentaba reprimir la risa.

—Casi diez años juntos y me regalas ropa usada de una tienda de ¿de dónde? ¿De Malasaña? Si huele a humedad y todo.

Las lágrimas empezaban a barrer la vergüenza y a presionarme el entrecejo. Metí la cabeza en el coche y le arranqué la camisa de las manos. Se la había acercado a la cara para olisquearla.

—Pues ya está. Me la quedo yo. Si no te gusta, me la quedo yo. Vámonos. Rorro, nos vamos. Venga.

—Pero no te pongas así, Alejandrita, que no es para tanto. Solo es una camisa. La próxima vez te estiras y me la compras en una tienda que tenga el alquiler en regla y ya está.

Cerré de un golpe la puerta y encendí la pantalla del reproductor. Gonzalo, ya en el asiento del piloto, arrancó el coche mientras intentaba disimular la risa.

—¿Ves? Por esto nos casamos. Porque uno nunca conoce del todo a la persona a la que quiere.

Un mensaje iluminó la pantalla de mi móvil. «Mejor, para ti, que es muy mona. Y si no la quieres tú, me la quedo yo. Aquí no se tira ni un duro». Contesté a Rorro con un corazón y, cuando hubo recibido mi respuesta, comenzó a interrogar a Gonzalo sobre los amigos solteros que acudirían a la cena. Yo ejercí de DJ hasta que se abrieron las rejas de la casa de Luisito Arangúriz.

La fachada era de color vainilla y el tejado, asimétrico, de pizarra oscura. Una decena de setos de todos los tamaños, inmaculadamente redondeados y repartidos por el césped sin aparente orden, ornamentaban el jardín frontal, que por un lateral se estrechaba hasta convertirse en un camino de hierba que conducía, ya al otro lado de la casa, al merendero de la piscina. Una treintañera con uniforme rosa y mandil nos acompañó hasta el salón. La habitación, de color crema, se abría a lo largo y a lo ancho. Tres de sus cuatro paredes eran de cristal. Los ventanales se retraían en la fachada hasta desaparecer de la vista. Los límites del salón, de techo alto y punzante, como una montaña vista desde el interior, se deshacían hasta, superado el porche, convertir el mármol blanco del suelo en césped. A lo lejos intuí un magnolio y, junto a una estructura de hierro y cristal, el serpenteo de la luz de la piscina en el agua.

Los amigos de Gonzalo, acompañados por sus novias, charlaban y reían en grupos repartidos por toda la sala. Hablaban en corros cerca de los altavoces, apiñados en los sofás de rizo beige o repartidos por los sillones de piel. La música almohadillaba las conversaciones y me protegía de la preocupación de Rorro, que tuvo que preguntarme tres veces seguidas si quería algo de beber. Sentía el pulso en la sien. No localizaba a Íñigo. No estaba junto a las fuentes de queso colmadas de uvas y frutos secos. No lo veía pasándose la mano por el pelo rodeado de las amigas de la hermana de Luis. No lo encontraba examinando los percebes al otro lado del salón. Noté la presión descender por la garganta. Busqué a Gonzalo con la mirada. Charlaba con Fede Sánchez-Ferrer y Javier León junto a un letrero de neón blanco que parecía flotar en una esquina del salón. No se había inquietado, no había mirado en mi dirección. No se había dado cuenta de que la ausencia de Íñigo me había decepcionado. Cuando llegué a su lado, me pasó el brazo por los hombros y me pellizcó suavemente la cintura. En el vaso que sostenía apenas bailaban dos dedos de cerveza. Debía de ser la segunda. Presenté a Rorro y retomaron la conversación. Criticaban el cartel fluorescente. Lo consideraban una modernez. Como los padres de Luisito Arangúriz eran vascos, apuntó Javier, tampoco le sorprendía demasiado.

—Pues es una obra de Andrea Galvani. Es más caro que tres coches juntos.

A mi lado, Gonzalo cambió el peso de pierna.

—Como si lo ha hecho el presidente de Estados Unidos con los dedos de los pies. A mí no me gusta. Parece un bar de copas.

—Es que el arte no te tiene que gustar para que sea considerado arte, Gonzalito.

—No, el problema es que el arte ya no es lo que era. Ahora cualquier chuminada vale un congo. Un rollo de papel higiénico es arte si hay un tío con barba que te dice que es arte y que te lo vende por medio kilo. Pues mire usted: váyase a la mierda. El arte tiene que ser bonito. Y si no, no es arte, corazón.

—*Saturno devorando a sus hijos* es una preciosidad para el salón. *El desollamiento de Marsias*, genial para el hall. *El carro de heno*, igual, una belleza para el cuarto de los niños. *Estudio del retrato del Papa Inocencio X* también, como cabecero de la habitación de invitados es perfecto, para que concilien bien el sueño.

—Esas no sé cuáles son, pero seguro que sí, seguro que son mejores que una ecuación fluorescente que te la hace un niño de quince años. Solo hay que ir a cualquier museo para verlo.

—Porque tú vas a muchos museos.

—Cada vez que vas tú.

—Pero si yo voy cada dos semanas, Gonzalo, y tú no vienes conmigo desde por lo menos julio del año pasado, que fue la última vez que vino mi abuela a Madrid, por favor.

—¿Y a qué museos vas tú, Alejandra? Yo creo que la última vez que fui al Prado estaba en el colegio mayor. ¿Qué me recomiendas?

Fede desvió la conversación y fingió interés en mi respuesta hasta que encontró el atajo para cambiar por completo de tema. Quería saber si conocía alguna visita cultural que debieran incluir de forma indispensable en el viaje a Milán que estaban organizando para ver jugar al Real Madrid. Luego reconoció que probablemente no les daría tiempo a ojear más que la catedral por dentro. El domingo, intuía, estarían de resaca.

Rorro me preguntó dónde estaba el cuarto de baño y nos descolgamos a la par del grupo. Caminamos por un pasillo liso y sin bordes, de esquinas redondeadas, hasta que llegamos a una escalera acaracolada también sin cantos. Rorro paró en seco a mi espalda.

—¿Qué? Has visto la silla de ahí al fondo, ¿eh? Es genial. O sea, me flipa. Llevo obsesionada con ella años. Es que la miras y sabes que las piernas son de una mujer. Es increíble, ¿eh? Es de un brasileño que se llama Luiz Philippe Carneiro de Mendonça. Lo que no sé es quién les ha hecho esta selección de arte, porque el dineral que hay aquí es tremendo.

—No, tía, no. El helado. ¿Qué has hecho con el helado?

—Joder.

Rebuscamos en el armario de la entrada hasta dar con las llaves en el abrigo de Gonzalo y corrimos al coche. El helado, aún dentro de su bolsa a los pies del copiloto, estaba ahora blando y denso. Tenía la textura de una mousse. Se deslizaba líquido en los tarros de cristal, cuajado de burbujas enanas. Encontramos la cocina vacía, sin servicio ni merodeadores, y nos apresuramos a bloquear el acceso a la nevera. No podíamos esconder el helado en el congelador. Volver a congelar la masa la cristalizaría, la rellenaría de estrellitas de hielo dispuestas a delatarnos. Todos se darían cuenta de que lo habíamos olvidado al aire libre. Solo podíamos conservarlo en frío y presentarlo como una crema. Rorro se acuclilló delante de la puerta de la nevera y comenzó a reordenar fuentes, botes y tarros en busca de un hueco libre para el helado derretido. Podría probar cada una de las bandejas sin que nadie me viera. Podría destapar una fuente, coger una, dos, tres rodajas de solomillo, llevarlas hasta el fondo de la salsa argentina, llenarme la boca de compota de manzana, robar una cucharada de dulce de leche casero, coger un puñado de frambuesas, y nadie jamás descubriría que había sido yo. Rorro no me miraría con asco. Me pediría que le pasara la jarra de limonada. Me acerqué para supervisar la operación por encima de su hombro y una voz a mi espalda me atravesó el cerebro y me electrocutó las manos. Me giré con los labios ya despegados para protestar. Con el sobresalto me había golpeado la cabeza con la balda de los huevos.

—¿La última en la cola?

Íñigo Amuniagairrea abrazaba dos bolsas de hielo en la otra esquina de la isla de la cocina. Lo acompañaba, también cargada, una chica de pelo color miel y cara pequeña y laminada, como de gato. No la había visto antes entre las niñas de la pandilla. La presión volvió a pellizcarme la garganta. Era guapa. Gonzalo no había mencionado nada al respecto. No me había comentado que Íñigo Amuniagairrea tuviera novia. La memoria se me revolucionó intentando extraer el recuerdo de las ocasiones en las que Gonzalo había anunciado los noviazgos de sus amigos. Las escenas se batían y revolvían emborronadas entre ellas. Los dedos me hormigueaban de golpe y un latigazo de repulsa me chascó el cerebro. Acababan de descolgárseme catorce años del carnet de identidad. En aquella cocina había regresado a los doce. Me asqueaba mi ingenuidad.

Íñigo, que se había acuclillado para encajonar por completo las bolsas de hielo en el congelador, se puso de pie de un salto y sin mirarme, mientras se atusaba el flequillo, se inclinó hacia Rorro. Le dio un beso en cada mejilla.

—Soy Íñigo. Encantado.

—Rorro. Vamos, Rocío. Rorro. Como quieras.

—Mi hermana Lola.

—Soy amiga de Carlota, la hermana de Luisito. No creáis que me he venido aquí de acoplada.

Rorro rio demasiado alto. Estaba nerviosa.

—¿Qué hacíais aquí las dos solas? ¿No vais a la fiesta? —preguntó Íñigo mirándome a los ojos. Se había dejado una barba muy fina, un poco cobriza, que le hacía parecer mayor. Los años que se me habían esfumado en silencio le contorneaban a él los pómulos y la mandíbula. Me repasaba la cara con curiosidad. Di gracias a Dios un día más por haber interpuesto el cráneo entre mis pensamientos, calados ahora de vergüenza, y los ojos ajenos. Rorro se adelantó a mi respuesta.

—Nada. Estábamos buscando agua.

—¿Allí no hay?

—Hay cerveza, vino, vermut y creo que champán, pero agua yo no he visto.

—Algo andaríais haciendo. Siempre que las mujeres traman algo lo hacen en la cocina.

—Porque los hombres todavía no saben ni cómo se entra en ella.

Rorro y Lola rieron de golpe. Íñigo me miraba sin despegar los labios. Solo sonreía con los ojos.

—Lo que sí sabemos es salir. Voy a saludar a Luisito. Luego nos vemos.

El pelo de Rorro me abanicó la cara en cuanto su nuca y la de Lola hubieron desaparecido por el pasillo. Me miraba con la boca abierta, esperando a que fuera yo quien desactivara el silencio.

—¿Qué?

—Cómo que qué. Pero ¿quién es? ¿De qué lo conoces? ¿Por qué no me has hablado antes de él? No entiendo nada. Es guapísimo.

Mis ojos giraron en sus cuencas antes de que fuera consciente de que el cerebro les había enviado la orden. La lengua también se me había desenrollado sola. Mi cuerpo entero, desde los hombros hasta los tobillos, se había desentendido de mis directrices. No sabía a quién estaba obedeciendo.

—Es un imbécil de cuidado. Vamos al cuarto de baño, anda, que me hago pipí.

—¿Por?

—Porque me he bebido dos copas de champán desde que hemos llegado.

Rorro me seguía el paso. Apretaba las zancadas para poder hablar junto a mi oído.

—No seas tonta. ¿Por qué es un imbécil? A mí me ha parecido encantador.

—Es un zalamero. Va de gracioso y de gracioso no se puede ir. Gracioso solo se puede ser.

—Es que tú eres una borde. Pues a mí me ha caído bien. Me ha parecido supersimpático.

—Cómo sois las niñas de Sevilla. Os ponen unos ojos verdes delante y se os pira la cabeza.

—Porque tú eres de Palafrugell. No, es que me ha parecido muy simpático, sin más.

—Ya. ¿Te has traído pintalabios?

Me retoqué el color de la boca y con el sobrante me sonrosé las mejillas. El rímel me había manchado la línea inferior de las pestañas. Lo limpié con la esquina de un pañuelo de papel y me recogí el pelo. Los pómulos cortaron la luz frente al espejo y los párpados se tensaron suavemente. Tenía buen aspecto. La escena de la cocina se reprodujo en mi cabeza. Íñigo no podía haberse fijado hoy en Rorro. Yo era más atractiva. A ella las mejillas se le habían hinchado sobre los labios, como a un perro pachón, y las ojeras, instaladas en su cara desde que comenzó a opositar, se le habían abultado. Le habían salido bolsas. Parecía diez años mayor que yo. Su cansancio me aliviaba el ego.

Antes la miraban a ella. Rorro caminaba por la calle y los hombres, de lejos, intentaban engancharse a su mirada. Cuando andábamos juntas lo observaba. A su lado podía ver cómo, mientras ella charloteaba con su atención concentrada en el infinito, los hombres la repasaban de arriba abajo y mantenían los ojos fijos en su cara, convencidos de que en cualquier momento repararía en ellos y les obsequiaría con una sonrisa que en su cabeza tendría la capacidad de estirarse hasta convertirse en una aventura de fin de semana, en una infidelidad, en un desliz. Rorro había sido siempre mi capa de invisibilidad. Con ella cerca yo nunca había podido ser guapa. Las atenciones se fijaban en sus labios, finos y largos, en el efecto tierno que creaban las pecas de la nariz sobre la piel clara, en los ojos limpios y grandes de color avellana, en la melena abundante y ondulada que le enflecaba la espalda hasta la cintura. Yo había tenido que robustecerme el cerebro.

Había tenido que repetirme que yo sabía hablar inglés, francés, italiano, alemán y portugués, que a ella la sacaban de los *phrasal verbs* y comenzaba a tener vértigos. Me decía a mí misma que yo sabía dibujar, que yo tenía mejor ojo, que yo podía reconocer la época a la que pertenecía un cuadro sin necesidad de mirarlo más de dos segundos, y que ella, en el fondo, solo tenía buena memoria, que era un papagayo con suerte. Pero nada de eso me lo podía escribir en la frente cuando salía a la calle. En las discotecas o en los bares, o en las copas de algún amigo, no podía anunciar a todos de un vistazo que yo también era digna de atención, que yo también merecía la pena. Con Rorro, mi puerta de entrada estaba bloqueada. A veces me irritaba ser consciente de que con Gonzalo no había sido necesario despejarla, que para él el paso nunca había estado obstruido. Ante él no había tenido que presentarme. Con Gonzalo me había criado. Frente al hijo de Gonzalo García del Osario, el sobrino postizo de Papá, el primogénito del padrino de Pipe, no había hecho falta descubrirme.

Las mejillas de Javier León habían adquirido el color de un solomillo poco hecho. Sin perder el control de la voz, bufaba que se estaban cargando el país. Anunciaba que pasaría lo de siempre: dentro de dos años, los frutos de la legislatura anterior comenzarían a resultar evidentes y el gobierno actual los asumiría como propios, de forma que repetirían en sus puestos hasta que su incompetencia para manejar las ideas heredadas fuera obvia y el desencanto condujera a los votantes al viraje ideológico. El resto se avenía. Confirmaba con asentimientos cortos y secos. De política solo se hablaba en público para darse la razón.

Oí la palmada antes que la voz. La mano de Íñigo apareció sobre el hombro de Gonzalo, que estaba a mi lado, para estrecharlo con suavidad contra sí.

—Bueno, ¿cómo lleváis la boda del año?

El grupo sonreía en silencio, esperando la respuesta.

—Pues, quillo, es que entre la madre de Alejandra y la mía no te creas tú que tenemos mucho que hacer nosotros, ¿no, Alejandra?

Gonzalo alargó el brazo y con dos dedos me pellizcó con suavidad la mejilla. Supe entonces que si un control policial se apareciera en aquel momento en el umbral del salón, el alcoholímetro desahuciaría todos los puntos de su carnet de conducir. Íñigo me miró de frente y mi campanilla empujó mi voz hasta la boca del estómago. Carraspeé sin despegar los labios.

—Sí, ya poco más. Mi vestido y esperar. El viaje, eso sí.

—¿Dónde os vais al final?

Mantenía su mirada en la mía. Los demás habían empezado a retomar las discusiones previas, que se atravesaban de un lado al otro del círculo.

—Yo quiero Japón y él quiere Australia. Yo creo que incluso podemos hacer las dos cosas, porque a él le sobran vacaciones y yo si no trabajo no pasa nada.

Gonzalo, que atendía a Alfonsito Gómez-Ibarguren un par de cabezas más allá, se reincorporó a la conversación.

—Yo no voy a Japón ni de coña, todo el día comiendo pescado crudo, como gaviotas. Ni de coña voy yo a Japón.

Íñigo se carcajeó a su lado. Rorro, pegada a mí, también reía. Noté el aire agarrarse a la zona alta de los pulmones. El escapulario de la Virgen del Carmen se columpió discreto sobre el pecho de Gonzalo. Contuve el suspiro.

—Pero es que en Japón hay más cosas, Gonzalo, si ya hemos hablado de esto. Si las *gyozas* te encantan. Y hay unas tortillas que se llaman *okonomiyaki*, que es todo a la plancha y son medio dulces medio saladas, que están que te mueres.

—Es verdad. A mí me gustan bastante.

—Déjate de cuentos, cabrón, y no te compinches con la bruja esta —Gonzalo palmeó tres veces a Íñigo en la espalda—, que eso suena a serpiente que se te mete en el intestino y ya no puedes comer más pescado en tu vida, que tú lo que quieres es dejarme sin cigalas. Yo no me voy de viaje de novios para acabar pidiéndome todos los días una hamburguesa en McDonald's, ¿eh?

Necesitaba que Íñigo dejara de mirarme. A través de cada palabra de Gonzalo sentía también su juicio sobre mí. Dijera lo que dijese yo a continuación, y aunque se conocieran desde hacía más de una década, Íñigo pensaría que había decidido casarme con un bruto y que, por ende, también yo lo era. Los labios me ardían de vergüenza. De pronto se inclinó hacia mí. Gonzalo sermoneaba a Rorro sobre el atraso civilizatorio que revelaba comer a diario arroz hervido con pescado crudo. Las conversaciones se aplanaron a mi alrededor. Solo notaba el aliento de Íñigo aleteando en mi mejilla.

—No te preocupes. Cuando tú quieras te llevo yo a un restaurante japonés buenísimo que conozco en Chamberí. De los mejores de Madrid.

Se apartó y volvió a pellizcar en el hombro a Gonzalo, que se ocupaba ahora de presentar a Rorro y Carlota Arangúriz, la hermana de Luis, encargada de repartir los platos de postre. Nadie lo había oído. Gonzalo y Rorro charlaban con normalidad e Íñigo bromeaba ya con Carlota sobre su futuro como jefa de sala. Tampoco el resto del corro parecía haberse percatado. Solo lo había visto y escuchado yo. La humedad de su aliento, templada y dulzona por el vino, flotaba aún junto a mi mejilla.

Las conversaciones a mi alrededor se fundieron sin que nadie protestara porque el helado de violeta que acompañaba a la tarta de queso hubiera aprendido a nadar. Algunos anunciaron que salían a fumar, y cuando regresaron la música había bloqueado ya la mayor parte de las charlas. Las canciones cuajaban el aire. En mi estómago, el alcohol quemaba las paredes a cada trago. El incendio calentaba el esófago y alcanzaba el cerebro, donde ojos y lengua comenzaban a desperezarse.

Vislumbré la nuca de Íñigo al fondo del salón. Bailaba con tres niñas más jóvenes que yo, todas con pantalón de talle alto y blusa de tirantes lenceros. Cuando el cantante mencionaba la palabra «sol», Íñigo dibujaba un círculo enorme con las manos. Si la frase incluía un «amor», él pintaba en el aire un corazón gigante. Las chicas lo imitaban riendo. Necesitaba acercarme. Esas niñas eran demasiado pequeñas para él. Estaban malgastando su tiempo.

Una vez más, la orden no se formuló en mi pensamiento. Desde algún pliegue de mi cerebro, mis piernas echaron a caminar en su dirección. Me giré a tiempo de avisar a Rorro de que iba a rellenar mi vaso de hielo, y con la mano desechó mi excusa. Hablaba en voz baja con Quico Freire, que movía su mano libre de copa como si ensayara una sevillana. Las caras se disolvían entre fuentes de chocolate y cuencos de gominolas que pasaban de mano en mano. Íñigo aún bailaba. Ahora lo hacía con unas gafas de sol. Marchaba en su sitio exageradamente, con los brazos en ele, como un soldado que intenta escapar de arenas movedizas. A su alrededor reían. En vez de bailar, parecían jugar. Me desvié antes de alcanzar al grupo. No me habían visto llegar. Nadie que hubiera observado mi paso podría haber sospechado que no me dirigía a la mesa de las bebidas. Atiborré mi vaso de hielo y me giré para recostarme sobre la mesa. Íñigo había desaparecido. Las niñas bailaban ahora solas. Movían las manos y cantaban con los ojos cerrados, pero Íñigo no las acompañaba. Rorro, Gonzalo, Quico, Javier y el resto del grupo continuaba charlando al otro lado de la habitación. Di un sorbo a mi vaso y comencé a caminar hacia ellos. Una mano en mi muñeca me paró en seco y con solo dos dedos me hizo girar sobre mí misma. El líquido de la copa regó un sillón cercano y a su ocupante, una chica vestida de blanco que miró al techo en busca de un aspersor. Íñigo sonrió. Tiró de mi otra mano y me atrajo hacia sí. Notaba la sonrisa congelada en mi boca. No podía deshacerla. Una carcajada me sobrevino cuando mi gin-tonic volvió a regar a la niña de blanco. La música se había emborronado en mis oídos, que se habían taponado para seguir solo el ritmo que me marcaba Íñigo en las manos. Quería acercarme de nuevo. Quería que su aliento volviera a humedecerme la piel. Ahora daba igual. Aún no me había casado. Estábamos en el tiempo de descuento. No rompería ninguna norma, no cometería ningún pecado. No me anudaba a Gonzalo ningún sacramento ni nos unía aún ningún lazo legal. Solo existía un acuerdo blando entre nosotros. Solo en el matrimonio la infidelidad era real. Sin firma no había verdad. Un compromiso solo era palabra, expectativa. Íñigo me arrastró de nuevo hacia él. Olía a algo verde y dulce que me atravesaba el cerebro y me lo calmaba. Si terminara de cerrar la distancia, yo también olería a él. Cuando se besa a alguien por primera vez, su olor se pega a las mejillas, a las clavículas, a la ropa. Aunque el agua de la ducha alcance los cincuenta grados y el jabón de glicerina tense la piel, el perfume la sigue aureolando. El nuevo aroma flota alrededor durante días. Solo el champú anula el perfume y, por tanto, neutraliza el recuerdo. Es el pelo en realidad el que roba el olor de un primer beso.

Íñigo me soltó la mano y alzó las suyas al cielo. Estaba mareada. La ginebra me saturaba la nariz como una sinusitis adulterada. Nunca había pensado algo parecido. Cualquier infidelidad de pronto parecía lógica, se justificaba de manera razonable. Los cuernos, bien mirados, no tenían astas. Íñigo dio una vuelta sobre sí mismo y abrazó a Tomás Porlier por el cuello. Rescaté de la consola cercana la copa que me había apartado y bebí un sorbo rápido, solo para refrescarme la lengua. Cuando levanté la cabeza, encontré a Rorro con la vista fija en mí al otro lado del salón. Sus labios se despegaron fugazmente. En silencio, solo para que yo leyera el sonido a través de la habitación, masculló un «qué».

Veintitrés

Como yo, y como yo, nadie te quiere, y solo yo, y solo yo, cambiaría todo por ti, y es que como tú no hay dos, como tú no hay dos, y mi amor lo no sé qué, de dónde ha salido ahora esta canción. En la radio no la han puesto. Yo no la recuerdo. En la radio no la he escuchao. No. Si yo hoy no he cogido ni el coche. A lo mejor en una tienda. No, si yo hoy he estado en casa de mamá, luego con Pilar y ahora en casa de África Lora. No sé. A lo mejor es de ayer y ahora ha saltado. Y por qué ahora, qué estaría yo ahora soñando. Pues no, como yo, y como yo, y ay Dios mío. Qué hora es. Voy a ver qué hora, las tres y veintisiete. Una hora y media llevo dormida. Si cierro los ojos. Voy a cerrar los ojos. Si cierro los ojos todavía me duermo. No puedo pensar mucho. Si pienso me espabilo. No puedo pensar. Rezar. Si rezo me quedo dormida. Dios te salve, María, llena eres de gracia, el Señor es contigo cambiaría todo por ti na na na sonreír. Ay, Dios mío. Qué claridá entra a través de la persiana. Tengo que cerrarla más. Ahora no me voy a levantar. Qué grande es esta cama. Con lo grande que es esta cama y yo me quedo pegada en la esquina, colgando en el borde, que me voy a caer y me voy a romper la otra paleta ahora. Es la costumbre. Siempre acurrucada como una pasa para no darle una patada. Qué grande es. Si quepo entera. Puedo abrir los brazos como una estrella y todavía sobra cama. Es enorme.

Tendríamos que dormir en camas separadas. Primero el cuarto de baño, cada uno uno, y luego la cama. Habría ido mejor si cada uno durmiera en una cama. Cada uno en su espacio, cada uno en su cama y Dios en la de todos. Estará ya dormido. Estará ya dormido, las tres y media que son. Está ya dormido. Si tiene mañana campeonato, está ya dormido. A lo mejor está despierto. A lo mejor mestá poniendo los cuernos. No me extrañaría. Ojalá. Así me dejaba a mí en paz. La mancha de la mejilla es asquerosa. En el pómulo, debajo de la bolsa. Está empezando a tener bolsas. Parecen cojines para las hemorroides. Es asquerosa. De color café con leche. Se me corta el cuerpo. Es como si hubiera empezado a pudrirse, pero desde fuera, como si le saliera moho como a un queso. Lo de los calcetines es una guarrería, qué asquerosidá, una capita de polvo blanco por todo el interior de los calcetines. Eso es por tener la piel seca. Le puse la crema de urea en el cuarto de baño y yo no sé qué ha hecho con ella, pero usarla no la ha usado. Tiene que tener las piernas como barras gallegas. Si él me pone los cuernos, yo también se los puedo poner a él. Igualdá de condiciones. Espero questé ahora mismo con una pelirroja con falda de cuadros. Tendría que haber ido yo también. Golf en Escocia. Si está lloviendo todo el rato. Lo van a cancelar. Tendría que haber ido con Alejandra. Telas escocesas para una paré, como en casa de mamá. Eso queda mono. O para unos cojines. Eso queda ideal, muy *british*. Tendríamos caber ido. Hace cuántos años hace. Hace dos años y medio que no viajamos todos juntos. Bueno, para la próxima. Para la próxima que Felipe se vaya a dar palos, Alejandra y yo nos vamos de compras. Pipe que venga si quiere o si no que se quede aquí; que con la tontería que tiene encima es lo que querrá, querrá quedarse aquí con la niña de las narices, tanto ir y venir con la niña, que nos va a. Todos locos. Muy bien, que se quede con Belencita, con Belenchi. Que se quede con ella.

Toda la vida para esto. Ahora me va a aparecer con un amigo que se llame Sergio o Daniel y que lleve camiseta de baloncesto y los laterales de la cabeza rapados, el dichoso niño. Toda la vida para que ahora me haga esto. Hay que ser desgraciao. No escuchan. Yo lo he intentado. Solo quieren la razón la razón la razón, se creen que siempre llevan la razón, se creen que todo lo hacen siempre bien, ellos son santos, aquí todo el mundo está equivocado menos ellos, que son muy modernos y saben muchas cosas. Cómo se van a arrepentir. De esto se van a arrepentir. Ya se arrepentirán. Ya vendrán con cuarenta años a llorarme, ya. Es ques boba Alejandra. Es boba de baba. Con la de gente que tiene aún que conocer. Con veinticinco años se va a casar. Veintiséis. Qué forma de desgraciarse la vida. Y qué hago yo. No pago. Yo por mí no pago y quella se las apañe. Sus decisiones son suyas. Si es mayor para casarse, es mayor para pagarse la boda. Y si no que no se case. Yo no pago. Vamos, que yo no iba a pagar de todas formas. Felipe no va a pagar. Cómo se va a casar con veinticinco años si es un bebé, si no sabe nada, si no sabe lo que es pagar un alquiler, que ahora lo tiene todo, que le van a limpiar y a planchar dos veces a la semana. Se va a caer con todo el equipo. Se lo está buscando ella solita. Si ella se quiere casar, que se case, pero conmigo que no cuente. Que lo pague su suegra, que para eso está forrada. Yo esto no lo voy a apoyar. Yo no voy a pagarle a una hija mía su suicidio. El vestido porque ya medio está, pero hasta aquí. La fiesta que se la pague ella y las flores que se las pague la familia de Gonzalo. Yo no pago nada más. Yo no era así. Yo no era así de cabezota. Yo era obediente, yo cuando mamá me decía una cosa, la hacía. Yo la obedecía. Pero cómo no la iba a obedecer, cómo no le iba a hacer caso si era mayor que yo, si ya había visto la vida, si ya sabía cómo funcionaban las cosas. Si mamá me lo decía era por algo. No iba a querer hundirme. Quería lo mejor para mí y estos niños no senteran. Qué arrogantes han salido, yo no sé a quién. Se creen que con veinte años ya lo saben todo sobre la vida, que el resto estamos equivocaos. Pobre mamá. Pobre mamá. Mamá es buena, la pobre. Yo no sé cómo la vamos a llevar al médico. La pobre. Ahora por la manzanilla. Anda que la manzanilla, con lo fuerte que está. Pobre Pilarita. Qué exagerada es. Qué forma de llorar. Mientras ella no se dé cuenta, qué más da. Mientras mamá no se entere, solo a ti, como nadie más te quiere, y no sabes lo que siento cuando te hago sonreír. Menos cuarto. Pues me los estará poniendo y ya está. No lo voy a hacer. Podría, pero no lo voy a hacer. No, porque como ponga que está lloviendo en Escocia ya sé yo cómo me voy a. Una cuerna más en el salón, una cuerna menos, qué más da. Cuernos para todos. Que nunca culo contra culo. Yo esta gente no sé de dónde se saca estas cosas. Pero es que qué me va a decir a mí un sacerdote, que lo más cerca que ha tenido a una mujer ha sido a su madre y luego a las monjas que le ponen y le quitan la mesa. Pero esta gente. Esta gente con qué autoridá se pone a hablar de cómo me voy a dormir yo a la cama con mi marido. Es como si yo me pongo a hablar, qué te digo yo, de telecomunicaciones. Pues yo qué voy a saber sobre telecomunicaciones por mucho que tenga el aparatito del wifi en el salón y me lo cruce todos los días. Pues nada, qué voy a saber yo. Y estos ea, a opinar de cualquier cosa. Adán y Eva se pasaron de listos, pero ellos no, ellos pueden decir lo que quieran sobre el matrimonio. Qué va a saber un sacerdote. Que al amor se lo mira siempre a la cara. Pero qué sabrá él. Qué va a saber un sacerdote. Me voy a hacer musulmana. Musulmana. Hombre, musulmana me voy a hacer. Sí, con el burka voy a pasearme yo por la calle, con cuarenta y cinco grados en verano con el pañuelito en la cara. No, musulmana no. Me voy a hacer atea. Atea. Ya está. Yo apostato. Me va a estar diciendo a mí un tío de setenta años que no duerma culo contra culo con mi marido. No tiene ni idea. Están en otro mundo. No saben nada. Pero qué van a saber. En misa el otro día va y se pone don Juan Antonio a hacer un análisis del Evangelio, como si fuera eso un comentario de texto como los que hacían los niños en segundo de bachillerato, como si alguien lo estuviera examinando, en vez de hablar de lo que pasa en el mundo. Todos los años las mismas lecturas, todos los años las mismas, todos los días, como si hubieran puesto una cinta y ea, esto es todo lo que hay, dale al play, ya está, más allá de estas lecturas no hay nada. Es que no aportan nada. Son como un casete. Todo el santo día riñendo, todo el santo día. Qué hora es. Menos veintidós. Y cambiaría todo por ti, porque como tú no no hay. Porque no es. Y que como tú no hay dos, como tú no hay dos na na na na por ti, qué pesadez. Otra, venga, otra, si meto otra se va esta. Cuál. Cuál. Tú serás mi amanecer, el que llena de alegría cada hora, el que llega, me mira y menamora, tú serás mi amanecer, tú serás mi amanecer, solo tú tienes la llave de mi vida, el que cura y alivia mis heridas, tú serás mi amanecer, tú serás mi amanecer. A ver. A ver. Sí. Yastá. Ya se ha ido. Esto es como el hipo. Se ha ido. Sí. Tampoco sé qué íbamos a hacer. Él estudiando, que todavía le quedan dos años. Estudiando, muy bien, y ahora qué. Después qué. Después a sacarse el MIR y a ponerse a dar vueltas por toda España como una peonza. Y eso si se lo saca a la primera, que con tanta clasecita de pádel no lo tengo yo muy claro. Un médico qué gana. Pues con su edá mil y pico euros. Y qué hacemos con mil y pico euros entre dos. Nada. No hacemos nada. Se paga el alquiler con eso, una compra basiquita en el supermercado y ya no da ni para pagar la luz. Con mil y pico euros hoy no se va a ninguna parte. Si lo que pasa Felipe cada mes a mi cuenta son dos mil quinientos. Es que qué vamos a hacer con. Con eso no se puede. Cuando tenga cuarenta y tantos ya se pondrá en los cuatro mil si hace guardias. Si hace guardias. Porque si no las hace qué. Si no las hace qué. Veinte euros la hora, ¿no? Veinte euros la hora leí el otro día que ganaban. Pues veinte euros la hora, si están ocho horas al día, cinco días a la semana, a ver. Veinte por ocho. Veinte por ocho, ciento sesenta, ciento sesenta por cinco. Ciento sesenta por cinco, a ver. Cero, treinta, me llevo tres. Ochocientos. Vale. Ochocientos euros a la semana. Ochocientos euros a la semana no está mal. Hombre, está bien. Ochocientos por cuatro. Ocho por cuatro, treinta y dos, y dos ceros más, tres mil doscientos. Hombre, no está mal tres mil doscientos euros. Eso, brutos. Netos no sé cuánto será. Dos mil ochocientos y pico, digo yo, o dos mil novecientos. Cuánto se quita de retenciones. Yo creo que siempre es como unos cuatrocientos euros. Pero no sé. No, yo creo que eso va por tramos, que mientras más ganes, más te quitan. Pero esto es ya a partir de los cuarenta. A partir de los cuarenta y tengo yo ya sesenta y pico. Pero es que mientras tanto con mil euros al mes dónde vas tú. Mil euros al mes, tú me dirás dónde vamos. Lo bueno es que niños ya no habría que contar. Que no, que con un médico questá empezando no se va a ninguna parte. Pero si es que sigue en la universidá. Mamá me retira la palabra. No me vuelve a mirar a la cara en la vida, como cuando me gritaba de pequeña porque me había ido sin hacer la cama, que luego no me podía mirar a los ojos. A mamá la mato. Y a papá lo resucito, me mata y luego se muere del esfuerzo otra vez. Pipe porque un día llega a casa de la universidad con una banderita morada colgando de la mochila y ya, alegría, todos con todos, todo le da igual, pero Alejandra no me vuelve a hablar en la vida. Me bloquea hasta en el teléfono. Con lo orgullosa que es. Pero que da igual, si es que da igual. Si es que con mil euros no se va a ninguna parte. Ahora muy bien, pero es que no se va a ninguna parte. Así no hay problemas. Así, como está, ah, joder.

Es esta almohada. Me ha sonado como si tuviera un sonajero en las vértebras. Esto de las plumas ya no tiene sentido, tienen que ser viscoelásticas, si por algo serán las que están ya en todas partes. Mañana compro otras. ¿De setenta y cinco o de sesenta? Yo creo que setenta y cinco no eran. Mañana las mido. Mañana. Mañana digo yo. En un rato. Menos dos minutos las cuatro. Pues ya estoy desvelada, ya no me duermo yo. Creo que no me queda. Un momento. En el neceser de viaje a lo mejor sí. Dormidina seguro que no, pero yo creo que dos o tres relajantes los dejé, creo yo, vamos, yo creo que sí, estoy segura, en el bolsillito que está pegado a la pared del neceser. Seguro, sí, sí. Yo recuerdo haberlos visto hace poco. Seguro, cuando fui a sacar el lápiz el otro día, las letras son azules. Las cuatro, ponle ocho horas más o menos. Pero vamos, ocho horas no me hace eso efecto. Seis. Bueno, para las doce ya como si pues nada. Persiana cerrada. Con mil euros no se puede. No. Es que no se puede. No da ni para la luz. Pero yo a lo mejor. Yo a lo mejor puedo en algún momento. Pues no es mala idea. Vamos, Alejandra lo ha. A veinte euros cada uno y si las hago de doce, veinte por doce. Ya es un dinerito. Si nos vamos fuera, a una casa fuera, en un pueblo, lo monto ahí, pongo ahí mi estudio, lo pinto. En Mallorca, que allí hay mucha cerámica. Pues treinta euros, cuarenta, que luego hay que enviarlo. Yo creo que sí. Si él trabaja de día y yo. Es que qué voy a hacer si no. Porque de lo de Felipe ya nada, y con lo que tengo ahorrado da para unos meses, pero después. Yo creo que si estamos en un pueblecito y nadie molesta. Yo puedo vendé mis platos. Cada uno cuarenta, y si vendo doce. No tardo tanto en pintar doce. Tampoco voy a fabricar yo los platos, solo los voy a pintar. Bueno, da. Da. Con eso, mis ahorros y lo que él gane. Da. Otra vida, pero da. Alejandra ya es mayor. Después de la boda. Después de la boda cojo mis cosas y me voy. Bueno, cuando él acabe la carrera, que si no no va a poder tampoco trabajar. Anda que ahora. Ahora con la petarda de Bárbara pajareando en cada clase. Ayer se reía como una tonta, fortísimo para que todas nos enteráramos, parecía una cotorrargentina, que hasta Eugenia y Reyes Vázquez la miraron. Es queso era. Bárbara quiere algo. Siempre quiere algo. Nunca se acerca a alguien si no quiere algo.

Veinticuatro

El jueves por la noche, después de tomar una cerveza con sus amigos junto al trabajo, cerca de Cuzco o un poco más allá, en Almagro, o con su tía Águeda, en casa, junto al Bernabéu, Gonzalo preparaba su bolsa de viaje y al día siguiente, cuando ya había atravesado la Castellana con la corbata enrollada en el bolsillo de la chaqueta, llamaba al telefonillo del número trece de Ortega y Gasset y pedíamos dos tapas de tortilla en Casa Dani. La barra del mercado de la Paz era nuestra línea de salida del fin de semana. Gonzalo dormía conmigo hasta el domingo. Se escapaba de su tía tras explicarle que había planeado un viaje con amigos y se instalaba al otro lado de mi cama. La última planta del número seis de la calle Gutiérrez Solana se quedaba de nuevo muda. Solo el presentador del telediario, hasta donde conocíamos, le llenaba a Águeda los oídos.

A Gonzalo no le preocupaba. Se recordaba en voz alta que su tía merendaba el sábado con amigas y que con ellas tomaba cada domingo el aperitivo después de misa. Estaba acompañada. Nosotros solo debíamos evitar vestir de verde quirófano a sus escoltas. Por esa razón, durante el fin de semana no traspasábamos la intersección de Serrano con Juan Bravo. En aquella zona comenzaba el territorio de Águeda. Más allá de la parroquia de San Francisco de Borja, las calles incrementaban las probabilidades de que un viandante llamara en su nombre al 112 por una urgencia médica. Su tía no debía vernos juntos. No podía saber que compartíamos techo, cuarto de baño y cama antes del matrimonio. Le habría dado un infarto.

A Mamá le habría dado otro. Si se hubiera enterado de que dos días a la semana dormíamos juntos sin estar casados, habría sufrido una embolia. Se habría quedado blanca, como desteñida, como cuando la operaron de apendicitis, y habría tenido que poner los pies en alto. Después no me habría mirado a la cara, si acaso hubiera podido desde Sevilla, en un mes. Me habría expulsado del piso de Ortega y Gasset. Si tú quieres vivir tu vida como a ti te dé la gana porque ya eres mayorcita, me habría anunciado, la vas a vivir desde el principio. Nunca lo tuvo que decir. Cuando venía a Madrid, escondía la ropa que Gonzalo iba dejando atrás en una caja del trastero. Doblaba sus huellas bajo candado.

En Sevilla habría encendido un escándalo. Me habría convertido en un tema recurrente, en una almohadilla para conversaciones. Las amigas de mi madre lo habrían cuchicheado cuando en una cena se hubiera levantado para ir al cuarto de baño. ¿Y a Sandra qué le pasa? Nada, que no lo está pasando muy bien. ¿Y eso? Su niña, que se ha ido a vivir con el novio. La mía me hace eso y yo la mato. La mato. En el colegio lo habríamos comentado en voz baja en el recreo grande, después de la comida o en el camino a los vestuarios, antes de educación física, o en el aparcamiento, esperando a que nos recogieran en coche nuestras madres. Habríamos dicho: ¿sabes que la hermana de Marta o de Rocío o de Julia o de Blanca o de Macarena vive con su novio? Dicen que quieren vivir juntos antes de casarse, por si acaso, por probar antes. Pero qué me estás contando. Te lo juro, me lo ha dicho ella. Qué fuerte. Pero eso no se puede hacer, ¿no? ¿Casarse no es que quieres a tu novio sea como sea? Si lo quieres de verdad, qué vas a querer probar. Pues sí. ¿Y entonces para qué te vas a vivir con tu novio antes de casarte? ¿Y para qué te casas entonces si ya vives con él? Pues no lo sé. Yo a la gente que se arrejunta no la entiendo. ¿Y ahora se va a ir al infierno? Pues yo creo que sí. Vivir con tu novio si no te has casado antes es pecado. Sobre el cuello de la hermana de Marta o de Rocío o de Julia o de Blanca o de Macarena se anudaba, entonces, una capa de polvo gris y seco, una cola de suciedad que la seguía como una tribu de moscas. A partir de ese momento era como las que salían en la tele, como las de las series de Telecinco o Antena 3. No había esperado al matrimonio. Era ahora como las que se manifestaban y aparecían en el telediario con felpas de rayas en el pelo, como las que tenían tatuajes de llamas de fuego en la cintura o de mariposas en el hombro, como las actrices que posaban en sujetador en las revistas de moda. Había perdido su valor. Ya no era como nosotras. Ahora era de los otros. Era una putita.

Los otros estaban por todas partes. Vivían entre nosotros y yo no me había dado cuenta. Eran incluso mis vecinos. Con diez años me había encontrado a uno en el quiosco. Un sábado, antes de salir hacia el campo de los León, Pipe y yo habíamos ido a comprar juntos dentaduras y palomitas. Queríamos las de la bolsa azul. Papá se enteró de nuestros planes y me dio dinero para comprar la prensa. La quiosquera de Felipe II rebuscaba al otro lado de los chicles y mi hermano acariciaba a su border collie, siempre atado a la puerta, cuando apareció. Llevaba una camisa celeste de manga corta y botines de campo marrones. Lo había visto alguna vez en el garaje, por la mañana, cuando íbamos al colegio. Le colgaba siempre una mochila del hombro. Cogió *El País* y dejó dos euros sobre el mostrador. Sentí miedo. La quiosquera estaba tardando demasiado. Me acerqué a mi hermano y me agaché junto al perro. No quería que el señor me mirara. Yo llevaba enrollado en el codo el *ABC*.

—Yo creo que vas a pasar frío.

Gonzalo me lanzó el jersey y repasó mi ropa doblada sobre la cama con los brazos en jarra.

—Qué voy a pasar frío si voy a estar todo el día dentro.

—Yo me llevaría el chaleco que te compraste en Nueva York, el de plumas burdeos.

—El de Uniqlo. Sí, a lo mejor.

—Yo me lo llevaría por si acaso. Frío frío no va a hacer, pero la humedad aumenta la sensación. Ten.

Había plegado el plumífero y me lo tendía desde el otro lado de la habitación. Miraba mi equipaje con media ceja alzada.

—¿Y por qué no te manda un vídeo? Lo de ir y volver en dos días no tiene ningún sentido.

—Porque no es lo mismo ver un espacio en persona que en el móvil. Y este va a ser complicado.

Hice un rollo con la camiseta y la encajé en una esquina del trolley. Había visto un vídeo en internet en el que una señora japonesa aseguraba que convertir la ropa en rodillos ahorraba espacio y desde entonces todas mis maletas y cajones parecían ensaimadas mallorquinas.

—Ya, pero es que va a estar lloviendo, y con lo torpe que eres tú te vas a comer el coche de enfrente en cuanto cruces el Negrón.

—No me voy a matar. Si chispea no pasa nada. Y si hay tormenta me paro en un pueblecito que vea en el camino, me pido un cachopito, ¡un cachopín!, y ya está.

Se había sentado en el borde de la cama. Tenía el pelo revuelto y las ojeras oscuras. En la comisura del ojo derecho, una maraña de venitas se le había saturado. Eran ahora del color del salmón. Los viernes por la tarde lo atropellaban. Salía de la oficina con el aspecto de un niño abandonado en el metro. Se ajustó el cinturón del albornoz y revolvió en su bolsa de viaje. Aún debía cambiarse antes de la cena de despedida que habían organizado para un compañero que en menos de una semana se instalaría en Dubái con su novia arquitecta. Gonzalo volvería a casa, si no estimaba mal, sobre las cinco menos cuarto de la mañana, aureolado por el leve tufillo a cuero rancio propio de la mezcla de cerveza y whisky. Ahora se masajeaba la sien con los ojos cerrados. Me arrodillé frente a él y le pasé la mano por la coronilla.

—Me voy a ir mañana y el martes antes de las siete estoy aquí, ¿vale? —susurré—. No va a pasar nada de nada. Yo te voy a traer una botellita de sidra y unos carbayones, ¿vale?, y el martes merendamos.

—Qué guarrada, por Dios, Alejandra.

—Bueno, pues moscovitas.

—Como te pase algo, el rifle que me vais a regalar por la pedida lo estreno con tu clienta.

Los brazos me flojearon y noté una sonrisa pellizcarme las mejillas. Aquella amenaza de asesinato era la declaración de amor más conmovedora que le había oído en las últimas semanas.

Pues mira: si calculas bien los tiempos, pueden cambiar la ceremonia y, como el sacerdote ya está reservado, que el día de la boda en vez de un matrimonio se celebren dos funerales: el suyo y el mío.

—Alejandra, te lo digo en serio.

—Encima, viudo sin serlo. Un viudo de mentirijilla. No te darían ni pensión. Todo el mundo te tendría pena, todo el mundo ay, pobre Gonzalito, los tres primeros meses, pero después se les olvidaría, como si solo hubiéramos roto y fueras un pringado que no lo supera. La verdad es que menuda putada, ¿eh?

—Qué burra eres cuando quieres.

Gonzalo se tiró en la cama con los ojos cerrados y se tapó la cabeza con un cojín. Se lo arranqué y me tumbé a su lado. Le di un beso en la frente. Su cara de preocupación me había cerrado la garganta.

Mi atención se movía a marejadas y yo había detectado el patrón. Íñigo se colaba en mi ánimo cuando estaba cerca, cuando su nombre revoloteaba a mi alrededor en voces ajenas, cuando delante de sus amigos o de mis amigas, de mi familia o de la suya, Gonzalo se mostraba arisco y contenido. Entonces Íñigo se infiltraba por las grietas y lograba rellenarlas. De lo que se me privaba, él lo restituía. Si en cambio conseguía pasar tiempo a solas con Gonzalo, si me llamaba «pichiruchi», algo que había encontrado en la única novela de Vargas Llosa que había leído, si me agarraba por la cintura cuando atravesaba el pasillo y me apretaba contra él, el nombre de Íñigo Amuniagairrea quedaba bloqueado. Descartaba continuamente que constituyera una situación merecedora de culpa. La posibilidad de que fuera pecado quedaba desechada. Lo incontrolable, lo surgido de un estímulo externo puntual, no podía serlo. Las emociones, a diferencia de los sentimientos, que necesitaban consciencia, que para consolidarse exigían voluntad, eran instintivas. Actuaban como un reflejo. El correteo de pies diminutos que sentía en el fondo del estómago cuando oía su nombre y recordaba que habíamos bailado en casa de Luisito Arangúriz no nacía de una orden consciente de mi cerebro. Las emociones entraban en erupción. Algo así, tan básico y animal, tan sencillo, no podía constituir infidelidad. Pero en algún pliegue del cerebro una alerta vibraba. Otra más abajo contestaba. Aún no había sacramento ni unión legal. Estaba en el tiempo de descuento. Hasta que los votos no se intercambiaran frente al sacerdote, nada podía conformar una infidelidad.

Me resistía a averiguar si constituía síntoma de algo, si aquello revelaba que lo que había asumido como amor solo era un destilado heredado de los años y del pastoreo familiar. No profundizaba en la sospecha. La dejaba en pausa para que otros asuntos me empantanaran las preocupaciones. Las tareas que rellenaban mi agenda neutralizaban la inquietud. Los preparativos de la boda estaban ensamblados, acababa de recibir la propuesta de una jubilada británica para asumir el diseño del hotel que había comprado en el interior de Formentera, una revista había solicitado fotografías del trabajo que acababa de terminar en Marbella y, aunque le habían denegado una subida de categoría, a Gonzalo le habían confirmado que su bonus anual se mantendría duplicado durante los tres próximos años. Si reenfocaba mi atención, la vida se encontraba en una razonable paz. Todo estaba bien.

Gonzalo volvió a taparse la cara con el cojín. Resoplaba como en un ronquido ahogado.

—Que es broma. Estás preocupado porque estás reventado. Es normal. Es que tienes los ojitos que parece que te vas a poner a llorar. Yo cuando he estado así he llorado hasta en el supermercado. Una vez, hasta porque no quedaba salmorejo fresco. No pasa nada, ¿vale? El martes estoy aquí. Que, además, el miércoles tengo reunión informativa con los del máster y el jueves viene mi madre para la prueba del vestido.

—¿Qué máster? ¿El de Londres? ¿Has quedado con tus amigas de Londres?

—No, hombre, el de negocios online que te dije hace tiempo.

Gonzalo se incorporó sobre el codo. Parecía que acabara de despertar de una siesta que se le hubiera ido de las manos.

—¿Qué máster de negocios online me dijiste tú hace tiempo? ¿Vas a hacer un máster de negocios online? ¿Por qué? No me habías dicho nada. Es la primera vez que oigo algo de esto.

Una cortina de decepción me atravesó el estómago. Lo vi desaparecer en el cuarto de baño mientras se deshacía del albornoz.

El espray del desodorante siseó enfadado. Me puse en pie de un salto. Notaba el cabreo caldearse en mis oídos.

—Pues no me estarías escuchando, porque hemos hablado de esto en el AVE volviendo a Madrid, vamos, te puedo decir hasta cuándo: hace tres semanas, en la cafetería, que te habías pedido tú una cerveza y unas patatas fritas, que nos encontramos a la vuelta, cuando volvíamos a nuestro sitio, a Chío Candau, que había ido a Sevilla por la boda de su prima. Hemos hablado de esto en verano, en el chiringuito nuevo que han abierto debajo de Los Pisos, que luego tenías el cumpleaños de Julito Olazábal. Hemos hablado de esto hasta con tu madre delante. Si lo saben todas mis amigas.

—Pues yo no me acuerdo de eso.

—Porque no me estarías prestando atención.

—O porque se lo has dicho a todas esas personas y a mí no porque has dado por sentado que me lo habías dicho.

Quise arañar la puerta del cuarto de baño. Gonzalo continuaba preparándose con una prisa imprevista. La preocupación de que me matara contra un quitamiedos asturiano había desaparecido de su voz. Del Gonzalo de hacía unos minutos solo quedaban los ojos enrojecidos. Con una mano se cepillaba ahora los dientes al mismo tiempo que se ajustaba el pantalón. Escupió en el lavabo y se roció de perfume. El olor a lavanda me abofeteó la nariz.

—Pero si hemos hablado hasta de que voy a tener que coger el metro ligero porque está en Pozuelo. Pero ¿puedes mirarme cuando te hablo, que parece que te estoy intentando cambiar de compañía móvil?

Gonzalo giró sobre sí mismo con pesadez. Me dirigía la mirada apoyado en el lavabo, con la cara ligeramente ladeada. Esperó a que dijera algo. Ante el silencio, cedió.

—Tienes razón, perdona. ¿Y cuánto dura?

—Lo que duran todos los cursos: nueve meses. Si es que ya te lo había dicho. Nueve meses, dos días a la semana. Empieza en septiembre y acaba en junio.

—¿Y cómo lo vas a hacer?

Se había incorporado por completo y había regresado a mi habitación. Buscaba sus zapatos debajo de la cama.

—Pues haciéndolo.

—Pero haciéndolo ¿cómo? ¿Es un máster de ejecutivos, los viernes por la tarde y los sábados por la mañana? ¿Has visto mi otro zapato?

—Debajo de la maleta. Es que no entiendo que cómo lo voy a hacer. Voy a coger el metro ligero, como te estoy diciendo, y voy a ir al campus en Pozuelo. Cuando sea, que no sé cuándo es, pero creo que no, que es martes y jueves a las tres de la tarde, el miércoles me lo dirán.

Gonzalo se encajaba el jersey frente a mí, al fin vestido por completo. Se palpó los bolsillos y salió al salón. Seguí sus pasos. Me sentí tonta de pronto, persiguiendo a quien no quería regalarme su atención, como un perro tras el dueño que acaba de servir la mesa.

—Pero ¿cómo lo vas a hacer? ¿Vas a venir desde Sevilla todas las semanas para ir a hacer un máster en Pozuelo? En Pozuelo, además. Qué se te habrá perdido en un máster de negocio digital en Pozuelo.

—¿Desde Sevilla por qué? Será desde aquí o desde Chamberí o desde Las Tablas o Mirasierra o Valdebebas o desde donde sea que vivamos. ¿Qué vamos a hacer en Sevilla?

Gonzalo deslizaba el dedo por su móvil sin mover la cabeza. De golpe levantó la mirada y bloqueó la pantalla.

—Ya están abajo. ¿Qué vamos a hacer? Vivir. ¿Qué vamos a hacer en Madrid después de la boda?

Un pitido fino, como un hilo, me culebreó en el oído izquierdo. No entendía lo que acababa de decir. Las palabras no encadenaban sentido. Las escenas de una vida en Sevilla procesionaron tras mis pupilas. Pasearía a diario, antes de la cena, por la orilla del río desde la que Triana se disfrazaba de Venecia. Me reuniría con mis amigas al menos tres veces a la semana para tomar una cerveza en El Porvenir o en Los Remedios, en alguna calle cercana a la parroquia, o en el Arenal, detrás de la Maestranza, o en el patio del Avelino de Heliópolis. Los niños aprenderían a nadar, a montar a caballo y a jugar al tenis, al pádel y al golf en el Club. Si nacían en verano, allí celebrarían sus cumpleaños junto a la piscina. Allí, correteando por los muretes que conducían al aparcamiento, se romperían una paleta de leche. Allí comerían por primera vez media ración de solomillo al whisky. En Sevilla vería a Mamá a diario. Vendría a casa un miércoles después de comer, o un domingo después de misa para dejarnos su bizcocho de limón, y me acompañaría al Sagrado Corazón para hacerme unos análisis de sangre en ayunas a primera hora de la mañana. La idea me reconfortaba y aterraba. En Sevilla no podría salir a la calle a pasear con música en los auriculares sin cruzarme con alguna tía segunda o alguna niña del cole o alguna compañera de pádel de Mamá. Decoraría solo hoteles. Las casas privadas con necesidades ornamentales no eran frecuentes en Andalucía. El dinero antiguo refrescaba las herencias con alguna pieza actual y el dinero nuevo solo quería mobiliario blanco y damajuanas con plumones en el vestidor. Allí no podría mezclar un pantalón de rayas y una camiseta con estampado de leopardo sin que mis amigas lo comentaran y mis conocidas cuchichearan. En Sevilla todas las semanas serían la misma. La vida de mis hijos sería una fotocopia de la mía.

La voz de Gonzalo se reenganchó a mis oídos. La sintonicé mientras razonaba que en Sevilla, más adelante, tendríamos casa. Sus padres planeaban dejarnos la que ahora tenían alquilada en Mateos Gago. En Madrid viviríamos de alquiler hasta, al menos, los cuarenta.

—Y si es de negocio digital, además, no entiendo que no lo puedas hacer a distancia. Menuda memez. Yo no me fiaría de un sitio online que no es capaz de dar clases a distancia.

Sentía los dedos fríos. Una madeja de angustia y rabia se me revolvía a la altura de los pulmones. Gonzalo había planeado el secuestro de mi vida. Las palabras se despegaron de mi lengua antes de que les diera permiso.

—Yo no me voy a ir a Sevilla.

Gonzalo ya había atravesado el umbral. Pivotaba sobre un pie para repartir su atención entre mi cara y el móvil, de nuevo iluminado en su mano. Me dio un beso en la mejilla y encajó la puerta.

—Ahora no, que ya están estos abajo desde hace un rato. Luego lo hablamos. Te quiero.

El portazo retumbó en el pasillo. La conversación se había cerrado. A menos que volviera a sacar yo el tema, Gonzalo acababa de pespuntarlo. Aquella noche volvería apestando a cuero rancio y por la mañana, resacoso, antes de que yo cogiera el coche en dirección a Asturias, solo tendría energía para mendigar un ibuprofeno y explicar que necesitaba una cerveza para rehidratar el cerebro. Encontré mi móvil y marqué el teléfono de la pizzería más cercana. Quería que el vestido de novia reventara, que estallaran todas las costuras a medida que la modista me lo cerrara. Quería que los cuatro kilos que ya había perdido se colgaran de nuevo de mis caderas. Pedí extra de pepperoni y rescaté una copa del fondo de la alacena. Abrí la nevera de un tirón.

Quedaba media botella de vino blanco y un par de cervezas que no recordaba haber comprado. Las debía de haber traído Gonzalo. Abrí las dos y me remangué la camisa hasta el codo. El líquido cayó enfadado, borboteando espuma blanca y densa. Estrujé las latas vacías sobre el fregadero.

Veinticinco

Se sacudía de un lado a otro como si hubiera arrancado ella sola a bailar. Con cada movimiento temblequeaba bajo las horquillas. Negué con la cabeza frente al espejo, me agaché y me volví a enderezar. La rama de metal se me clavó en el cuero cabelludo. No pasaba la prueba.

—Mamá, ¿puedes venir a ponerme bien la flor, por favor?

—¿Qué pasa, que no sabes?

—Es que no la engancho bien. Se me pilla en la cola y se me sale. En cuanto me mueva un poco, me sale volando.

—Ay, madre de Dios, qué torpe es.

Mi madre me rodeó y me alzó la barbilla frente al espejo. Estaba contenta. Llevaba toda la mañana tarareando la discografía de Siempre Así y probándose, en su vestidor, los conjuntos de la semana. Había renunciado al traje de gitana. Al cumplir los cincuenta anunció que todos sus vestidos serían, en adelante, míos. Ella no tenía edad para trotar entre adoquines con seis kilos de volantes encima. Además, la combinación de horquillas y goma de pelo, ajustadas y superpuestas, colocadas de tal manera que podrían haber garantizado la seguridad de una plataforma petrolífera en mitad del océano, había comenzado a provocarle jaquecas. A partir de entonces solo vestiría de calle para ir a la Feria. El traje, para alguien de su edad, repetía, resultaba ahora grotesco, como pasear en minifalda. Había pasado su época.

Había comenzado otra. El pelo se le había terminado de aclarar. El cloro de la piscina y el sol de las mañanas en el Club habían robado casi todo el castaño de su melena. En la piel se habían despertado las pecas, y un brillo suave le encendía las mejillas, ahora despejadas y tersas. Me había comentado que desde hacía un mes se realizaba masajes linfáticos en la cara, aunque yo sospechaba que un martilleo de dedos sobre las ojeras no comprendía también la capacidad de elevar cejas y pómulos. Estaba convencida de que algún tipo de jeringuilla había contribuido a limarle la flacidez. No lo admitió y no insistí. La vanidad, como la lectura o la cocina, se ejerce mejor en soledad.

—Ea. —Me dio una palmadita en el hombro—. Ya está. ¿Cómo vas ahora hasta allí? Coges un taxi, ¿no?

—¿Un taxi? En la vida he cogido un taxi para ir a la Feria. He quedado con Marta Soto en la Borbolla y ya vamos andando por el parque.

—¿Y luego vuelves o ya os quedáis allí hasta por la noche? Por si acaso.

Mamá me extendía una faja de tiritas que agradecí con la cabeza.

—Luego vamos a. ¿Tú has visto mi pintalabios?

—¿Cuál? ¿Qué pintalabios?

—El que llevo puesto. Uno que es negro por fuera y pone Nars en blanco.

—No. ¿Que vais dónde luego?

—A casa de la abuela de Cristina, que está en Sotogrande y le deja que vayamos a descansar.

—No será este.

—Este es. Gracias.

—Pues podrías ir a casa de Abuela a visitarla, que está sola con Gabrielita.

—Sí. Hoy no. Otro día. También puedes ir tú a verla, ¿eh?, que es tu madre. ¿Has sacado ya a Sol? ¿Alguien ha sacado a Sol en esta casa?

Iba de un espejo a otro con mi madre pegada a la falda. Me ajustaba el mantón por el filo del escote y me desenredaba los flecos, empeñados en trenzarse sin permiso. De reojo la veía observarme con recelo, como si algo en mi traje de flamenca no la terminara de convencer.

—Lo ha sacado Pipe antes, por la mañana. Creo que un pelito te tienes que aflojar por alguna parte, que te aprieta tanto la cola que se te van a leer los pensamientos en la frente.

Bufé con los ojos en blanco y me estrujé la cola contra la coronilla. Las raíces se revolvieron en mi piel, afiladas, y una presión suave se liberó hasta la mandíbula. Mamá dio un paso hacia mí con las manos en alto y le hice una finta cuando estaba a punto de rozarme la cara. Le di una patada al interior del traje, agarré el volante al vuelo y alcancé la puerta girando sobre mí misma. Oí a Mamá reír antes del portazo.

Marta me esperaba junto al quiosco del parque de María Luisa con el móvil en las manos. Estrenaba vestido, negro con lunares minúsculos de color crema y el filo de los volantes rematado en encaje. Lo complementaba con una flor de tonos fucsia y un mantón de manila marfil, con detalles azules y verdes, remetido alrededor del escote. No eran ya habituales los vestidos estampados. Los lunares habían quedado relegados a colores discretos y tamaños miopes. Los que llamaban la atención, los que se cuajaban de lunares del tamaño de galletas maría, eran una alerta. Señalaban a todas las extranjeras. Anunciaban que su portadora —madrileña, segoviana, parisina o de Badajoz— lucía un vestido antiguo, cedido por alguna prima o amiga que se lo había prestado en venganza por tener que cargar con ella durante los días de Feria. Sus trajes ochenteros, con mangas de farol, las humillaban frente a las feriantes locales, que durante meses habían ideado con la costurera sus nuevos diseños, más ligeros y fluidos, que durante semanas se habían tostado al sol y que durante días se habían alimentado solo con bebidas isotónicas para que al anochecer, cuando el rebujito y los montaditos les hincharan la barriga, perfilada sin benevolencia por la estrechez del vestido, el aspecto de embarazada no superara los tres meses de gestación.

Los vestidos goteaban por el camino hacia el albero de Los Remedios. Manchaban las calles como merengues gigantescos de colores que avanzaban por las aceras un poco torpes, a trompicones, como quien intenta andar por donde el agua de la orilla del mar roza ya la rodilla. Preconizaban, desplazándose a patadas o asardinados en los autobuses, el olor a buñuelos, cebolla chamuscada y carne a la plancha de los puestos motorizados de Carrero Blanco. Allí, junto al puente de la glorieta de las Cigarreras, se desenrollaba una cadena de furgonetas con freidoras y carteles de bocadillos que hacía de alfombra roja hacia las casetas.

No sabía qué sucedía tras ellas, en el ala izquierda de la Feria. Vista la portada desde la calle Asunción, lo que quedaba en su ala este me resultaba un misterio. Nunca había paseado bajo los farolillos que bordeaban el río. Todas las casetas que había visitado se situaban a la derecha. Se enmarcaban entre la calle Bombita y Pepe Hillo, entre Gitanillo de Triana y Juan Belmonte. En aquel rectángulo se concentraba todo lo que necesitábamos ver y conocer. Más allá solo había ruido. Lo que sucediera allí no era de nuestra incumbencia. No era nuestra fiesta. El flanco izquierdo funcionaba como una frontera, como la pared de un decorado. Era nuestro cementerio de elefantes.

No sabía qué pasaba al otro lado de la Feria. No sabía si, como en el nuestro, una niña de moño tirante lloraba cada año frente a un tenderete de algodón dulce y almendras garrapiñadas o si desde la cocina de las casetas se fugaban tortillas de patata al whisky y montaditos de jamón y huevo de codorniz con la audacia de una pandilla de presos capitaneados por Steve McQueen. En nuestro lado, cada tarde, cuando los caballos regresaban a sus cuadras, el empedrado se bañaba de agua y desinfectante que los servicios de limpieza disparaban desde sus camioncitos y la nariz se retorcía sobre la crema de albero con olor a pipí de caballo y lejía que pintaba de amarillo los tacones de esparto. Cada segundo, las barras de labios golpeaban, desde el interior del bolsillo que escondía el último volante del traje, los tobillos de las niñas que corrían entre las casetas. Algunas también sufrían el impacto del móvil entre las piernas, amoratador inmisericorde, baqueta de los talones. Otras, las más impacientes, lo encajaban en el escote como una pieza de tetris. Se arriesgaban a que la humedad del pecho bloqueara la pantalla o a que el sudor deslizara vestido abajo el teléfono. En cualquier caso, la función del móvil en la Feria era la de amuleto. Se portaba con la esperanza de que en algún momento, durante alguna fracción de segundo, la cobertura chisporroteara y estallaran las notificaciones de los mensajes pese a la saturación en la red que cada año provocaban miles de personas enlatadas en un único recinto. La Feria se convertía, así, silenciada, en una aldea en la que todo lo que sucedía quedaba embotellado.

Había comenzado a apreciar aquella semana de fiesta de manera reciente. Al regresar a la Feria tras un par de años en los que el estudio en el que trabajaba se negaba a conceder vacaciones tan solo dos semanas después de Semana Santa, sentada en la caseta de Rorro mientras su padre montaba en nuestra mesa una pirámide de platos de jamón serrano, revuelto de langostinos, quesos y carrillada y un grupo de flamenco afinaba en el escenario sus guitarras, me aplastó una paz densa e inquebrantable. Los cascos de los caballos claveteaban el suelo y las vendedoras ambulantes de claveles se lamentaban en voz alta de la falta de caballerosidad de los hombres, que no querían comprar una flor, a solo un euro, a sus mujeres. Todo seguía como siempre. El tiempo no la sacudía. Era la Feria la que lo atravesaba. Se repetían las voces, se superponían los sonidos, se tramaban los olores, se encajaban los recuerdos. Aquella trenza de tradiciones me amarraba a la tierra, anudaba la memoria. Los ritmos de aquel engranaje protegían del exterior.

Me dio vértigo, entonces, volver a Madrid. No identificaba nada parecido. Allí las costumbres eran individuales, se alzaban sobre los restaurantes a los que volvía los jueves por la noche, sobre la cafetería en la que sabían que a partir de las cinco solo bebía té y sobre las calles que tomaba cuando regresaba desde el centro, de vuelta a casa. No conocía nada más madrileño que el desarraigo.

—Eh eh eh eh eh. Dónde va la niña más guapa de Sevilla.

Me giré, en alerta. Una mano acababa de rozarme de pasada la cintura. Frente a mí, Íñigo Amuniagairrea se cerraba el primer botón de la chaqueta. Sentí un ancla caer desde el final de la garganta hasta el fondo del estómago. Estaba extraordinariamente guapo. El sol de algún torneo de golf reciente o de algún paseo a caballo por el campo le había quemado la nariz y sonrosado los pómulos, de forma que sus ojos se habían aclarado hasta parecer facetados en cristal. La chaqueta le estilizaba y las hombreras y la corbata lo revestían de una seriedad compacta a la que no estaba acostumbrada. Un pañuelo azul estampado con flores diminutas, intrincadas con pajarillos y enredaderas, al estilo de los diseños de Liberty, le asomaba del bolsillo del pecho. Aquellos dibujos habían cubierto de niña mis blusas, vestidos y lazos. Verlo en su chaqueta me repelía e intrigaba. Algo de pronto me azotó el cerebro. Íñigo se estaba dirigiendo a mí sin pronunciar las eses. Contuve el impulso de darle un empujón.

—No intentes imitar el acento, que parece que te han sacado de *Arrayán*.

—¿Qué es *Arrayán*?

—Es que por eso no puedes imitar nuestro acento. Marta, Leti, bueno, Rorro, tú ya lo conoces, Mercedes, Cristina, Íñigo. Es amigo de Gonzalo.

—Sí, nos lo presentaste la Feria pasada no, la otra.

Íñigo dio dos besos a cada una de mis amigas con calma, como si formaran parte de una recepción real. Pasó frente a mí sin acercarme la mejilla. Le fui a reclamar el saludo, pero me refrené a tiempo. Su perfume, fresco, ligeramente dulzón, me había alcanzado la garganta. En los oídos el corazón me tamboreaba, la sangre me atravesaba tan enfadada y veloz que el ruido de la Feria parecía de pronto acolchado. Leti sonreía suavemente, con la barbilla demasiado inclinada y los ojos entornados. Me planteé arrancarle la flor.

—¿Sí? Ni me acordaba.

—Yo sí me acuerdo de vosotras, aunque para Alejandra no seamos lo suficientemente memorables.

—Todo lo malo se olvida.

Las niñas esperaban detrás, arremolinadas, pegaditas como gallinas a mi espalda. Todas sonreían a Íñigo en silencio. Decidió capitanear la conversación.

—¿Adónde vais?

—A la caseta de Mer, que a las ocho su hermana baila bulerías. ¿Y tú?

—¿Qué edad tiene tu hermana?

Miró a Mercedes sonriente. Frené la respuesta de mi amiga antes de que la primera consonante saltara de la punta de su lengua.

—No la suficiente como para que evites la cárcel, Amuniagairrea.

—Si yo es por el flamenco. No hay nada más bonito que una niña de gitana bailando flamenco.

—Y tanto que niña.

—Qué esaboría estás, ¿eh? ¿Cuándo llega Gonzalo? A ver si te alegra la cara, ¿no?

—Se dice saboría, sin e. Pasado mañana.

—¿Y le has hecho la maleta para el fin de semana?

—Se la ha hecho él solito, que ya es mayor.

—Cómo estamos, ¿eh? Invitad de mi parte a un rebujito a la niña, que está más seca que la mojama. Encantado otra vez.

Lanzó un beso al aire y se alejó hacia un grupo que lo esperaba. Reconocí de refilón el flequillo de Javier León. Era el tercer año que venían a la Feria. Alquilaban una casa en el Prado y pasaban la semana fingiendo que eran sevillanos, comiéndose eses y declamando las virtudes de la «mansanilla». Se habían adelantado en esta ocasión a Gonzalo, que debía entregar un informe antes de iniciar sus vacaciones. No pasaría más de dos días con el traje de chaqueta. El viernes por la mañana, sus amigos planeaban interceptarlo de camino a casa y llevarlo a Portugal para celebrar su despedida de soltero. Dedicarían el fin de semana, me habían adelantado, a surfear y a pescar.

—Oye, es guapísimo. —La cara de Leti se había iluminado—. ¿Cómo se llama? ¿Íñigo qué?

—Bueno, guapísimo tampoco. Es guapo, pero idiota, y si eres guapo pero idiota solo eres mono. Íñigo Amuniagairrea de no sé qué.

Leti sacó el móvil de la manga de su vestido y escribió el nombre de Íñigo en internet. El currículum se desplegó bajo su pulgar.

—Universidad Pontificia de Comillas. Pues mira, tonto no es. Y a mí me ha parecido encantador, la verdad. ¿Es vasco?

—Sí, en Cádiz no se ha criado. Creo que es de Bilbao, pero sus padres se fueron a Madrid cuando era pequeño.

—¿Por ETA?

—Ni idea, vamos. Eso no lo sé, te digo pequeño y te digo doce años, pero le pregunto a Gonzalo si tanto te interesa.

—No, es por saberlo. Pobre.

—Pobre por qué, si te he dicho que no lo sé. A lo mejor es porque no encontraban ningún colegio decente para los niños o porque ascendieron al padre. Ni idea.

—¿Os acordáis de cuando decían que había un zulo en Los Remedios? Yo recuerdo que iba al oculista mirando los bajos de las casas, tipo las ventanitas de los garajes, muerta de miedo por si de repente estallaban.

—De eso no me acuerdo. De otras cosas sí, pero de eso no. Pero vamos, que lo de este niño es todo mentira. —Me recogí los volantes para intentar sortear un charco de desinfectante y pipí de caballo, pero el líquido ya había logrado alcanzar mis tobillos. Noté la arenilla del albero arañarme la piel—. Es un adulador como una catedral. Y va de gracioso, y de gracioso no se puede ir. Gracioso solo se puede ser.

—Es que tú eres una borde. A mí me ha parecido supersimpático.

Rorro se acopló al otro lado de Leticia para poder ojear mejor su pantalla. Sorteamos a una pareja de policías que conversaba con un adolescente de traje gris perla y pelo engominado. Le pedían el carnet de identidad.

—Os ponen por delante unos ojos claros y se os va la cabeza.

—¿Tiene novia?

—Que yo sepa no. Y mejor.

—¿Por?

—Porque un día está con una y otro día con otra. ¿Era la cincuenta y seis o la sesenta y cinco?

—Pues yo me pido el siguiente. ¿Dónde se pide turno?

—Tú no te pides ni la hora, Leticia, que vive en Madrid. Y tú tienes novio, qué me estás contando, Leticia Bernal. ¿Cincuenta y seis o sesenta y cinco?

—La Feria es larguísima.

—Lo único que te vas a pedir como hables con él más de diez minutos es un herpes. En serio, ¿Juan Belmonte cincuenta y seis o Juan Belmonte sesenta y cinco? —Me giré en busca de Mercedes—. Oye, ¿y estas niñas?

Habían desaparecido. Se debían de haber desviado hacia la caseta de Mercedes mientras atravesábamos un grupo de amigos y las habíamos perdido de vista. O se habían entretenido saludando a unas conocidas y no nos habían vuelto a localizar. Resolvimos que lo mejor sería recorrer todas las casetas cuyas direcciones nos sabíamos de memoria. En algún punto de aquel pueblo efímero nos volveríamos a encontrar.

Tenía las manos heladas, tan congeladas como si acabara de ganar una guerra de bolas de nieve. De noche, la temperatura de abril se desparramaba en el termómetro. La segunda luna de la primavera crecía como cada año en el cielo y el frío se escurría bajo las lonas de las casetas. El hielo del gin-tonic, aún firme en el vaso, me había insensibilizado los dedos. Era el segundo de la noche. Habíamos comido, bailado, bebido, dormido una siesta en el sofá y vuelto a comer y a beber. Había ido al cuarto de baño más veces de las que era capaz de recordar. La Feria refrendaba cada año, a través de las jarras de rebujito encadenadas, sus propiedades diuréticas. Y en esta ocasión, yo me había propuesto moderarme con los montaditos, los churros, los picos y las tapas. Faltaba aún la última prueba del vestido de novia y temía que los meses de pausa obligaran a aumentar los metros de tela de la falda. En mis matemáticas de la caloría, el valor de la sólida era incalculablemente mayor que el de la líquida. Para poder beber, debía restringir la comida.

Rorro montaba cola frente a la barra. Tenía un cometido. Cada día planeaba permanecer en la Feria hasta las doce para poder, a la mañana siguiente, levantarse a las seis y estudiar hasta el mediodía de forma que, al atardecer, pudiera enfundarse de nuevo el traje de gitana. La última, había anunciado, y se iba a casa. El resto se había disuelto en la caseta. Charlaban con amigas y saludaban a conocidos mientras, en el escenario, los micrófonos cambiaban de manos. El DJ ajustaba su mesa entre los altavoces. Volví la vista a Rorro, que hablaba ahora con una niña rubia, de moño trenzado, y un flequillo desaliñado me atravesó el rabillo del ojo. Me enderecé en la silla. Javier León nunca andaba solo. Busqué con la mirada y todos los pelos castaños y acaracolados se convirtieron en una sola manta. Una mano me agarró el codo.

—Acompáñame al cuarto de baño, que un subnormal me ha tirado toda la copa encima.

Rorro caminaba con los brazos separados del cuerpo, como si fuera un espantapájaros. El alcohol le goteaba desde los flecos del mantoncillo. Estaba empapada. Miraba con asco, recostada en la celosía verde, la zona de baile.

—Ahora te secas con agua un poquito y ya está. No es para tanto.

—Te secas con agua, estupendo.

—Bueno, hija, te humedeces para no estar pringosa y te secas. Si esto pasa siempre. Ea ea ea. Es porque estás cansada. Pium pium. Sacude esos flecos. Sevillana Jones.

—Qué haces, estate quieta, que ahora encima voy a tener que llevar el mantoncillo a la tintorería y antes del jueves no me da tiempo. Putos borrachos. La gente no sabe beber. Oye —la mirada se le había encendido—, ¿esa no es Carmelita Andrade?

—¿Quién es Carmelita Andrade? ¿Tu nueva mejor amiga?

—Qué dices, Alejandra, por Dios. Una con la que dábamos clases de golf hace muchísimo tiempo, que era de las Irlandesas.

—¿La de la flor en la oreja? Ya me acuerdo, sí.

—Tiene narices que lleve la flor en la oreja.

—Creo que su madre era de Huelva. Oye, pues está delgadísima, ¿no? Antes tenía la cara redonda. Vamos, si es esa, antes tenía cara de hogaza castellana.

—Pero ¿ha llegado nueva a Sevilla hoy? La flor en la oreja que se la ponga en el Rocío. Aquí se pone encima de la cabeza.

Me enderecé y le liberé el mantón.

—¿Quieres que la llame y se lo dices? Si os llevabais superbién, ¿no? ¿No fuiste a su puesta de largo?

—No, quiero que me esperes mientras me seco. ¿Entras o te quedas aquí?

—¿Tú crees que nunca hay cobertura en la Feria porque todas llevamos la flor como antenas parabólicas?

—¿Te quedas aquí?

—Ni de coña entro, que ahí he visto cosas que no están permitidas en ningún país de la Unión Europea. Te espero aquí.

—Pero no te vayas.

—No me voy.

Una ola de gritos erizó la caseta. La música había comenzado a sonar de nuevo y los grupos de amigas se habían reorganizado en corros donde las niñas movían la cabeza de un lado a otro con la mirada perdida, como si hubieran accedido al éxtasis a través de los latidos del reguetón. Algunas parejas bailaban sonriendo, con las caras muy cerca, los brazos de ellas alcayatados en los cuellos de ellos. Me recosté contra la pared. La ginebra me había cambiado de marcha las ideas. Las palabras se difuminaban y reconstruían como en un televisor decodificado. Guardé el pintalabios en el bolsillo del vestido y, al incorporarme, un hilillo de aroma dulzón me rozó la nariz. Una mano me rodeó la cintura e identifiqué el olor. Sentí las manos viscosas, la savia y el jugo de la fruta infiltrándose entre las uñas, el rojo carnoso quebrando la piel morada, Pipe disparando piedras a las avispas, Abuela enjuagándome las manos en la fuente, las pepitas blancas crujiendo entre las muelas. Olía a las meriendas de verano en el campo. Olía a higuera.

Si hubiera tenido que ser precisa, si hubiera resultado necesario que fuera exacta, Íñigo Amuniagairrea tenía los ojos de color verde claro, algo acuoso, del tono de las hojas del eucalipto, y las puntas de sus pestañas eran tan claras que parecían de oro, como tallos de trigo. Sonreía sin despegar los labios. Su mano seguía en mi cintura. Notaba entre sus dedos los flecos de mi mantón. Me hablaba en voz baja, pausada, al oído.

—¿Sabes que no hay nada más bonito que una niña bailando bulerías vestida de gitana?

—Pues qué mala suerte. Esto es reguetón.

—Algo podremos hacer.

Le puse una mano sobre la solapa de la chaqueta y dio un paso hacia atrás. Sonrió.

—Como anfitriona, creo que me debes una sevillana.

—¿Una? Qué falta de ambición. Las cuatro.

Se acercó de nuevo y me dio un beso en la mejilla, cerca del oído.

—Mejor.

Se alejó y se disolvió entre volantes, corbatas y manos que señalaban al cielo. Sentí de golpe el corazón junto al tímpano. Necesitaba un vaso de agua. Tenía la piel de gallina y ya no hacía frío.

Veintiséis

El pulso me galopaba en el pulgar del pie derecho. Tenía las raíces del pelo enyesadas, me pesaban como si las hubiera cubierto de barro durante días y ahora, ya resecas, alguien las intentara agitar por primera vez. Sentía un alfiler en cada folículo del cuero cabelludo. La melena había pasado demasiado tiempo en la misma posición. La lengua se divorció de golpe del paladar, pastosa como un mantecado caducado, y abrí los ojos. La luz se filtraba a través de la persiana y me arañaba la vista sin misericordia. La una menos cuarto. Solo habían pasado cuatro horas. Me notaba febril, al borde de estrenar una gripe. Había olvidado tomar, al llegar a casa, dos vasos de agua y un ibuprofeno. Me envolví la almohada sobre la cara y un suspiro se me escapó desde la boca del estómago. Durante la semana de Feria no había horarios. El tiempo solo se dividía entre día y noche, sin reparar en las fracciones que lo desmenuzaban. Los detalles eran irrelevantes. Solo se tenía en cuenta el color del cielo. Me arranqué la sábana de un tirón. Si hubiera dormido en casa de Leti Bernal, llevaría ya dos horas despierta. Fer, el mayor de sus hermanos, tenía la misión de despertarlos en cuanto el reloj anunciara las once de la mañana. Entonces abría la puerta de la habitación de las niñas y comenzaba a rezar el ángelus en voz alta mientras subía las persianas. Una mañana perdida, repetían sus padres, era un día perdido.

No recordaba cómo había llegado a mi cama. El plan no había sido aquel. Yo tenía que dormir en casa de Leti Bernal. Por eso habíamos decidido recenar allí. Martita Soto y yo habíamos logrado convencer a todos de que desde casa de Leticia, en el Arenal, podrían interceptar en cualquier momento, sin problema, un taxi de vuelta. Nos habíamos comprometido a ayudarla a vestirse de amazona al día siguiente, cuando se estrenaría a caballo en la Feria. Sus padres se habían ido a El Puerto y, enfrentados a una horquilla, sus hermanos no eran capaces de distinguir el derecho del revés. No me acordaba siquiera de haber abierto la puerta de casa. Tenía parcheada la memoria. Marta Soto o los Prieto, que vivían en la calle de San Salvador, junto a la iglesia, debían de haberme puesto la llave en la mano ya frente a la reja de casa. Una punzada larga y fina me atravesó el ojo y me recorrió el oído. En la planta de abajo tronaban gritos. La alarma de la nevera, que avisaba de que llevaba más tiempo del recomendado abierta, acompañaba el alboroto.

—A mí no me desautorices delante de los niños.

—Por eso tú no te preocupes, que para desautorizarte tú solito te bastas y te sobras.

—Tú te crees que me puedes hablar así.

—Hablar así cómo. Hablar así cómo.

—Hablar como me estás hablando.

—Cómo te estoy hablando. Dime cómo te estoy hablando, porque yo no lo sé.

—Con ese tono de profesora repelente.

—Te estoy hablando normal.

—Tú no sabes lo que es normal. Tú no eres normal.

—Y tú eres anormal.

El pitido de la nevera cesó de pronto.

—¿Qué has dicho? Me parece que no te he oído bien. ¿Puedes repetirlo?

Me ajusté la bata y desencajé la puerta de la cocina.

—Pero qué pasa, que me habéis despertado con tanto jaleo que tenéis aquí montado. Qué son estos gritos.

Las pecas de Mamá se habían recoloreado y toda su cara mostraba ahora el aspecto del granito rojo. Estaba troceando tomate. Papá, que sostenía el periódico en la mano, tenía en la piel, de las orejas a la nariz y de la barbilla a la frente, el tono de un carabinero.

—En mi casa —mi padre continuó sin apartar la vista de mi madre— nadie llega a las doce del mediodía porque haya estado de fiesta. Esta es mi casa y se hace lo que yo diga, no lo que al niñato este le venga en gana.

—Pero a ti qué más te da que llegue a las doce o que llegue a las tres. Qué más te da. ¿Hay algo que no hayas podido hacer porque él no estaba aquí?

—Si viven en mi casa, se siguen mis normas. Y si no, la puerta está ahí, que es muy mayorcito para lo que quiere.

—Tu casa no es. Es la casa de todos. Y si quieres les pones una corrcíta y los atas a la barandilla de la escalera.

—Esta casa la diseñé yo y la pagué yo. Pero qué van a hacer estos niños contigo como ejemplo. Media hora ayer tarde a la comida con un cliente por la tontería del zapatero. Mira que hay días en el año y tú tienes que ir a arreglar unos zapatos un miércoles de Feria.

—Fueron veinte minutos, no media hora, y que alguien me diga a mí qué pinto yo en una comida de tus negocios. Y de esta casa tú pagaste la mitad. La otra mitad la pagaron mis padres. No vayas de no se sabe muy bien qué ahora, ¿eh? Tú pagaste una mitad y mis padres pagaron la otra.

—Mientras mis hijos vivan en mi casa, mis normas se obedecen.

—O las mías. Es tu hijo, Felipe, no tu becario.

—¿Naranjas para zumo no quedan, Mamá?

El aire había adoptado la densidad de la gelatina. Papá nos miraba desde la puerta respirando como si roncara, como un jabalí frente a un coche en la carretera. Mamá, con el cuchillo de los tomates en alto, parecía a punto de gritar. Las cejas se le relajaron al reparar en mí. Sonrió.

—En la despensa, pero la última vez que las miré estaban ya un poco pasadas.

—¿Tú alguna vez has comprado naranjas en el supermercado?

—No lo recuerdo.

—Ya, es que yo en Madrid no compro porque nunca sé si van a estar buenas. Como las del campo siempre lo están, todas me van a parecer malas.

El portazo del despacho de mi padre retumbó en la cocina. Mamá se movía de un lado a otro, callada o murmurándose el siguiente ingrediente del que debía hacer acopio cada vez que abría un armarito o cerraba un cajón, rodeando la isla como un perro muerto de sed. Recordé la mía y volví a ser consciente de mi lengua, que había adquirido ya la textura de un cepillo para zapatos. Dejé correr el agua del grifo y me recosté contra el fregadero. Mi madre me pidió otro vaso. Anunció en voz baja que se iba a tomar una valeriana.

—¿No viene Yolanda hoy?

—Lo ha pedido libre. ¿Qué tal ayer?

—Muy bien. Muy divertido.

La respuesta se había disparado de forma automática. Un líquido agrio me escaló por la garganta. Volví a abrir el grifo. Tenía la memoria recompuesta por remiendos. Las imágenes corrieron tras mi pupila. Una caña de lomo lonchaada sobre una tabla de mármol, una cesta con picos, unos filetes empanados, una tarta aún en su fuente y un puñado de cucharillas apoyadas en el borde. La mesa de la cocina de Leti Bernal era de madera antigua. Alguien hizo café. Blanca Prieto llegó cargada de patatas fritas. Las caras se batían. Me había quitado la flor y alguien la había colocado en un vaso de agua para que no se deshidratara. Marta Soto me la rescató riendo. No recordaba dónde la había dejado. El conjunto del día anterior había aparecido revuelto en el suelo en un volcán de algodón y seda. No conseguía enderezar las imágenes.

Mamá seguía tiroteando preguntas mientras, de espaldas, cortaba pimientos verdes en rectángulos. Quería saber qué vestido llevaba Rorro, si se había quedado hasta el final, si alguna de las niñas había estrenado mantón o si alguna había vestido de calle, si había visto a la hija de no sé quién, que había venido de Madrid, y a qué hora había vuelto.

—Podrías haber traído unos churritos, que te pillaba de camino.

—Como si te los fueras a comer tú.

—Por uno no pasa nada.

—Hicimos recena en casa de Leti Bernal. Había filetes, tortilla y tarta de queso. Y el hijo de los León le dio un bocado al pan de repente. Estaba Leti sacando la comida y va el tío y le da un bocado al pan.

La escena me arrolló la concentración. Ito León arrancaba de un bocado la esquina de una baguette. Alguien le dio una palmada en la frente. El flequillo de Javier León atravesó la cocina de Leti Bernal. Noté cómo mis ojos perdían el enfoque.

—¿Directamente?

—Sí, a la barra. Como un animal.

—Estaría borracho. Pues yo os voy a dejar un gazpachito hecho y si queréis le ponéis unos picos, pero filetes y tortilla no me pongo yo ahora a hacer, que ya estoy peinada.

Mamá se dio la vuelta y con un golpe de cuello se apartó la melena de la cara. Un destello le atravesó los mechones. Cerré la distancia de un paso.

—¿Y estos pendientes? ¿Te los ha dejado Abuela o te has hecho unos iguales?

Apartó la cara y regresó a su puesto con una cabeza de ajo en la mano.

—Me he hecho unos iguales.

—Ah, pues yo también quiero, que a mí me encantan los zafiros.

—No, tú no, que te van a hacer mayor.

—Pues para la boda son ideales.

—A ver, quítate de en medio, que así yo no puedo. ¿No tienes que desayunar? ¿No tienes nada que hacer? ¿Gonzalo a qué hora me habías dicho que venía? ¿No te vas a duchar antes? Hueles a alcohol.

—¿Yo? Pero si el rebujito no huele.

—Pues apestas a alcohol y a tabaco.

—Mentira. Ya nadie fuma.

—¿Para qué te voy a mentir yo? Hoy de beber, solo agüita, que te van a tener que ensanchar el traje antes de junio.

—Eso a ti.

El tufillo a ajo flotó por el aire, me reptó por la nariz y se me enganchó a la campanilla. Me entraron ganas de vomitar. Bebí de nuevo para frenar el comentario. La última vez que hice algún tipo de observación sobre su cocina fue en Navidad. Sin salsa, apunté, el pavo tenía la textura de un chicle usado. No me dirigió la palabra hasta la mañana siguiente.

—¿A qué hora llega Gonzalo, entonces?

—Como a la una y media estaba llegando a su casa, así que allí nos vemos, yo creo, como a las dos y media. Creo. Espérate, que le pregunto.

—Qué mala hora. No le va a dar tiempo a ducharse antes de ir a la Feria, va a tener que salir casi con lo puesto.

—He dicho creo. Le voy a preguntar.

Recuperé el teléfono de la encimera y desactivé el modo descanso. En el aparato brotó una notificación y el pulso de la sangre saltó desde el pulgar del dedo derecho del pie a los tímpanos. Aquel número de teléfono sin identificar había pasado antes por mi pantalla. Desde el invierno coleccionaba sus llamadas perdidas. La garganta se me había cerrado de pronto. «Me estuve fijando ayer y te lo puedo asegurar: lo de que eres la niña más guapa de Sevilla es verdad».

Veintisiete

Como si fuera una novedá. Como si fuera la primera vez en mi vida que voy al oculista. Ahora me voy a matar yo y verás tú todos de fiesta cómo los encuentran allí ahora si allí no hay y en el hospital no identifican mi cuerpo en la morgue y me creman y ya no saben si soy yo o un cenicero joder. La otra paleta. La otra paleta me voy a romper. Es como estar drogada digo yo que esto es como estar drogada porque yo nunca y debería por lo menos uno antes de morirme seguro que Pipe Pipe no diría nada alguna vez ha olido raro tampoco sé yo cómo huele la maría la marihuana pero a dulce y a podrido, asqueroso, una vez en exámenes. Soy idiota. Tendría que haberle dicho a Alejandra que me acompañara, que no le iba a pasar nada por llegar más tarde un día a la Feria, que parece que le han encargado reponer los farolillos. O a Pilar. O a mamá. Mamá habría venido. No, ¿a qué hora se iba a El Puerto? Once y cuarto creo que me dijo. Si Yolanda no llega tarde. Esa mujer siempre tarde, yo no lo entiendo. Es impresionante. Habrá llegado a tiempo, porque ya me habría llamado quejándose de que le duele la espalda de tanto esperar. Ya a esta hora estará casi comiendo. Le da ya todo igual, yo creo que solo se opera para que si un día con tanto paseo le da por salir de Sevilla no tenga que pararse a hacer autoestop, todo difuminado, joder. Si es que esto es como si me abrieran las compuertas del cerebro y me las dejaran al aire, la cabeza esto no lo digiere, está sobreestimulada, va a colapsar. Bueno. Bueno. Por aquí no pasa nada, todo recto Manuel Siurot y no pasa nada, en nada estoy en casa. Me pego a la paré y es todo recto. Qué hora es. Así no, así no veo, más lejos. Cualquiera que me vea. Parezco ciega con el móvil a medio metro de la cara, no lo veo bien. Creo que las trece diecisiete, la una y veinte. Pues ya llego tarde. Ya tiene que estar este hecho un basilisco. Como si es la reina de Inglaterra, a mí qué más me da, que no me meta en líos. Veintisiete años lleva metiéndome en líos. En qué momento yo. Qué tío más pesao. Está siendo con los años. Con los años se le está yendo la cabeza. Es un jartible, como dice Jaime. Tiene palabras muy graciosas, lo de jartible y qué es lo otro que dijo el otro día, que me hizo una gracia coño ya con las bicicletas, joder, que un día me llevan por delante. Estoy de un deslenguado que cualquiera que me oiga me pone dos euros en la mano y me pide a cambio unas braguitas de algodón. Pero es que son unos animales, así no se puede ir por la calle. Ahí va uno, ¿eso es verde o amarillo? Yo creo que amarillo. Es verde. Es verde porque si no no lo vería. Es verde. Pare usté pare usté. Mejor así. Es que era una locura lo de ir andando. Ahora el cinturón, que pita esto como si hubiera robado algo. Me iba a estampar contra un árbol y dentistas de guardia no creo que haya. Al oculista hay que ir con alguien. Alejandra tendría que haberse ofrecido. Para qué me habré pasado yo toda la vida llevándola de un sitio a otro para que ahora no sea capaz ni de ir conmigo un momento al médico. Con la boda y lo de la revista, que se lo ha creído. La pobre se lo ha creído un poco, se le ha subido un poco a la cabeza lo de salir en la prensa, en los quioscos, como si fuera de golpe y porrazo la princesa de Mónaco, no sé yo. Lo puedo entender, pero ya no tiene edá para estas cosas. Ser joven es ser egoísta, pensar todo el rato en ti en ti en ti, pero hacerse mayor es dejar de estar obsesionado contigo mismo. Por eso una cosa es ser joven y la otra es hacerse mayor, porque una cosa es natural, no hay que mover ni un dedo para ser joven, solo no matarse, con que no te mueras es suficiente, y la otra exige esfuerzo, es más una acción. No sé. Ya crecerá. No sé ni qué estoy diciendo ya, qué hartura. La dichosa pupila dilatada es como estar drogada, voy a empezar a ver pollitos dando saltos en el asiento de al lado. Crecer va a tener que crecer si se quiere casar. El vestido le queda fenomenal. Le hace un fachón, hay que estar ciega para no verlo. Es que ahora es otra cosa. ¿Qué habrá perdido? ¿Cinco, seis kilos? No lo va a decir en la vida. Porque aquí comía con normalidá, vamos, yo no me acuerdo de ella diciendo no, esto no, que estoy a dieta. Con lo orgullosa que es. No lo va a reconocer. Había una niña, yo no me acuerdo de quién era, pero había una niña en su clase que solo comía latas de atún de enero a junio. Quién era, por Dios. No me acuerdo. Más le vale que espabile porque para casarte no puedes estar todo el día yo lo esto, yo lo otro. Que luego ya se aburrirá, como todos, como todos nos hemos aburrido, todos al final cenamos en silencio, como en la película esa de Odri Jépbor, pero por lo menos los primeros años que crea por lo menos un poco. Los dos o tres primeros años hay que creer. Con Gonzalito ha tenido suerte. Mejor que Martita Soto, que Rorro y que todas las niñas, que yo no daba un duro, pero al final la que mejor de todas ha salido ha sido ella. Gonzalo es una monada. Las flores que mandó cuando lo de la paleta, ideales. Un poco pelotilla porque a lo mejor no era para tanto, vamos, un poco exagerado, pero normal, normal cuando te vas a casar con la hija de alguien, pero ideales, un detalle muy bonito, Felipe nada, encima decía que ni se notaba el subnormal. Y decía ahora que iba a subir las tarifas aunque también por muy arquitecta que sea, el dineral que cobra la niña por elegirte el color de los sofás tiene tela. Tonta no es. Que te paguen lo que le pagan por escoger un sofá es un talento. Hombre. Y tanto. Lo mejor es que ella trabaje, que se entretenga y que tenga su dinerito, pero sabiendo que si le apetece quedarse en casa con los niños puede hacerlo. O que si ya no está de moda lo que hace no pasa nada, que no se va a morir del asco. Pero sí, dinero suyo, propio, tiene que tener porque si tiene que estar esperando a que se lo pase Gonzalo y luego él le pregunta y esto qué es y esto que te has gastado aquí dónde. Que no, que no, que luego va el desgraciado y te cambia el coche por otro porque se cree que todo es suyo, todo lo que baña la luz es suyo, que ni mamá ha estado así, vamos, aquí la tonta más tonta he sido yo. Por tonta. Y si el vestido no le gusta, se aguanta. Un traje de chaqueta. Cómo se va a poner un traje de chaqueta. Si te casas hay que ir de novia, velo y cola. Y si no quieres ir de novia, te pagas tú el vestido, pero yo lo que pago es esto. Guapa va a estar porque el vestido le sienta bien. Le sienta fenomenal. Qué más hace falta. Nada. Que llegue el día. Lo de las servilletas. Como entren bailando con las servilletas. Alejandra el otro día decía que sí porque Gonzalo decía que sí. Horterada más grande. Yo no sé de dónde viene esa moda, pero qué cosa más fea. Qué es lo siguiente. La gente no tiene personalidá, todas iguales, servilletita al aire, como cabareteros. Como vea yo una servilleta en el aire finjo que me desmayo y se acabaron las servilletas. Se acabó. Como lo de las despedidas de soltera. Todas niñas monísimas, pero de repente se van a no sé dónde, se ponen una camiseta y le ponen a la pobre desgraciada una peluca con mala milk y ya son unas cualquiera. Si es que ya está. Ahora a ver, que Alejandra retiene muchos líquidos y la Feria con tanto rebujito manzanilla las copas las tortillas los montaítos. A ver. A ver. Hoy qué día es. ¿Hoy qué es? ¿Martes? Hoy es martes. Seguro. La conozco. Esta ha ido. Dijimos todas que no y esta se ha plantado allí que estoy yo segurísima. Pero seguro. Ha ido y qué hora es.

Y todavía está allí apoyadita en la red. Es que tiene que ir, ella tiene que estar en todas partes. Ji, ji, ja, ja, qué bien tenerte para mí sola, uy, cómo ha sonado eso, qué boba soy, ja, ja. La vuelta. Que dé la vuelta. Cardenal Ilundain con Antonio Maura. Con cualquiera que salga entro yo. Si lo único que tienes que hacer para entrar en un portal es no tener mala pinta y luego en la mitá si te apoyas un poco contra la puerta la puerta resulta que está abierta, en Madrí, en el barrio de Salamanca, en Chamberí, en los Jerónimos. Todo abierto todo el rato, el portero leyendo el periódico, viendo *La ruleta de la suerte* en la tele. Si pareces confiada, nadie te pregunta nada, el truco es ese, confiada y bien vestida ya está, no hace falta más. Perfecto, aquí, sí, señor cállese que no veo tres en un burro que no sé si le estoy dando euros peniques o pesetas sus cinco céntimos ya está cuatro euros y veinticinco céntimos sea usté feliz qué barbaridá venga, tranquila. Yo estoy aquí visitando a una amiga. Visitándola porque estoy ciega porque me han dilatado las pupilas y esta es la mía esta es esta señora sí no se preocupe yo se la sujeto pase pase. Ya está. Se puede entrar en cualquier edificio si pareces medio normal, ropa planchada, pelo limpio, pasas. Cuál era el piso. Estos edificios con tanta escalera interior no me acuerdo parece un laberinto. Lo mejor es por la puerta de servicio. Por ahí no sale ella. Y si me la encuentro qué digo qué hago yo aquí. Está en el Club. Está haciéndose la graciosa enseñándole un vídeo de cerditos vietnamitas haciendo surf mientras bailan un tango. La que es mala es mala. Era por aquí. Como esté qué. Pues venía a ver a alguien. Siete siete siete no se cierra ahora la puertecita séptimo C creo que era. África Lora vivía también aquí, ahora no lo sé, pero vivir vivía aquí, no sé si en el tercero, no recuerdo ahora la letra. A África. He venido a visitar a África Lora y no hay más que ver. Como si ella no lo fuera a saber con lo mariliendres. Cómo voy a venir a por. Un piso. Aquí hay muchos pisos. Me agobian los ascensores de servicio, nunca hay espejos, es como si fuera en un ataúd. Prefiero subir andando. Cuarto, vamos. Virgencita, por favor, si está te prometo que vuelvo a rezar las tres avemarías antes de dormir, por favor, que esté, tres avemarías. Y un padrenuestro y un gloria. Quinto. Ya está. Séptimo. Vamos. Qué ruido hace, por Dios, la puerta qué vergüenza van a mirar por la mirilla y me van a no hago ruido. No hagas ruido. Qué hago aquí. No se oye nada no se ve nada por la mirilla lo bueno es que puedo decir que me he equivocado porque me han dilatado la pupila, lo bueno es eso, que digo que estaba buscando la casa de África Lora y que no veo ni media torta ahí suena. Ahí algo suena. No sé de quién es. Esa voz no sé de quién es. Ese acento no es de aquí. Venezolano o colombiano, me hago un lío, ecuatoriano, pero si no sé distinguir el granadino del cordobés, qué estoy diciendo. Mucho ruido no oigo no sé pero está tirando las bandejas contra la pared o no, esa es. Bárbara. Qué dice no entiendo qué dice no sé qué de dátiles. Dátiles con jamón tostado. Original, originalísimo, estamos de pronto en 1992, luego puede servir un cóctel de gambas como acompañante, cóctel de gambas y pastel de cabracho y un poquito de áspic. Y luego va de moderna y de la receta que consiguió cuando fue a un restaurante en los Alpes suizos que nadie más en Europa ha conseguido, sí sí, pero dátiles con jamón para el aperitivo. Nos quiere poner a todas como bolas. Como ella no adelgaza, que engorde el resto. Le vi los brazos el otro día, claro, como no se los veía desde el verano, y los tiene como hamacas jamaicanas. Es una mamarracha y una vienen para acá vienen para acá, vomito, no. Han cambiado algo de sitio. Pero qué está organizando esta un martes de Feria. Será para el fin de semana. Y lo organiza ya. Está loca. Es una maniática, se cree que va a salir en le ha tenido que reventar que Alejandrita saliera en una revista y ella no, con lo obsesionada que está con su casa, con su buen gusto, ah, el gusto tan exquisito que tiene siempre Bárbara Dosinfantes y quien ha salido es Alejandrita de la Cortina, que se lo ha currado, que lo ha trabajado, que sabe lo que hace, no esta mamarracha que lo que quiere es que la miren y que digan bueno, ya está, tres avemarías yo he dicho que tres avemarías y hoy rezo tres avemarías, Virgencita, te lo prometo. Gracias por retenerla aquí, gracias del alma. Luego no sé porque estas cosas se olvidan, pero tres avemarías hoy seguro. Yo creo que mejor por escaleras, que todavía me encuentro con alguien en el ascensor y. Pues la hija de África Lora estaba vendiendo unos cuadritos el otro día que no estaban mal, pinturitas abstractas. Vamos, que los colores eran siempre los mismos, azul buganvilla blanco amarillo negro, que los ve mamá y le da un derrame, pero ponerlo en una esquina del salón. Y además que Afriquita los está vendiendo casi por quinientos euros. Pues por quinientos euros no te compro yo cuatro rayones en un lienzo. Porque es que de pintura no sabe ni media jota. Se ha puesto ahí a pintarrajear y es lo que le ha salido. Vamos, si la gente paga por eso, digo yo que por lo mío, que se ve que hay más trabajo, que es figurativo, que no solo pinto, que dibujo. Te van a dibujar estas niñas una iguana como la del otro día, que le puse hasta oro en el chalequillo, por Dios, vamos, ni en veinte siglos. O las abejas o las frutas o el bodeguero sentado junto al rosal que pinté en enero en la bandeja. La luz esta por qué se enciende y se apaga todo el rato. Es de las de sensor seguro, alguien está entrando y saliendo al rellano cada dos por tres y me va a dar un ataque de epilepsia. Dos plantas más. Vamos allá. Pero claro, si trabajas y encima vives con tus padres, pues todo es más fácil, no te tienes que gastar ni un duro. Así monto yo también una sociedá. Hombre. Sin tener ni un gasto, solo caprichitos, la cosa es más fácil, en dos meses has ahorrado los tres mil euros. Tres mil euros creo que eran, sí. Y yo cuánto. Pues para que no se dé cuenta, ¿doscientos euros al mes? Si los voy sacando poco a poco bueno, pero por qué va a tener que no darse cuenta, qué tontería estoy diciendo. A mí qué más me da, como si no me fuera a dejar montarme lo que me dé la gana con mi dinero. En un año lo tengo. Si ahorro cada mes un poco, en un año, yo creo, más o menos, lo tengo. Y así voy haciendo diseños y los voy preparando. Y preparo una colección. Varias colecciones. Porque en tela también puedo. Hombre. En tela ya lo he hecho. En tela lo hice hace ya veinte años, pero sé hacerlo. Y así no tengo solo platos que todo el mundo pinta ahora platos. Hago platos, bandejas, vasos, jarrones, jarras, puedo hacer hasta un paragüero, que por eso en el norte pagan dinerales, paños, delantales. Y cada uno de una serie. Animales, los de la granja. Luego más british, luego más botánicos, luego más frutas alguien. Ahí viene alguien, bueno, será por vecinos si aquí hay siete plantas, puede ser cualquiera no es nadie Bárbara está arriba a lo mejor ha bajado en ascensor pues por la escalera de servicio no va a subir Bárbara no es dónde está el botón de abrir ahora corriendo no me acuerdo de si a la izquierda o a la derecha Beltrancito mierda la madre que lo trajo que no me vea no me va a ver paraplejia ictus me quedo quieta que no me vea no me ve no me ve no me ve viene para acá me ve se lo va a decir a su madre busca en el bolso mira en el bolso la loca me hago la loca qué qué no no no estaba en tu casa ja ja ja qué risa no qué casualidá cómo son las cosas no no tendría que haberla llamado tienes razón pero no ja ja no la quería interrumpir que sé que está muy liada pues nada que como a lo mejor se vienen a vivir a Sevilla Gonzalo y Alejandrita después de la boda ja ja quién lo iba a decir sí no sé qué va a hacer aquí la gente se decora solita sus casas bueno hoteles sí ja ja hasta debajo de las piedras los hoteles pues había una casa que había visto que estaba en alquiler y me he acercado a verla muy bonita mucha luz ja ja pero si vienen quieren jardín que para lo otro ya está Madrí ja ja qué bien sí a comer ahora ja pues pásatelo bien pásalo bien dale un beso a tu madre de mi parte ja ja ja eso adiós la madre que me parió. Esto por gilipollas. Por subnormal. En qué cabeza cabe es que en qué cabeza parece que tengo quince años qué cojones me pasa. Yo creo que se lo ha creído. Pero ahora se lo va a decir a su madre. Se lo va a decir a Bárbara y a Bárbara la conozco como si la hubiera parido y va a preguntar qué casa es la que está en alquiler y por qué no hay ningún anuncio y se lo va a decir al portero porque está loca. Está loca y se va a dar cuenta de que es mentira y voy a parecer yo más loca que ella. Está como una regadera. Yo soy idiota y qué iba a hacer no iba a hacer nada solo saber si estaba en el Club o estaba en casa ya está y qué iba a hacer si estaba en el Club iba a ir a por ella le iba a poner un laxante en los dátiles con jamón para que nadie quiera volver a su casa qué iba a hacer nada qué iba a hacer encerrarla en el cuarto de baño y no avisar a nadie robarle la ropa interior mientras se ducha quince años tengo quince años. No puede ser. Esto no puede ser.

Veintiocho

Sandra Narváez de la Concha recoge las cortinas del porche y una salamanquesa trepa sacudiéndose hasta el techo. El sol le pica en la frente y la chaqueta de punto que escogió esta mañana comienza a resultarle excesiva. A las doce ya hace calor. Ha oído en las noticias que durante la semana de Feria los servicios de urgencias aliviaron casi un millar de lipotimias. Ella aún recuerda las nevadas del mes de abril. La primavera, cuando era niña, le daba capotazos al termómetro y jaquecas a su tía. Un día las lavandas junto a la fuente agachaban las cabecitas moradas, chafadas por el calor, y otro desaparecían bajo una costra de hielo granizado. La certeza nunca parecía una posibilidad en abril. Tía Adela no guardaba el abrigo de piel hasta mediados de mayo y ordenaba a Emilia y a Juana mantener el patio trasero siempre surtido de leña para las chimeneas. Dormía cada noche con la ventana encajada, pero, por precaución, no fuera a refrescar, mantenía junto a la cama un brasero encendido.

Por el rabillo del ojo, algo llama la atención de Sandra. Un pájaro verde con el pecho gris picotea la lona de la piscina. Sandra le chista y el animal salta al césped sin revuelo. Se pone en pie y el pájaro echa a volar. No quiere ver a esos bichos en su jardín. En Sevilla están por todas partes. Alfombran las calles de excrementos y al atardecer, del parque de María Luisa a la avenida de la Borbolla, pían y chillan hasta formar tal estruendo que parecen haberse sincronizado con las profundidades del infierno. Cualquier día que vaya a casa de Sandrita le pide la escopeta a Felipe y acaba ella con todos en menos de una hora.

Sandra empuja el talón y el zapato se le desencaja del pie. La tierra húmeda se amolda bajo los dedos y los pájaros, de pronto, suben el volumen. Los coches que acuchillan de vez en cuando el aire de la avenida de Felipe Osborne se han silenciado. Algo tenía que hacer, pero no lo recuerda. Para algo había salido al jardín. La brisa sopla sobre su espalda y ella hunde los pies en la tierra. Tan importante no será si ahora no se acuerda. Quiere lanzarse a la piscina, que la ropa flote hinchada a su alrededor y el agua le atraviese las raíces del pelo e inunde sus oídos, que ahueque todo el sonido, que le conceda la ingravidez, pero aún está cubierta. Hasta que al final de la semana no lleguen Pilar y Roth no quedará inaugurada la temporada de baño. Deja caer los zapatos y arranca un puñado de ramitas de la buganvilla. Así, agachada, siente las vértebras lumbares descomprimirse, aunque desde la cadera izquierda una punzada de dolor le relampaguea hasta la planta del pie. Han retrasado la operación. La habían programado para el martes después de Feria, pero un malentendido entre cirujanos la ha empujado a final de mes. A Sandra el cambio le da mala espina. Teme que lastimen el nervio equivocado y quede anclada a una silla de ruedas. No es la vejez que había planeado. No está Joaquín con ella y no quiere quedarse también sin los paseos. Esto no lo ha elegido. Una sospecha le parpadea al fondo del cerebro desde hace algunos meses: en la vejez, como en la infancia, la libertad de decisión se disuelve. Los días dependen de la voluntad del cuerpo.

La cirujana le ha dado una laminita de pastillas. Le ha explicado que ayudarán a relajar los músculos y los pensamientos.

Necesita llegar en calma a la operación. Si por las noches el sueño la rehuyera, media dosis debería ser suficiente para conciliarlo.
Si el dolor le atravesara la columna, lo suavizaría. Le ha pedido
que, si al final recurre a ellas, espacie las tomas. El cuerpo se
acostumbraría y reforzaría su resistencia, de manera que la dosis
debería incrementarse. Le advirtió, también, de que no debería
mezclarlas con alcohol ni quedarse embarazada. Ambas rieron
mientras concretaban la nueva fecha de la cirugía. Ha tomado
una con el desayuno, pero, tras cinco horas, no distingue el efecto. Sandra regresa a la mecedora del porche y avisa a Yolanda. Ya
puede traer el aperitivo y, si lo ve por ahí, cree que está en la entrada o en alguna silla del salón, su bolso de cocodrilo marrón.
No hace falta especificar lo que debe ordenar en la bandeja. En
un cuenco pequeño, las aceitunas aliñadas en la cooperativa de
Morón de la Frontera que Felipe le trae cada mes, un platito de jamón con el tocino deshilachado, otro de queso de oveja con romero y tomillo y una canastilla de galletas saladas. Un poco de
todo, solo un cebo, lo suficiente para engatusar al apetito y pro-
teger el hambre.

Hoy ha pedido también champán. Rebuscando en la alacena
ha visto, bajo las bolsas de regañás, una botella de etiqueta naranja. Ese es el que le gusta a ella, el que cada miércoles le sirven
en la Bodeguita Romero. Lo metió en el congelador y le ha pedido a Yolanda que traiga una copa de balón con hielo. Puede dejar
la botella en una cubitera junto a la mesa. Es lunes, pero esta semana hay fechas que celebrar. El sábado, Joaquín y ella cumplen
cincuenta y tres años de casados. Aún lo están. La muerte solo ha
roto el puente físico. Sandra no comprende a los viudos recasados,
son cónyuges de segunda mano. El matrimonio es para toda la
vida y la vida, dice, no acaba con la muerte. Ella guarda respeto.
Se repite que es temporal, que volverán a estar juntos cuando ella

también muera. Le asusta no reconocerlo, le da miedo que en el cielo no exista la individualidad, que todas las almas formen una manta luminosa alrededor de Dios, extasiadas y homogeneizadas, juntos de la mano un obrero de las pirámides de Guiza, una violonchelista japonesa superdotada y un mesero español del siglo XVI. Si aquello fuera así, no tendría sentido la vida. Sería un pasatiempo. Estaría vacía. No quiere pensarlo. Bloquea la idea y rellena ella misma su copa de champán. Si el cielo no concede la felicidad concebida en la tierra, no le interesa.

El líquido le raspa el cielo de la boca. Hacía tiempo que no sentía el amargor del alcohol en la lengua. Nota incluso un chispazo marino en la nariz, como si el champán naciera de las algas. El que ella suele beber, de la misma marca, tiene un fondo más dulce, más amable. La botella, concluye, debe de haber sufrido el efecto de la humedad. No se le ocurre por qué no estaba con el resto de los vinos en la bodega. Ella, que lo toma cada semana, sabe que se ha conservado mal. Yolanda ahueca los cojines a su alrededor y le pregunta si necesita algo más. Sandra agradece el ofrecimiento y la asistenta desaparece de vuelta en la cocina. Huele de forma diferente. Ha dejado flotando junto a su cabeza un olor dulce y denso, parecido al de los lirios, pero más ligero, rematado por un hilillo de alcohol. Yolanda debe de haber estado hurgando en el cuarto de baño de invitados. Reconocería el perfume con la nariz tapada. Sandra había comprado aquella crema durante años para sus hijas. En los meses de verano, en El Puerto, las embadurnaba con la masa blanca, espesa como la arcilla cruda, cada noche al salir de la ducha. Las empastaba antes de ponerles el vestido de la cena, como si fueran un merengue italiano a punto de ocupar el puesto estrella del escaparate de una confitería. Estaba convencida de que la crema Nivea sanaba las marcas rojas que el sol les tatuaba en la orilla del mar. Las niñas se enrabietaban tras el masajeo que exigía la crema y bajaban al comedor con los muslos brillantes y la falda del vestido convertida en capucha. Les asqueaba la untuosidad. Decían que Sandra las había disfrazado de los pestiños de Encarna.

El perfume la ha despistado. Tiene el bolso sobre las piernas y no recuerda por qué. El calambre palpita desde las lumbares al talón y le hace recordar. Buscaba las pastillas. La de esta mañana, se repite, no le ha hecho efecto. Angelita de la Torre le había avisado de que aquello podía pasar. Sus nietos le han contado que en algunos medicamentos los fabricantes infiltran grageas falsas. En los blísteres, le han dicho, cuelan a menudo placebos. La dosis de aquella mañana ha sido uno de ellos con toda probabilidad. Más allá de la piscina, sobre la casetilla de piedra blanca, la flor de la pasión respinga a las órdenes del aire. Si ha hecho bien las cuentas, el arbusto sobrepasa ya los treinta y nueve años. Es la primera planta que Joaquín ahuecó en el jardín. Mientras los albañiles aún se deshacían del polvo del futuro salón, el nombre de Sandra sonó en el exterior. Joaquín la esperaba con las manos abiertas, las rodillas llenas de verdín y el cuello de la camisa cubierto de abono. Sonreía como si acabara de ganar la lotería. Arrancó una flor y se la tendió a Sandra. Le contó que la corona de filamentos representaba la de espinas de Jesús, que los estigmas eran los clavos, que los estambres eran las llagas, que los diez sépalos eran los diez apóstoles fieles. Al ver la cara de Sandra, se echó a reír. Aclaró que no era una invención propia, sino una interpretación de los jesuitas que en el siglo XVII llegaron a Hispanoamérica. Parecía decepcionada. Pero, añadió, la he plantado aquí para que, como en el jardín, en el fondo de nuestra vida esté siempre la pasión. Sandra soltó una carcajada y le dio un beso en la nariz. Joaquín la agarró de la cintura y se lo devolvió en los labios.

Bebe de su copa y las burbujas le arañan los dientes. No distingue ahora si es la segunda o la primera, pero el champán por fin le ha dejado de saber a mar. El jardín se columpia frente a sus ojos y antes de que dé una vuelta completa se agarra del caballete la nariz. A Alejandra no la ve contenta. No se ilumina como ella lo hacía con Joaquín. No se divierte. Parece siempre tensa. Incluso su hija Sandrita el día de su boda aparentaba más entusiasmo que su nieta. Por Gonzalo no debería ser. Es agradable y cariñoso y no solo proviene de una buena familia, sino de una buena familia con dinero. Con eso tendría que ser suficiente. Aunque quizá para Alejandra resulte un poco simplón. Cuando charla con él, siempre acaba gobernando la conversación. Habla sobre el campo y los toros y los viajes que organiza por medio mundo para jugar al golf o ir de cacería. Tal vez sea culpa suya. No debería haber llevado a Alejandra de niña tan a menudo a Madrid. Sus hijas al menos sonríen. Pilarita anda siempre ocupada con el catering y los niños, que casi todos los fines de semana participan en algún campeonato de equitación. Sandrita está entretenida. Ha pintado dos docenas de copas para el campo y la hija de una amiga le ha encargado un juego de bandejas y posavasos para un regalo de bodas. Ellas están bien.

Las yemas de los dedos le han comenzado a hormiguear. Le cosquillean como si la atravesara correteando una familia de ciempiés. En la espalda, el dolor ha desaparecido. Podría levantarse y bailar un fandango como una adolescente. Se mira los pies descalzos y ahoga un grito. Se le están difuminando. Los dedos se le están disolviendo en directo, se le están volatilizando. Aprieta los párpados, y cuando los vuelve a abrir, los dedos de los pies han regresado a su sitio. Los hombros se le han suavizado. Sandra nota los contornos del cuerpo ligeros y una presión reconfortante en el pecho, como si le hubieran rellenado las costillas con plumas y algodón. Alarga la mano y se lleva una loncha de jamón a la lengua. No llega a masticarla. Los huesos le flotan y los párpados le pesan. Parece que le hubieran colgado un buque de cada una de las pestañas. Algo en su pecho se hunde. El sol le calienta la cara amable, suave, como si excusara su dureza en los meses de verano. Sandra siente que la acunan. Su tía Adela siempre la sentaba en la mecedora oscura del patio de las lavandas. Busca a tientas la copa para refrescarse los labios y el brazo se bambolea desde su hombro. Nota un frío duro en los dedos y agarra el tallo de la copa. El cristal se quiebra contra el suelo.

Veintinueve

Un hombrecillo de luz bailaba bachata sobre Gertrudis Gómez de Avellaneda. El proyector parpadeaba y su sombra pasaba del rosa al azul a medida que aumentaba la velocidad de los pasos. Una chica con gorra de leopardo y sudadera gris dirigió su móvil al retrato durante unos segundos y reanudó a continuación su camino. Antes de atravesar el arco hacia la última sala, alzó de nuevo la mano derecha. Se disponía a entrar en una habitación en la que la iluminación provenía en exclusiva de un videojuego reproducido en bucle sobre las paredes. Media docena de armaduras montaban guardia recostadas sobre las pilastras de escayola.

A mi espalda sonó un insulto murmurado. No volví la vista. Sabía que encontraría a Gonzalo con la cabeza perchada sobre su teléfono móvil. De vez en cuando farfullaba algún taco o reía en voz baja, y sabía que ninguna de las reacciones emanaba de un arrebato de asombro frente a un díptico del siglo XVI. La única cartela que había leído con interés había sido la de la espada de la planta baja. De los abanicos nupciales había tomado una fotografía para mi madre y la suya, pues llevaba Tilda Maldonado unas semanas insistiendo en que Mamá pintara a mano los cuatrocientos veintidós abanicos para los invitados. A mi madre la idea le había entusiasmado. Casi medio millar de personas tendría en casa su obra. A mí me había repelido. No quería que nadie exprimiera un minuto más para la organización de la boda. No quería atender las sugerencias de la madre de Gonzalo, quien a última hora había decidido cambiar el color de su vestido de madrina, inicialmente de tweed rosa, por el magenta, el mismo que hacía seis meses mi madre había escogido para el suyo. Aquello era una afrenta, lo más parecido a un duelo que veían las calles de Sevilla desde el siglo XVII. Cuando se lo expliqué, Mamá se limitó a reír y propuso cambiar la tela de su vestido por una verde botella.

El Lázaro Galdiano siempre parecía vacío. Era un museo tramposo, del que nunca podía intuirse ni el número de visitantes que merodeaba entre sus salas ni la magnitud de las obras de arte alcayatadas en sus paredes. Todos los siglos se cobijaban en el palacete de la calle Serrano. Los perfumeros del XVIII y los trípticos del XV se repartían habitaciones y atenciones. El Greco, Murillo o los Cranach convivían tras la fachada salmón. Cuando de niña lo recorría con ella, Abuela solo me permitía pasear por dos de sus plantas. En las siguientes, apuntaba, indagaríamos en la próxima excursión. No quería, había entendido ya, que el cerebro se me aturullara. Gonzalo no corría ese riesgo. Lo único que había de él junto a mí era su cuerpo. Su concentración, por lo que intuía entre suspiros, estaba en el viaje que había organizado para el próximo fin de semana con sus amigos de Sevilla. Con los niños del colegio había decidido, a modo de despedida de soltero autopropuesta, ir a Croacia. Hacía medio mes que había viajado a Portugal con los de Madrid y una semana que había vuelto de Escocia tras participar en un torneo de golf. Este era el único fin de semana de mayo que se quedaba en España. Me había concedido a mí el timón de los días. Yo podía elegir los planes del viernes, sábado y domingo. El fin de semana era mi reino. Lo había inaugurado con pizzas, cine y cervezas en una calle de Trafalgar y lo había continuado con una visita al museo antes de una reserva de ramen en el barrio de las Letras. El domingo lo rellenaríamos con un paseo por el Rastro y el aperitivo en Chueca, donde había oído que un bar especializado en sándwiches de langosta preparaba los mejores vermuts del centro de la ciudad. Gonzalo se había reído ante la posibilidad de encontrar en su plato una pieza de marisco envuelta en pan de brioche. Hasta ahí, advirtió, llegaba mi mandato. Al mediodía vería a sus amigos para la ronda previa al partido del Real Madrid. Tenían invitaciones de palco.

A lo lejos registré un «se lía» metálico. Procedía del altavoz de Gonzalo, que escuchaba un mensaje de voz riendo con los ojos achinados. La mandíbula se me tensó. Me incliné para observar mejor el cuadro ante mí. Gonzalo era un niño chico con barba. La capacidad de atención solo se le activaba frente a lo que a él le interesaba. Un pitido en el oído me distraía del hombre con túnica burdeos recostado entre pan de oro. Se me contracturaban los músculos de la cara. Tenía que pastorear a Gonzalo.

—Mira, Gonzalito, este a lo mejor te gusta.

Tecleaba sonriendo al móvil. Al fondo de la sala, un guardia de seguridad paseaba de una pared a otra con las manos tras la espalda.

—Gonzalo.

Levantó la cabeza y bajó la mano. Aún reía en silencio. Me hice a un lado para que pudiera ver mejor.

—A ver, qué tenemos aquí.

Un olor denso, como húmedo y sucio, me escaló por la nariz hasta el entrecejo. Sentí el desayuno protestar en la boca de mi estómago. Le apestaba el aliento a café. Gonzalo no debía de haberse cepillado los dientes aquella mañana, antes de salir de casa. Junto con el serraje de la cazadora y su colonia de lavanda había alumbrado un tufillo letal. Di un paso hacia atrás para que él quedara enfrentado a solas con el cuadro.

—Guay, ¿no? Muy moderno. Parece un cómic. Un cómic o un videojuego.

Intenté leerle la cara, pero la giró de nuevo hacia el móvil.

—Pero ¿sabes qué es o de quién es?

Gonzalo volvió a alzar la cabeza. En su mano, los bocadillos de un chat grupal correteaban por la pantalla iluminada.

—Un hombre tumbado en un jardín. ¿Y cómo voy a saber de quién es si estás tapando el cartel?

Me miraba con una ceja ligerísimamente enarcada y la boca colgando. Su reproche no incorporaba chanza. Estaba comenzando a irritarse.

—Pues porque es de El Bosco, no sé. Es uno de los artistas más reconocibles de la historia. Es una cosa ya pop. Es como si te ponen delante a Homer Simpson. Todo el mundo sabe quién es Homer Simpson.

Gonzalo negó en silencio y se dio la vuelta. Continuó con la mirada gacha y la mano disfrazada de atril para teléfonos. Echó un vistazo a una vitrina que protegía un friso de marfil y desapareció de la habitación. En su lugar entró un matrimonio con botas de montaña y mochila deportiva.

La sangre me borboteaba en las sienes. Su forma de encogerse de hombros, con tal inapetencia que sentía que me había puesto los ojos en blanco, se reproducía ininterrumpidamente en el resquicio de mi cerebro encargado de modular la ira. Quería agarrar su teléfono y estamparlo desde la última planta del museo. Gonzalo era incapaz de regalar su atención a lo que él no hubiera decidido entregársela. Solo resultaba digno de ella lo que hubiera nacido de su propia iniciativa. El principal interés de Gonzalo era él mismo.

Los pies no habían esperado a la orden. Me habían conducido tras él. Lo único que me ocupaba la cabeza era el sonido de mi respiración, que resonaba en mi cráneo como si tomara aire a través de una armónica, y un hervor de palabras embarulladas que no conseguía desenredar. Lo encontré apoyado en la balaustrada de la escalera. Miraba ahora el móvil en horizontal, con un brazo cruzado sobre el pecho. Estaba viendo el fragmento de un programa de televisión. Tenía los auriculares puestos.

—Pero qué estás haciendo.

Gonzalo tiró del cable que le conectaba las orejas. Un lametazo hirviendo me atravesó el costado.

—¿Qué?

—Que qué haces aquí con el móvil, que pareces un niño chico al que han traído a rastras.

—Bueno, un poco sí, ¿no? Estamos haciendo lo que tú querías que hiciéramos.

La sangre pasó a mis mejillas. La cara me escaldaba hasta los ojos, donde las lágrimas comenzaban a montar filas.

—Porque tú dijiste que yo podía elegir lo que quisiera porque llevas un mes fuera de Madrid, qué me estás contando ahora.

Gonzalo se irguió. Enrolló los auriculares sobre sus dedos sin levantar la vista.

—Sí, pero una cosa es esa y otra que me pidas que me guste lo que a ti te gusta. Yo te acompaño, pero lo que no me puedes pedir es que me lo pase bien.

El matrimonio de turistas apareció de nuevo en la puerta. La mujer nos miró por el rabillo del ojo y guio a su marido hacia la siguiente planta.

—Lo que te pido es que por lo menos finjas que te interesa, porque cuando tenemos que ir de montería al quinto pino en el culo de Castilla-La Mancha yo no digo ni mu y te ayudo en todo lo que puedo, a tu ladito en el puesto, y tú estás aquí que parece que tienes siete años y te han obligado a ir de compras con mamá.

Gonzalo me examinaba la cara de arriba abajo, como si intentara encontrar los puntos de una operación de cirugía estética de la que no le había informado.

—Pero qué te pasa, qué haces gritándome.

—No te estoy gritando. Como me ponga a gritar se van a enterar hasta en Atocha.

El guardia de seguridad, que hasta entonces nos había estado observando desde su sillón de cuero marrón, se puso en pie. Nos indicó que bajáramos el volumen con las manos.

—Pero a qué viene esto. Si siempre que vamos a un museo es así. Tú vas mirando tus cosas y yo te acompaño. Pero a mí me da igual y lo sabes. Yo te acompaño por ti.

—Es que no ves que no es normal que te dé igual, que si yo te interesara, esto te interesaría también, que te pondrías a leer sobre esto el día de antes porque querrías poder hablar sobre el tema y causar buena impresión. ¿No ves que te doy igual? Es que te doy igual.

Noté un mechón de pelo en la boca y lancé la melena hacia atrás. Dejé que el aire me refrescara la nuca. Había comenzado a sudar.

—Pero qué estás diciendo. Si nos vamos a casar, cómo no me vas a interesar. ¿Estás loca o qué te pasa?

El pliegue de mi cerebro en el que estaba cobijada la ira se desarmó. Cayó al suelo chorreándome y una ola me arrancó desde los pies y me atravesó todos los huesos del esqueleto. Oí el timbre de mi voz escalar y durante un instante intenté dominarlo, pero la rabia eclipsaba a la vergüenza que me producía ser incapaz de mantener la compostura en público.

—Si no quieres estar aquí, vete. Te vas ya. Te vas al bar de enfrente, te vas a José Luis, que lo tienes ahí al lado. Te vas. Corre. Qué estás haciendo aquí. Vete.

Gonzalo levantó los brazos y dejó que se balancearan a ambos lados de las caderas, rendido. Su móvil, aún en la mano, comenzó a vibrar. Leyó la pantalla y su dedo dudó sobre los iconos. Intuí desde mi sitio el nombre de Javier León. Deslizó el pulgar hacia la derecha.

—Tío, luego hablamos, que estoy en un museo y tengo movida. Ahora te llamo. Con Alejandra, con quién si no. Ahora te llamo.

Antes de que terminara la última frase, el vigilante nos había alcanzado. Nos miraba con los pies separados y las manos colgadas sobre el cinturón de la porra. Parecía un vaquero de uniforme negro. Noté mi mandíbula desencajarse. Algo me apretaba el torso, me nacía de las costillas y me rodeaba el cuerpo. Quería explotar y arrasar con Gonzalo. El odio me estrujaba el pecho.

Gonzalo se disculpó y giró hacia las escaleras.

—Eh. Adónde vas. Gonzalo. Te estoy hablando. Adónde vas.

Se dio la vuelta al mismo tiempo que me siseaba. Una gota de saliva blanca salió disparada de su boca.

—Pero qué cojones te pasa. Se te ha ido la pinza o qué coño te pasa ahora.

—Voy a tener que pedirles que abandonen la sala. Están incordiando al resto de los visitantes.

El guardia de seguridad se había cruzado de brazos. Su cara se había endurecido.

—Perdón. Disculpe. No sé qué le pasa. —Gonzalo susurraba ahora—. Yo ya me iba, sí.

Un grito se me escapó de la garganta. Me había desanclado de mí misma. Me vi, con claridad y definición, empujando a Gonzalo escalones abajo.

—Eso, vete. A lavarte los dientes te vas. A lavarte los dientes.

Gonzalo frenó en mitad de la escalera. Me miraba con los ojos entrecerrados. Yo sabía lo que, en confianza, habría opinado él sobre aquel momento. Sabía que —si hubiera sido yo la receptora, si de aquello solo hubiéramos sido testigos en lugar de protagonistas— habría musitado que menuda escenita aquella y que había gente que debería necesitar un permiso para poder salir de casa. Sabía que lo farfullaría con la mirada fija en el suelo y las manos en los bolsillos, como si realmente no le importara y con aquellos comentarios solo quisiera recordar que él no era como la gentuza que montaba numeritos en lugares públicos. Pero en ese momento Gonzalo me desestimó. Solo necesitó sacudir el aire con la mano.

—Estás loca. Estás como una puta cabra. Como una regadera.

En el ojo izquierdo, una lágrima amenazaba con saltarme a la mejilla.

—Y te vas a casar con Javier León. Con Javier León te vas a casar, porque conmigo no.

—Como una puta regadera.

Oí sus pasos amortiguarse a medida que se alejaban y un pitido en los oídos me atravesó la mandíbula. El guardia me vigilaba, aún de pie. Salí del rellano sin dirigirle la mirada. Debía cambiar de sala cuanto antes. Necesitaba eliminar a los testigos de lo que acababa de suceder para que aquello no hubiera sucedido. Recordé que *El aquelarre*, de Goya, se conservaba en el edificio y me lancé a las escaleras. Nunca me acordaba de la planta en que lo alojaban. Una trabajadora del museo me indicó la ubicación en el mapa y apreté el paso. Me había incomodado su respuesta. Me había mirado con distancia, alejando discretamente el cuello. Sentí un golpe brusco en las piernas y descubrí a un niño de dos años mirándome desconcertado a la altura de mis rodillas. Su madre lo agarró de la mano con un resuello y lo aupó en brazos. El niño había roto en llanto.

Una cabra sentada sobre sus cuartos traseros, con una corona de laurel entre los cuernos, presidía una reunión de mujeres bajo la luna. Ellas la contemplaban arreboladas, con sus bebés alzados al aire. Se los ofrecían en sacrificio. Mis ojos, no obstante, no terminaban de registrar la imagen. Las manchas negras y marrones se emborronaban en su marco. La sangre en los oídos había cancelado el ruido y solo oía a Gonzalo repetir que estaba loca, como una puta cabra. Se había ido. Habría alcanzado ya María de Molina, camino de casa de su tía Águeda, mientras hablaba por teléfono con Javier León y le repetía que se me había ido la cabeza. El aire me había partido las lágrimas. Había salido del edificio y no recordaba cómo. Sentía la sal en la lengua.

Tenía que hablar con Rorro. Rebusqué en el fondo del bolso la forma rectangular del móvil que los tickets de compras, las llaves y la cartera se empeñaban en ocultar. La pantalla se iluminó de pronto bajo mi dedo y, en mi mano, las notificaciones se desplegaron. Tenía cinco llamadas perdidas de mi madre.

El corazón me trastabilló en el pecho. Pulsé el número y el timbre tembló junto a mi oído. El auricular se descolgó y una gomilla me anudó el estómago. Sus lágrimas ahogaban las palabras. Esta vez ni siquiera podía verla. Solo escuchaba a Mamá llorar.

Treinta

La mujer tenía las manos hinchadas y huesudas, como si la funda de la piel hubiera dado de sí sobre los huesos, se hubiera descolgado y vuelto a estirar. Eran manos de artrósica. Selló el papel y lo rotó hacia mí. Al bolígrafo le faltaba ya su capuchón.

—Pues una firmita por aquí y ya estaría todo.

Sonreí sin levantar los ojos del documento. Quizá una cláusula nueva había brotado entre párrafos mientras repasaba la habitación y ahora me encontraba a punto de garantizar, por contrato, la amputación de uno de los dedos de mi mano izquierda cada sábado de luna llena. A lo mejor había desatendido el apartado en el que permitía que una vez al mes asaltaran mi habitación y saquearan todas las chaquetas del armario. La goma del bolígrafo comenzaba a estancárseme entre los dedos. La estaba pringando de sudor. Me oí carraspear, y mi firma, teñida de azul, apareció bajo mi mano. La mujer tiró de la esquina del folio y puso otra copia frente a mí. Cuando ambas estuvieron firmadas, apartó una de mi vista y guardó la mía en un sobre. Me acompañó, bromeando sobre tintes vegetales, hasta la puerta. Oí el timbre del telefonillo pitar antes de subir al ascensor.

Las puertas estaban abiertas. En el número 20 de Argensola, las láminas de madera maciza habían deshojado el portal. En el interior, un antiguo paso de carruajes se presentaba recubierto de escayola y mármol blanco. Sobre las paredes, en los rectángulos verticales de los *candelieri*, querubines y animales trepaban por ramas y fuentes de piedra. Mujeres y hombres semidesnudos, esculpidos a escala humana, sujetaban con sus brazos el artesonado del techo. Abuela frenaba siempre frente a aquella entrada. Bajábamos por la calle Santa Engracia, girábamos en Génova, y antes de cruzar Orellana mi abuela Sandra estiraba el cuello en busca de las puertas abiertas. Me palmeaba la mano, templada en la suya, y esperaba la respuesta. Hasta los doce años confundí los nombres. Llamaba a las cariátides «katerinas». A Abuela le hacía gracia, hasta que un día en el campo Martita Soto le ofreció el pastel de miel que había preparado su nueva tata rusa.

Continué caminando calle abajo y giré hacia la derecha. Nunca recordaba si la puerta se abría hacia dentro o hacia fuera y la empujé de acá para allá y de allá para acá, apretándome contra el cristal para que la familia que merendaba en las mesas altas no percibiera el zarandeo de mi memoria. Señalé dos cruasanes en el mostrador y enristré la tarjeta. Volví a la calle. Al llegar al palacio de Longoria, la primera capa se rompió contra el paladar como un caramelo finísimo, un cristal de mantequilla y azúcar que se doblaba y derretía. Al cruasán, repetía siempre Mamá, jamás se le dan bocados. El cruasán se corta con los dedos. Cuando lo compraba para llevar, lo despedazaba en la intimidad de su bolsa de papel. Se deshacía en fibras, se quebraba como una hoja de palmera. El praliné llegaba del cabo al rabo del cruasán, de un pico a otro pico. Se tumbaba en un edredón de hojaldre. Explotaba lento, plop, al final de la boca, en el balcón de la laringe, entre las mejillas y las muelas, y cubría los dientes con una crema templada y densa. La bolsa de papel blanco se oscureció. La mancha de grasa, prueba del delito contra mi salud y mi armario, se extendió chivata como la sangre en la nieve.

En la plaza de las Salesas, un hombre ajustaba sobre un banco su saco de dormir. Hablaba con una mujer recostada en un carro de la compra con dos perros dentro. Busqué de nuevo mi cruasán. Le di otro pellizco y me lo llevé a la boca. Me arrepentí antes de tragar. No quería que me vieran comer. Pensarían que era una malgastadora, que desperdiciaba el dinero en naderías mientras ellos no tenían ni una almohada en la que descansar el cuello. Troté cuesta arriba como si acabara de recordar que llevaba prisa.

Una pandilla de perros perseguía una pelota en la plaza de la Villa de París. Los dueños hablaban entre sí bajo un árbol raquítico del que intuía en las ramas, por ser igual que los que flanqueaban la calle del General Castaños, unos brotes verdes y blancos, redondos como ampollas. Al otro lado, junto a la Audiencia Nacional, distinguí el pelo de Mamá. Estaba sentada al sol, con las gafas como escudo y la cabeza inclinada. Movió el brazo de un lado a otro. Sostenía una revista sobre las rodillas.

La idea de vender el traje había sido suya. La modista aclaró que ella lamentaba la situación, pero el vestido estaba ya confeccionado, solo faltaba forrar los botones, y por tanto debía abonar los honorarios de la costurera y cobrar las horas dedicadas. Mamá recordó entonces que en una calle de Almagro se había topado con un cartel en el que se anunciaba el alquiler por días de vestidos para novias e invitadas. Me acababan de pagar por él más de lo que mi madre había llegado a invertir. Lo único que habíamos perdido por completo eran las reservas del catering, los fotógrafos y el DJ. Además de la cara, que frente a cuatrocientas veintidós personas se me había caído de la vergüenza.

Los primeros días lloré. No tenía claro de dónde venían las lágrimas, pero me pillaba de refilón en el espejo del cuarto de baño, con los ojos hinchados y los mechones del flequillo pegajosos, y el llanto se hacía cargo de mi cuerpo. Me encontraba la esquina de una uña descascarillada y recordaba que Gonzalo siempre criticaba a las adolescentes con manicuras deshechas, decía que parecían cocainómanas. Abuela también. A ella le resultaban sucias, de persona poco fiable, de alguien que solo se duchaba una vez a la semana. No sabía por cuál de los dos lloraba. Concluí que solo por mí. Las lágrimas me mojaban los labios solo por mi propia pena.

Gonzalo me había sido desde hacía tiempo indiferente. Comenzaba a sospechar que solo me había atraído en realidad durante los primeros meses, cuando era el hijo del amigo de Papá que me prestaba atención, que me invitaba a cenar y me llevaba de viaje a Granada, a Tánger, a Lisboa y a París a escondidas de los adultos. El resto se había automatizado. Los casi siete años siguientes habían rodado sobre expectativas y costumbres. No quería indagar en ello. Lloraba por el tiempo despilfarrado y por cómo a mis amigas se les tensaron los labios cuando anuncié que ya no estábamos juntos. Lloraba porque sabía que las de Mamá comentaban la cancelación de la boda cuando caminaban hacia la cafetería del Club tras un partido de pádel, que cuchicheaban sobre el disgusto que debía de tener encima Sandra Medina cuando se encontraban por casualidad a la salida de misa, que elucubraban sobre infidelidades y egos mientras preparaban el aperitivo un domingo en el campo o cuando ordenaban en la bandeja los bombones para el café. Lloraba de vergüenza y coraje. Lloraba porque sabía, aunque no sería inmediato porque durante años habíamos vivido a quinientos kilómetros de distancia, que iba a echar de menos a Abuela. Las lágrimas y los mocos me atragantaban porque no volvería Abuela a desvalijar las buganvillas de El Puerto para llenar el salón de jarrones coronados de flores rosas, ni a atiborrarse de bizcocho y polvorones cuando creyera que nadie le prestaba atención, ni a meterme con disimulo un billete de cincuenta euros en la mano el día de mi santo. Lloraba por todo lo que no se repetiría, por el límite de las cosas, por el fin de lo posible. Lloraba por el pasado y por el futuro. Me acordaba de don Antonio Menéndez, un sacerdote del colegio que en la misa que se ofreció por una alumna que había muerto de cáncer nos preguntó por qué llorábamos si ella ya estaba en el cielo, y la rabia me prendía entre los pulmones. A mí el dolor no me rompía el corazón. Me rompía la garganta.

Ahora sentía que me habían desatascado el esternón. Gonzalo, tras desaparecer del museo, no me llamó hasta el lunes. Fue entonces cuando se enteró de que mi abuela había muerto, cuando el alcohol del fin de semana comenzó a abandonar su entendimiento y pudo descifrar la pantalla del móvil. Su familia al completo asistió al entierro. Me quiso abrazar y esquivé sus manos. Le dije que no hacía falta que me esperara tras el sepelio, que mi tía y mi madre preferían estar solas. Más tarde respondía a sus mensajes con un par de palabras hasta que dejé de hacerlo por completo. Sabía que no era una actitud responsable ni valiente, pero me daba igual. No me importaba. Sobre todas las emociones reinaba la indiferencia. Un día llamó al telefonillo de Ortega y Gasset. Anunció que quería hablar. Coloqué sus cosas en el montacargas del ascensor y le pedí al portero que se las entregara. Papá, más adelante, me gritó que era una caprichosa y una niña chica, que no me habían educado para tratar de ese modo a los demás, que las cosas no se hacían así, que no me iba a ir bien en la vida si no sabía acabar lo que empezaba. A Mamá le dije que Gonzalo estaba loco, que era un pesado, que iba a lo suyo, que solo hablaba de cacerías y toros y monterías, y con eso fue suficiente.

Algo había cambiado en mi madre. Desde la muerte de Abuela parecía que hubiera sustituido el café de las mañanas por una infusión de tila alpina. Al principio sospeché que había entrado en shock. Luego se dio de baja de la mitad de las clases de deporte a las que asistía en el Club, reordenó su taller y empezó cada día, desde las ocho y media de la mañana hasta la hora de la comida, a pintar. Por las tardes se lanzaba al centro y curioseaba en las iglesias del barrio de Santa Cruz, recorría las salas del Alcázar, paseaba por el Museo de Bellas Artes, fotografiaba los zaguanes entreabiertos que rodeaban la Alameda. Me explicaba que se estaba esponjando de inspiración, que iba a la caza de combinaciones cromáticas. Había registrado una empresa con su nombre y contratado a un programador para que diseñara su página web. La herencia de Abuelo y Abuela no la había enterrado. La estaba transformando en una tienda digital. Me había ofrecido pagar la matrícula del máster si, a cambio, la ayudaba a enderezarla. Comenzaría con tazas, platos, cuencos y bandejas. Tal vez paños y jarrones vendrían a continuación.

Aquel día, mientras yo entregaba el vestido, ella había salido en busca de unos pigmentos de lapislázuli que, según le habían informado, en España solo se podían conseguir en un taller de Lavapiés.

Mamá levantó la cabeza antes de que la alcanzara. Me repasó por encima de las gafas, movió su bolso de sitio y me senté a su lado.

—Bueno. ¿Qué te ha dicho?

—Nada, que todo bien. Y que durante el primer año, si lo alquilan mucho, te pagan además el diez por ciento de los beneficios.

—Anda. Como si fueran derechos de autor.

—Un poco sí. Toma. Para ti.

Dejé la bolsa de papel sobre la revista. Mamá la abrió con curiosidad.

—Uy. Relleno, ¿no? ¿Y tú no tomas? ¿Aquí solo engordo yo?

—Yo ya me lo he comido.

Mamá rio.

—Ya decía yo. Pues luego hacemos pilates, que esto no se va solo.

—Sí.

No añadió más. Me ajusté las gafas de sol y me acomodé en el banco. Me apretaba sobre el ombligo el botón del pantalón. Había engordado tres kilos en el último mes. Mis muslos parecían ahora salchichoncitos en proceso de secado dentro de mis vaqueros favoritos. Cada vez que los miraba me pillaba por sorpresa la ausencia de angustia en el fondo del estómago. Los hidratos, sospechaba, la mantenían bloqueada. Si quería deshacerme de la capita de grasa que ahora me redondeaba cintura, mejillas y piernas, solo tenía que cambiar progresivamente las galletas con chocolate de la merienda por fruta, avellanas y yogur, hasta que el azúcar refinado se convirtiera en algo tan extraño a mi boca que solo un pellizco me quemara en las muelas. Ahora el apetito domaba a la voluntad. Quería que en mi lengua los días se cerraran densos y rotundos, que envolvieran con hojaldre el fin de la jornada laboral. La cadena de esfuerzo y recompensa me serenaba el cerebro. A mi lado, oí las páginas rasgar la camisa de Mamá.

—¿Llevas mucho tiempo aquí?

—Qué va, cinco o diez minutos, pero estoy helada. Cómo puede hacer tanto frío a estas alturas del año.

—Porque lo normal es que en primavera la ciudad no sea un horno, sino que necesites por lo menos una chaquetita.

—Pues anda que tú vas como si fueras a la playa.

—Ya, yo me he equivocado porque iba a llegar tarde y me iba a tener que comer el vestido con patatas. Y no me he puesto nada al cuello y me voy a ir ahora con faringitis a Menorca.

Mi madre se irguió y la vi, entre las pestañas, recuperar su bolso.

—Espera espera espera. Que el otro día estuvo Yolanda limpiando tu cuarto y lo metí en el bolso para traértelo a Madrid y ahora ya no sé si lo he sacado o si. Aquí está. Muy mono. No había visto yo esto en seda antes. Es como los lazos que tenías de pequeña. De Londres, ¿no?

Mamá sostenía frente a mí un pañuelo azul estampado con flores diminutas, intrincadas de pajarillos y enredaderas. Lo sacudió y lo dobló como una cinta, primero los picos sobre sí mismos, para que quedaran escondidos entre los pliegues.

—A ver, muévete el pelo. Te podrías haber comprado un metro de tela y que te hicieran un pañuelo decente en vez de esto, que vas a ir asfixiada. Porque este es de bolsillo, tú lo sabes, ¿no? —Me pasó las manos por encima de los hombros y anudó el pañuelo ligeramente hacia la izquierda—. ¿No te agobia?

Negué con la cabeza. La garganta me apretaba de pronto. Un olor dulzón me acababa de alcanzar la nariz.

—Muy guapa. Y sin faringitis.

Abrió la bolsa de papel de nuevo y la vi, desenfocada, dar un pellizco al cruasán. Todo olía a higuera.

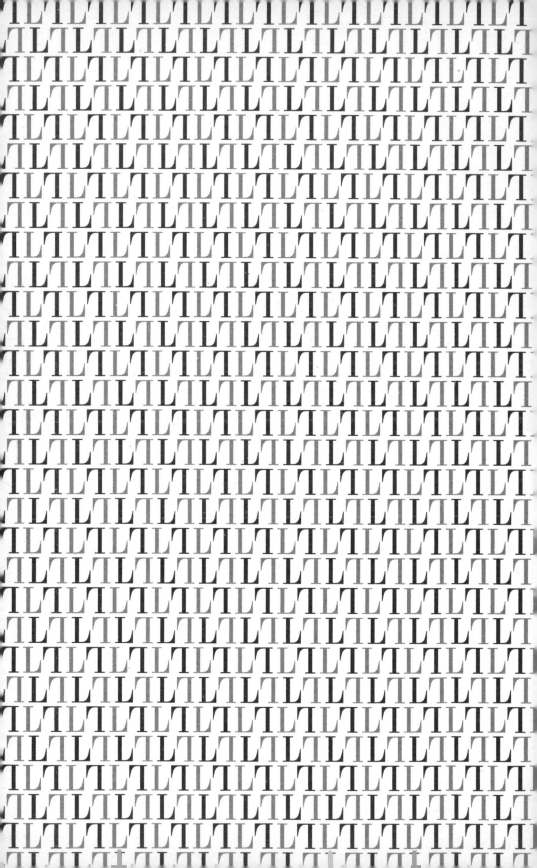